鄉愁

司民 著

山东城市出版传媒集团·济南出版社

图书在版编目(CIP)数据

乡愁/司民著. —济南:济南出版社, 2021.2
ISBN 978-7-5488-4364-1

Ⅰ.①乡… Ⅱ.①司… Ⅲ.①小说集-中国-当代
②散文集-中国-当代 Ⅳ.①I217.2

中国版本图书馆 CIP 数据核字(2021)第018845号

出版人 崔 刚
责任编辑 孔 燕
装帧设计 焦萍萍

出版发行 济南出版社
地　　址 济南市二环南路1号(250002)
印　　刷 泰安市恒彩印务有限公司
版　　次 2021年3月第1版
印　　次 2021年3月第1次印刷
成品尺寸 170mm×240mm 16开
印　　张 15
字　　数 240千
定　　价 88.00元

(济南版图书,如有印装错误,请与出版社联系调换。联系电话:0531-86131736)

1

情深愁长

王　伟

《乡愁》是司民先生的第二部力作。作者运用小说、散文的形式表达了醇厚浓酽的乡愁情结，可谓桑梓情深，愁思悠长。读来令人心潮激荡，不胜感慨。

司民从小濡染于老少众亲的世事人情之中，听惯了淳朴的乡音，闻惯了劳动者的汗香，看惯了乡亲们的奋斗担当，触涉了林林总总的风俗人情，脑海里镶嵌了乡亲们丰富的生活画卷，心底收藏了乡亲们多彩的春夏秋冬，共鸣着乡亲们的心语声喧。正因为如此，以至后来他离开乡舍走进教育领域，也不时地顾首流连，从心底流淌出缠绵的情思，一诉积压在胸臆间的几多乡愁。书中的五篇小说全是农村题材，从留守儿童、留守老人、留守妇女、农村选举、从业、创业等不同角度，展示了当下农村的政治生态，农民的生存环境和生存状况，展示了他们的苦与乐、得与失、盈与亏，满足与无奈、期盼与失落，他们的觉醒、进步、奋发，以及现今农村存在的深层次问题和隐患……“张家湾的娘们儿们”，是一个在新形势下敢于挑战世俗、勇于拼搏创业的光鲜可爱的群体。“李兆花进城”引发的婆媳冲突，是农村和城市生活方式的冲突，更是传统和现代观念的冲突，贫困与富有的社会层次的冲突，是“独生一代”引发的家庭问题、社会问题。《连得》《选村主任》展示的则是对健全民主法制、建立和谐富裕家园的期盼……作品人物形象鲜活，事态情节感人，使人感觉这些就在你我左右，读来给人以乡风扑面之感。作者之所以能以流畅朴实的笔触勾勒出这一幅幅多彩的画卷，一切皆源于作者丰厚的乡村生活积淀，源于作者对生活敏锐的洞察和深沉的思考，源于作者对父老乡亲的一往情深。

司民从小行走在鸟语花香的房前屋后，行走在气象万千的岗汊垄间，草长花落雨下雪凝的自然之象给了他灵与肉的滋养，同时也带给他数不清的珍贵记忆和遐想，也带给他终生不泯的山水情愁。他爱村后的山，他爱房前的河。在他看来，家乡的一草一木、一泓一水、一亭一阁，都鲜活，都灵动，都诗意，都意趣盎然。因此，这才有了龙山形态迥异的石、泉、树、花，有了龙泉塔的挺拔巍峨，有了莲青山的神秘厚重，有了荆泉到荆河的“一绿”“三弯”。作者对家乡山水的挚爱，早已生成一种情愫，凝入了血肉，化作一杯香醇的老酒，流淌在这些散文的字里行间。读来令人神往，令人艳羡！

乡愁的灵魂在于“愁”，“愁”是一种思念，“愁”是一种情愫，“愁”是一种眷恋。愁的根在于情，有情才能有“愁”。读毕司民先生的《乡愁》，心底升起一种感慨，那就是：文如其人，情深愁长。

自 序

乡愁是什么？对我来说，乡愁是龙山上的那片晴云，荆河中的那弯碧水，红荷湿地上的万亩荷莲，文公台前的两棵古槐……是鲁寨的羊肉汤，奎文街的金丝馓子，街头的一卷菜煎饼，农家的一盘辣椒炒干巴鱼……是村东大槐树下的家长里短，是左邻右舍家的柴米油盐，是众乡亲们的是非曲直，是亲戚朋友们的喜怒哀乐……

发现乡愁，留住乡愁，体味乡愁，感悟乡愁，记录乡愁，展示乡愁，便有了这本书。

我眷恋着这块土地，眷恋着这里的父老乡亲，我关注他们的生存环境和生存状况，痛苦着他们的痛苦，快乐着他们的快乐，憎恨着他们的憎恨，希冀着他们的希冀……月是故乡的明，景是家乡的美，我写故乡的山水，力图用我的视觉，我的体验，从大众中开掘出不凡，从一般中找到神奇。还有几篇散文，叙写了家乡的一些人、一些事，写了自己的一些发现、一些体验、一些感悟，是对乡情、亲情、友情深层次地思考，是人生给我的深刻启迪。

“百无一用是书生。”我能给生我养我的这片土地所做的，只能是这些，而且由于种种原因，还做得不够，做得不好，总感觉愧对这片热土，愧对父老乡亲。但是，我没有遗憾，因为我尽力了。

“为什么我的眼里常含泪水？因为我对这土地爱得深沉……”这泪水，是痛苦的泪，是悲愤的泪，是幸福的泪，是激动的泪，是内疚的泪……

是为序。

目　录

编一　乡村烟火（小说五篇）

编二　滕州九记（散文九篇）

编三　情未了（散文十一篇）

编 一

乡村烟火（小说五篇）

李兆花进城

一

李兆花要进城了，而且是进省城——济南，给儿子看孩子去。消息像春雷一样在夏家堂这个小村庄里炸响。乡亲们都为她高兴，说她苦熬了近三十年，这可熬出头了。

乡亲们说的有道理，李兆花是个苦命的女人，但又是一个好命的女人。

说她苦命，是因为她的丈夫死得早，她受的苦、遭的罪，要比全村任何一个女人都多。

她是二十三岁那年嫁到夏家堂的。丈夫夏宏善和她同岁，是个木匠，心灵手巧，挺能挣钱的。两人你恩我爱，如胶似漆，婚后第二年就生下了儿子春生，一家三口，其乐融融。但是，天有不测风云，春生三岁那年的一天，夏宏善给正在晒柴火的李兆花说，他有点发热头疼，可能是感冒了，要到村卫生室打针。李兆花问还要她去吗，夏宏善说不用。李兆花也没太在意，继续晒她的柴火。不到一顿饭的工夫，忽然有人高喊："李兆花，快到卫生室去，夏宏善不行了！"李兆花丢下杈子就往村卫生室跑。到了卫生室，只见丈夫红头涨脸，呼吸急促，痛苦得脸都变形了，大夫正给他打氧气。李兆花扑到丈夫的身前，抓住他的手，高声叫着他的名字。夏宏善微微睁开眼睛，吃力地吐出了四个字"看好孩子"，就撒手人寰了。

李兆花悲恸万分，她埋葬了丈夫，勇敢地担起了抚养孩子的任务。这期间，也有人开导她，劝她再嫁人，有的直接给她介绍了几个，条件都很不错，都叫她挡了回去，她说："我的命苦，要苦苦我自己，绝不能让孩子受苦。"

在农村，一个女人带着个孩子，里里外外，家里地里，人情世事，处亲处邻，生活的艰辛可想而知。这还不算，最令人佩服的是，她竟用别人不能承受的辛劳，供出了夏家堂村第一个硕士生，让这个小村庄里飞出一只耀眼的凤凰。可以想象，六年小学，六年中学，五年大学，三年硕士研究生，总共二十年，要花多少钱？有人给她算了一笔账，说就是孩子再俭省，也不能少于二十万，这些钱可都是李兆花一滴血一滴汗挣来的、从牙缝里省出来的呀：她曾多次卖血（那时候国家还允许卖血），曾种着大棚还抽空出去打工，打工的路上遇见破烂就拾；农闲的时候，她推过三轮车送客，到集上当过菜贩子，给建筑队当过下工……为了俭省，她常常一天只吃两顿饭，甚至几年都不买一件新衣服；有点头疼脑热的，也不舍得吃药打针，就硬扛着……你说，她的命苦不苦？

说她命好，是说她生了一个好儿子。

儿子夏春生，特别争气，特别懂事，特别省心。从小学到中学，回回考试都是全班第一。高中毕业被一中保送上了山东医科大学（现山东大学齐鲁医学院），后来又考上了中国医科大学硕士研究生。毕业后被山东大学齐鲁医院录用，当了外科大夫。儿子是去年五一结的婚，媳妇是他大学时的同学，家就在济南，是个独生女，父母亲都是生意人。春生结婚，李兆花除了给媳妇一千零一块的见面礼外，其他几乎没花钱（其实，她也没有钱）——房子、车子是媳妇的娘家陪送的，家具是小两口操心买的，婚事也是由女方一手操办的。这样的好事到哪里去找？最令李兆花心花怒放的是，儿媳妇今年四月给她生了个八斤重的胖孙子……你说，她的命好不好？

儿媳妇怀孕的时候，李兆花就打电话问春生，用不用她去服侍媳妇？儿子说，不用她，媳妇有丈母娘照看就行了。孩子生下来，李兆花又打电话，问要不要她去侍候月子？儿子说，不用她，大人和孩子都有他丈母娘照料就行了。这个时候的李兆花，确实有些失落和抱怨——什么都有你丈母娘，那还要我这个亲娘干什么？有时候，她恨不得一步走到济南，去给儿媳妇烧个茶、燎个水，给孙子洗个尿布。可是后来，她又想到，人家不让去，她硬“聘”着去，儿子怎么都好说，媳妇会怎么看她，亲家会怎么看她？就这样，李兆花在失落、抱怨、担心、盼望中过了五个月。

现在，儿子终于打来了电话，让她去，而且还很迫切。说他丈母娘看孩子看够了，又跟他媳妇闹了点小矛盾，生气撂下走了。现在媳妇的产假马上就要到期了，家里没人不行，叫她赶快去，越快越好。

接到儿子的电话，李兆花是既埋怨儿子，又心疼孙子，还责怪亲家——丈母娘一撂走了，想起亲娘来了，要是一年不走，恐怕一年也不让我去呢？孙子一天没人看也不行呀，不知道亲家走了几天了，孙子受没受委屈？亲家呀亲家，看孩子，高兴还高兴不过来呢，还有看“够”的时候？跟你亲闺女还能使性子？

赶快去，赶快去，一天也不能耽搁，照料孙子要紧。李兆花简单地收拾了一下，第二天一早，先给儿子打了电话，然后带上早就给孙子准备好的小棉袄、小棉裤、小包褥子、虎头鞋、十几片尿布，坐上了北去济南的火车。

二

从滕州到济南，坐火车不用四个小时，天东南晌午的时候就到了。一出出站口，春生就迎上来，接过行李，带着她绕过好多停放的车辆，来到了一辆崭新的轿车旁，打开车门，说：“妈，这就是您儿媳妇陪嫁的汽车，快上车吧。”

李兆花坐过汽车，但坐的都是公共汽车，坐小轿车还是第一次。她觉得虽然有点伸不开腿，但座位软软的，确实比坐公交车舒坦。

车子在人车拥挤不堪的街道上缓慢地行驶着。李兆花透过车窗，看着道路两旁一栋栋高耸的大楼，马路上停停走走的车辆，人行道上步履匆匆的行人，心里不禁打起鼓来。老实说，她从前也进过城，但进的是县城，要么是卖东西，要么是买东西，都是来去匆匆，甚至从没在城里过过夜。她在城里没有亲戚，没有朋友，她一点也不了解城里，也不需要了解城里。可是现在不行了，她要在这里住下来，而且要长期地住下来，她要过一种对她来说是全新的生活。俗话说：新来乍到，摸不着锅灶。孙子该怎么带，儿媳妇该怎么处，邻居该怎么搁，家务该怎么干……这些她心里都没数。

轿车驶进了一个大门，在一栋高楼的后边停了下来。春生先下了车，然后拉开了后边的车门，对李兆花说：“到了，下来吧。”李兆花下了车，抬头打量了一下眼前的高楼，好家伙，这么高，这该有多少层呀！她跟着儿子，稀里糊涂地走进楼道，乘上电梯，只觉得耳朵瞬间不适。一会儿，电梯停下来，门开了，她跟着儿子走出电梯，只见楼道里有三个同样的门一字排着，儿子指着中间的门说："这就是咱家。"

春生用钥匙打开了门，李兆花进了门，就急不可耐地往里走想看孙子，却被儿子喊住了。

"妈，先换鞋，这是专门给你买的。"春生指着地上的一双塑料拖鞋说。

"怎么，还要换鞋?"

"对，以后，从外边进屋，都要换上自己的拖鞋。"

"这出来进去的得多麻烦，不换不行吗?"

"麻烦也得换，外边多脏啊，不换鞋就把一些脏东西带进房子里了。"

李兆花一想，儿子说的有道理，急忙把鞋换上，可换下来的"脏鞋"放哪里呢？儿子看出了她的困惑，忙指着门旁的一个低矮的柜子说："换下来的鞋顺手放到鞋柜子里。"

"乖乖，城里人还真讲究，还专门给鞋准备了柜子。"李兆花心里想。

这时候，儿媳妇抱着孩子从卧室里走了出来，没叫妈，只是看着她笑了一笑。李兆花迎上前，伸手就要去抱孩子，又被儿子喊住了："妈，这是你的面盆和毛巾，先洗把手和脸再看孩子。"

李兆花像被炮烙似的把手缩回来，接过儿子递过来的面盆和毛巾。洗完手，抱过孙子来，看着孙子那胖乎乎的小脸，不由自主地想，假如孩子的爷爷还在，看到这胖小子，该会多高兴呀！禁不住流下了几行热泪。又怕儿子、儿媳看见，急忙抽出一只手来擦掉。突然想到，村里的老人说过，大人的眼泪掉在孩子身上，会"生癞"（使孩子消瘦）的，便慌忙把孩子交给了春生。然后打开行李，拿出给孙子缝制的小棉裤、小棉袄、包褥子、虎头鞋和尿布，一件件地展示给儿媳妇看。不想，儿媳看了几眼，笑着说："到什么年代了，谁家的孩子还用这些?"然后拾掇拾掇就放在了一边。李兆花心里顿时凉了半截——你可别小看这几件物件，她可没少费心血和工夫。李兆花听人家说，小孩穿百家衣能长命百岁。她便利用空闲的时候，在村里挨家讨要一小块碎布，一共要了一百家。然后又熬了几夜，一针一线地连缀成一大块，再剪裁，絮上棉花，做成了这小棉裤、小棉袄。虎头鞋李兆花不会做，是她专门跑到村西头，请七十多岁的夏四奶奶做的。夏四奶奶戴着老花镜，裱啊，糊啊，绣啊，纳啊，缝啊，缀啊，也是忙了四五天。李兆花还听人家说，小孩的尿布，要是用从五个带四条腿的姓——马、牛、杨（羊）、朱（猪）、苟（狗）——的人家讨来的钱买的，孩子一生会顺顺利利、吉祥如意。李兆花又到四外八乡找这些姓的人家，向人家讨钱。马、牛、杨、朱好找，可姓“苟”的难觅，李兆花骑着电动车跑了大半天，终于在山亭区某村找到了一家，向人家讨了两块钱。可回来的时候，离家还有十多里路，电动车就没电了，她只好推着走，直到晚上十一点才回到了家……李兆花想告诉儿媳妇，这些东西来之不易，可看儿媳妇正坐在沙发上看手机，心全不在那些东西上，也就没吱声。

“妈，你看孩子，我做饭去。”春生说着，把孩子给她，走进了厨房，系上了围裙——哼，农村都是女人做饭给男人吃，怎么到了城里，就变成男人做饭给女人吃了呢？

不一会儿，饭菜就做好了。摆在餐桌上的是四个都盛着一小撮菜的碟子，四个只有鸡蛋大小的馒头；碗只有小茶盅一样大小的三碗汤。李兆花看了，心想这桌子上的东西，是三个大人的饭菜？还不够我自己吃呢。这时候，儿子走过来，接过她怀里的孩子，说让她和媳妇先吃。

这饭怎么吃呢？李兆花坐在餐桌旁有点犯愁了。她操起了筷子，小心翼翼地夹了一点菜放进嘴里；又端起饭碗，喝了小小的一口汤，即便是这样，那碗中的汤也少了三分之一；她又用筷子夹起一个小馒头，咬了小小的一口，小馒头也去了三分之一。这时候，他见儿媳妇已经放下了碗筷，去替换儿子抱孩子了。天哪，儿媳妇还奶着孩子，一顿饭就喝了一小碗汤，夹了两三筷子菜。吃这么少，哪来的奶，无怪孙子要吃奶粉。想当年她奶春生的时候，哪顿饭不喝三大海碗汤，扒一两盘子菜，还得吃两个大馒头？李兆花心里这么想，口里却没敢说。儿子也是只吃了一个小馒头，喝了一小碗汤，夹了几筷子菜，也说吃饱了。桌子上只剩下李兆花了，三个小馒头和所有剩下的菜都下了肚，她仍觉得连半饱都没有。可当儿子问她吃饱了没有，她却连忙说，吃饱了，吃饱了。

饭吃完了，李兆花有点内急，要上厕所。她听人家说过，城里人的厕所都设在屋子里，她一直觉得这是个笑话。厕所在屋里，一个人上厕所，一家人都能听得见，多不好意思。她不想做这尴尬的事，便趁儿子、儿媳不注意，乘电梯下了楼。让她没想到的是，她找遍了整个小区的各个角落，也没有找到厕所，后来实在憋不住了，便在一个稍微避眼的灌木丛中解决了。谁知，内急解决了，又找不到儿子住的楼了。她看了这座看那座，座座都像是儿子住的楼，又都不像。不是说“鼻子下边就是路”吗？可她问了好几个人，“知道夏春生住在哪座楼上吗？”人家都说不知道。先前光急着下楼了，既没带手机，也没记儿子住的楼号、单元号、楼层和户号。她就只好在小区里转呀转，转了一两个小时，直到儿子下来找她。

回到家里，这回她没忘换鞋和洗手，正逢儿媳要给孙子冲奶粉喂奶，她便上前帮忙。她从儿媳手里接过来孩子，儿媳妇将冲好的奶递给她，说：

“妈，你试试，不烫吧？”

她把奶嘴放到嘴里咂了一下，连忙说：“不烫，不烫，正好。”正当她要把奶嘴放进孙子嘴里的时候，儿媳妇一把把奶瓶夺了过去，说：“妈，你怎么能这样试呢？这样，大人嘴里的细菌不就都传给孩子了？”

“什么？我嘴里有细菌，我怎么没感觉到？”

“细菌很小，人感觉不到，但确实有很多。”

“那光我嘴里有？”

“不是，是人人都有。”

“既然人人都有，宝宝嘴里也有，那还怕什么？”

“跟你说不明白。”儿媳嘟囔着，把奶瓶盖拧开，换了一个新奶嘴，随手把李兆花咂过的奶嘴扔进了垃圾桶。这哪里是扔奶嘴，这简直是打李兆花的脸。李兆花羞愧难当，赶紧背过身去。

进城，进城，进城的第一天怎么就这么不习惯，这么别扭呢？

三

让李兆花感到更不习惯、更别扭的事还多着呢！

进城的第三天，儿子、媳妇都上班去了，孙子也喝过奶粉睡着了。李兆花赶紧抽空洗涮。抹桌子，拖地，这些都干完了，见孙子还没醒，便想给儿子、儿媳洗洗衣服。哪些衣服该洗呢？他们又没说，自己找吧，反正见脏衣服就洗，没错。

李兆花打开儿子、儿媳的衣柜，哇！里面堆满了四季的衣服，有挂着的，有叠放的，也有胡乱堆在那里的。李兆花数了数，儿媳妇光上衣就有一二十件。李兆花想，这么多衣服什么时候能穿完？衣服的款式经常变化，过不了几天，就不时兴了，不就白浪费了？浪费就浪费吧，咱也管不了。

在胡乱堆放的衣服堆里，她找出了五件能明显看得出脏的衣服。她不会用洗衣机，仍用手洗。泡呀，搓呀，拧呀，一遍遍地过水呀……等五件衣服全洗完，晾上，孙子也睡醒了。

傍晚的时候，儿媳下班回到了家，进门刚换上鞋，就大叫了一声："妈呀，你这是干的什么？"

李兆花正在房间里哄孙子玩，闻声抱着孙子跑出来，忙问怎么了？

"那两件衣服是不能水洗的！"

"哪两件？"

"这两件。"儿媳说着走到了阳台，指着一件上衣、一条裤子说，"这套衣服是毛料的，只能干洗，不能水洗，水一洗，就皱得不能穿了。"

李兆花近前一看，衣服果真皱得厉害："那……那怎么办？"

"还能怎么办？再熨也熨不平整了，只好扔掉了——这一身可是花了近两千块呀！"儿媳不无惋惜地说。

什么，这一水就洗掉了近两千块？李兆花简直不敢相信自己的耳朵。两千块，那可是她在家种地半年的收入呀！她心疼地看着那两件衣服，抱孩子的手都有些颤抖了。

这时候，门开了，是春生回来了。媳妇没好气地把两件衣服递给春生看。春生看了，笑了笑说："这不能怨妈，她一个乡下老太太，哪里知道什么'毛料'？"

媳妇一听更来气了，高声说"乡下老太太怎么了，乡下老太太就不能事先问一声？"

"你嚷什么？妈也是好心。"

"好心可没把事办好！"

春生伸伸脖子，没再说话。

这天晚上，李兆花很长时间没睡着觉，她心里存着疙瘩：这是怎么了？怎么好心却做了坏事，手勤还勤出不是来了？她不明白，什么"毛料"的衣服不能用水洗，要“干洗”，“干洗”还算洗？“干洗”能洗干净？她也责怪自己，洗衣服之前，为什么不问媳妇一声。她反复回味着儿媳和自己对话时的神情和语气，觉得儿媳没有她想象的那样温柔、谦和。可再一想，咱现在住着人家的房子，开着人家的车，抱着人家给生的胖小子，本来就是矮人家一截子，人家压着咱，是正常的，谁让咱没本事呢……

让李兆花觉得更不习惯和别扭的是，城里人的邻居都互不搭腔，想找个拉呱的人都不容易。来了好些天了，她从没跟同楼层的左右邻居说过话，更不知道他们姓什么，叫什么，家里有几口人。只看见左边邻居经常出门的是个男的，三十多岁；右边邻居经常出门的是个女的，四十多岁。这天，李兆花下楼，正好和那个男的一起走进电梯，那人昂着头直看电梯的厢顶，根本没有想跟她说话的意思。她主动地问了一句“吃了吗?”那人只是“哼”了一声，算是回应。那天，她买菜回来，正好和那个女的一前一后地进楼道，那女的明明看见她就在后边，还是按了楼道密码，开了楼道的门，自己进入后就“哐”的一声关上了，害得她只好重新按密码开门。这是怎么了，邻居之间怎能头碰得砰砰响也不打个招呼？当初她以为这一定是春生两口子不懂事，什么时候得罪过人家。凑晚饭后，便把儿子叫到一边，问他们是怎么得罪的左邻右舍。儿子委屈地说：“我连话都没跟他们说过，能怎么得罪他们?”儿子告诉她，城里的邻居和乡村的邻居不一样，城里对门住几年相互不知道姓什么的有的是，更别说叫什么、干什么、几口人了。

李兆花不信这个邪，她要走近邻居、和睦邻居。

这天，儿子和媳妇都上班去了，小孙子也喝了奶粉睡着了，李兆花就和面包水饺，馅子是韭菜、鸡蛋、粉条的。除了包够自家吃的外，又多包出了两三碗。

水饺下熟了，她盛了一大碗端着去敲左邻居家的门。一会儿，只听“啪”一声响，门没开，里边的人打开了猫眼往外看，问道：“谁呀？干什么?”

“我，你的邻居。我刚刚包好的水饺，送给你们尝尝!”

“什么水饺？我为什么要你的水饺?”

“韭菜、鸡蛋、粉条馅的。”

“我们不吃，你端回去吧!”啪，那人把猫眼盖上了，听脚步声，是回去了。

她又到右邻居门前，敲了敲门，“谁呀？”开门的是那个中年妇女，看见李兆花端着水饺，忙问：“阿姨，你这是干什么？”

“我包了点韭菜馅子的水饺，送给你们尝尝。”

“不，不，我们从不吃别人的东西。”说着就把门关上了。

李兆花端着水饺尴尬地回到家里，心里又憋了个疙瘩。

她想，是的，水饺对城里的人来说，不是什么稀罕东西，可那是我的一点心意呀，你们接过去，哪怕不吃，有了这次交往，以后见面不也就好说话了，哪有不让进门的道理！你看在我们老家，左邻右舍，乡里乡亲，碰头打个招呼，大叔二老爷，你吃了我喝了。表叔爷们，见面骂个大会，你有来言我有去语。闲了没事，串串门子，拉拉家常。村东大槐树下一坐一群人，男的女的，老的少的，天南海北，家长里短，扯起来没完没了。逢年过节，张家来了亲戚，李家来了朋友，互相请去，炒几个小菜，温壶水酒，直喝到扶着墙走。东家有点稀罕东西要送给西家，西家下来了新鲜蔬果便送给东家。谁家有什么高兴的事，邻居都跟着高兴；谁家有忧愁的事，邻居都跟着忧愁。那有多好啊！

她想，俗话说得好：远亲不如近邻，近邻不如对门。邻居之间相互了解，相互帮助，毕竟没有什么坏处。想当年春生小的时候，可以说是一半是她养的，一半是左邻右舍养的。奶春生的时候，她的奶水不够，又没钱买奶粉，多亏对门家的儿媳也正奶孩子，且奶水有余，那家媳妇便每天下午都要留下一个奶给春生吃，一直坚持了一年。春生上小学的时候，她为了赶农活，常常误了给春生做午饭。春生便到左邻右舍家，看谁家的饭做好了，就在谁家吃。春生考上大学的那年，全村的乡亲们都给他捐了款，总共捐了近万元呢。没有乡亲们，特别是左邻右舍的帮助，春生能这样有出息？说什么城里的邻居和乡下的邻居不一样，那该有什么不一样？城里人是人，乡下人也是人，城里人有邻居，乡下人也有邻居，乡下邻居可以处得很好，城里邻居就不能处好？人们都说城里人要比乡下的人活得明白，怎么在这件事上还不如乡下人明白呢？

四

可是，乡下人也有不明白的时候。不久，发生在家里的一件事，就把她弄糊涂了。

这天，吃过了晚饭，儿子在房间里逗孙子玩，儿媳在房间玩手机，李兆花在厨房里洗刷。

“咚咚咚——”有人敲门。李兆花放下餐具就去开门。

门前站着一位男子，看上去有五十多岁，花白的头发，上身穿着件半新不旧的黑夹克，下身穿着条灰色裤子，脚穿一双黄色的解放鞋，手里还提着个编织袋子，里面装了半截什么。

“这是夏春生大夫的家吗？”来人问。

“是啊。”李兆花说。

“老天爷，这城里找个人怎么这么难呢，我在这小区里光转悠就转悠了快两个小时了。”那人没等李兆花允许就进了屋，鞋也没换，顺手把编织袋放在了门后边。

“快坐吧，快坐吧，我给你倒水去。”李兆花指着沙发让，又拿了个玻璃杯子去倒水。

那人走到沙发前面，看了看，又走到沙发旁边，找了个小板凳坐下了。

“春生，春生，有人找你。”李兆花向房间里喊。

“谁呀？来了。”春生应声从房间里走出来。

那人急忙站起来，毕恭毕敬地叫了声“夏大夫”。

“你怎么找到我家里来了？明天就给你媳妇动手术，有关的事情我不是都给你交代清楚了吗，你还有什么事？”春生有些不耐烦地对那人说。

“没有什么事，没有什么事，夏大夫。小孩从家里来看他妈，顺便带来了一点花生，这不，我就给你送来了。”来人难为情地搓着双手，喃喃地说，说完还看了看门后边的编织袋。

“你拿花生来干什么？现在医院正对收取病人财物的行为查得很紧，我可不能要你的花生，一会儿你走的时候，还得拿回去。”

“不，不，夏大夫，我这可不是给你送礼。我在家时听人说，手术前要给主刀大夫送红包，不然，大夫动手术就会不用心。我是实在没钱送红包，家属的手术费还是跟亲戚借的呢。这点花生，是自家产的，没上化肥，没打农药，就是俺的一点心意，实在拿不出手，让你笑话了。”那人说着说着，眼泪都流下来了。

“别说了，别说了，快坐下喝口茶吧。”李兆花见那人动了感情，赶忙来圆场。

“不坐了，不坐了，耽误你们休息了。”那人说着就要往外走。春生走到门口提起那半袋子花生就扔到了门外。那人走出去抓起编织袋又想往里送，春生“哐当”一声关上了门。

“夏大夫，夏大夫……”那人还在门外喊，春生摆着手示意母亲不要开门。

过了好大一会儿，那人才走了。

“妈，这人是怎么进来的?”

“他敲门，我给他开的。”

“妈呀，我不是给你说了吗，有人敲门，一定要从猫眼里看看，不认识的就不开门。”

“哪有这样的道理，要饭的来了还要给人家碗剩饭呢！人家来找你，是看得起你。孩子，咱可不能因为当了大夫就在老百姓面前拿架子呀!”李兆花有点生儿子的气了，数落儿子说，“刚才那半袋子花生你就不该让人家再提走，你想，人家是怕你动手术时不尽心，又拿不出红包来，只好拿来半袋子花生给你，你要是留下了，人家也就安心了。现在你叫他拿了回去，他的心岂不又悬在半空了？娘这样说，确实不是贪图那半袋子花生，咱可以先留下，手术之后再给人家送回去。要是觉得送回去有点驳人家的面子，咱就买点点心、水果之类的，给人家送去，补人家的这份情，这样你有来，我有往，岂不更好?”

“妈，你这就不懂了，我们医院有严格的规定，医务人员不准收取病人及其家属的任何财物。你别看着这只是半袋花生，弄不好我会受处分的。”春生解释说。

“受什么处分？咱又没要人家的东西，也就是这么一转换，他心里踏实，咱也对得起人家了。”

“可是你看，咱小区里到处都是摄像头，人家光看着他背着半袋子东西给你送来了，可没看见你给他送回去。事后你就是买再多礼品送给他，别人也没看见，到头来你还是得受处分。”

“那我就想不明白了，咱做的事对得起自己的良心，不亏心，领导还会处分?”

“只要违反规定，就要受处分，领导可不管你良心不良心、亏心不亏心。”

“哪有这样糊涂的领导?”

“妈，不是领导糊涂，是你不明白。”春生笑着说完，站起来回房间了。

“是我不明白，是我不明白，我哪里不明白了?”李兆花念叨着……

五

时光荏苒，斗转星移，不知不觉三四个月过去了。李兆花对这里的生活慢慢有些习惯了。可是，她和儿媳的关系却出现了裂痕，互相看不惯的情绪在婆媳之间慢慢地滋长着。

每天，李兆花都是早早起床，小心翼翼地准备早餐。她知道儿子、媳妇上班辛苦，为了不打扰他们睡觉，做饭的时候，总是蹑手蹑脚，切菜轻起轻落，炒菜关紧房门，盛汤勺不碰锅。在春生起床之前，她就把两杯温开水倒好，饭菜盛好，筷子摆好了。

可是每天早晨，儿媳总是晚到不能再晚的时候，才急急忙忙起床，被子也不叠就忙乱地找衣服，穿衣服，洗漱。有点时间就草草地吃几口，没有时间干脆连水也不喝就火速上班去了。李兆花听人家说，早餐是一日三餐中最重要的一餐。儿媳长期这样，身体岂能受得了?再说了，花一两个小时准备的饭菜就剩在了那里，白费工夫不说，还浪费了东西。她曾劝告儿媳，头天晚上少玩一会儿手机，把明天要穿的衣服找好，放在一边，免得第二天现找;每天早起一会儿，给早餐多留一点时间，吃好再走。可儿媳听后，很不耐烦地说了声“知道了”，结果第二天，还是外甥打灯笼——照旧。李兆花不甘心，又把这想法告诉春生，想让春生劝劝媳妇。春生却说：“妈，我知道你这是对她好，但是一个人一旦养成某种习惯，就很难改掉。就让她这样吧，懒得管她。”这个熊孩子!

李兆花来了一个月后，儿媳就不让孩子吃母乳了。说要保持体形。李兆花心想，宝宝五六个月就吃不上娘的奶了，多可怜呀!李兆花这样想，但却不好直接给媳妇说，可她又实在是心疼孙子，便想让春生劝劝媳妇。春生却说：“妈，现代的年轻人有现代年轻人的想法，有自己的生活方式，你不能老是用过去的那一套去衡量她、要求她，她这样做也没有什么不对。”李兆花听儿子这么说，心想，你就护着你媳妇吧，难道媳妇比儿子还金贵？

李兆花觉得儿媳太懒。上班自不必说，下班后也很少管问家务。每星期有三天下班后要去练瑜伽，一般练到九点多才回来，进门就连喊“累死了”“累死了”，然后洗洗澡，逗逗孩子，就睡觉了。不练瑜伽的时候，下班后吃过饭，把碗一推，如果春生在家，孩子便交给了春生，她就坐在沙发上看手机，一直看到十点多。如果春生不在家，她也抱抱宝宝，有时候，还抱着孩子看手机。周六、周日，一般睡到十点才起。吃过饭，就去逛街，常常要逛到晚上八九点钟才回来。平日里买菜做饭，烧茶燎水，刷锅洗碗，洗衣拖地，从不着手。这些活都由李兆花来干。俗话说“能抱千金，不抱肉墩”，李兆花抱一天孩子常常累得腰酸胳膊疼，还要做这么多的家务，经常累得直不起腰来，她毕竟也是五十多岁的人了。

春生知道母亲的辛苦，也曾在枕边多次劝告过媳妇，要她下班后帮妈干点活。可是，往往是晚上说得好好的，第二天媳妇就又忘了。以后，再说也自觉得絮叨，干脆也就不说了，便想用自己的勤快去弥补。只要有点闲空，他就会替李兆花抱抱孩子、做做饭、干点家务。可是毕竟医院的事很多，一星期有三天夜班，周六、周日还经常加班，常常一个手术下来，累得精疲力竭，连说话的力气都没有。所以，尽管他有为李兆花分担家务的想法，但能抽出的时间确实很少。李兆花心疼儿子，一般不到万不得已，也不让儿子干活。

让李兆花看不惯的还有儿媳妇花钱大手大脚的毛病。儿媳周六、周日必逛街，逛街必购物，购物时是看中就买，也不管有用还是没用，而且只买贵的，不买贱的。李兆花数了数，儿媳光纱巾就有十几条，光防晒服就有七八件。给宝宝买衣服，同一型号的一次就买好几件，小孩子长得快，有的衣服连沾身都没沾身就小了，就白扔了。一个床垫，就因为宝宝尿过一两回，就说不能用了，又买了新的，旧的连一分钱也没要，就让拾破烂的拉走了……李兆花穷日子过惯了，她的钱来得不易，所以格外珍惜。为了能省一顿饭钱，她进县城买卖东西时，来回十几个小时，连碗粥都不舍得喝。现在见儿媳这样，确实是心疼，心疼钱花得太多，花得不值，东西扔得可惜。她也劝过儿媳，平时要精打细算，细水长流，有钱要俭省着花，媳妇却说：“钱是为人服务的，钱只有花出去，才有作用，留在家里，废纸一张。”见儿媳不听，李兆花又给春生说，让春生劝劝媳妇。春生却对她说：“妈，这些事你不要多管，一代人有一代人的消费观，你不能老是用你们这一代人的消费观念来要求我们。都像你，几年才买一个褂子，服装厂吃什么，超市里这么多服装，什么时候才能卖完？”你听，这说的是什么话？

李兆花对儿媳有诸多看不惯，而媳妇对她也有很多瞧不来：她嫌李兆花不会说普通话，说话嗓门还大，像吵架似的，说这样会给宝宝带来很不好的影响；她怪李兆花口味重，炒的菜像打死盐贩子似的，说这样下去，心脑血管会出毛病的；她怪李兆花洗衣服的时候大人孩子的一块洗，深颜色浅颜色的一块洗，不光极不卫生，还把衣服洗污了；她说李兆花带孩子没有她亲妈细心，曾几次看到孩子在地上爬；她怨李兆花识字不多，不能每天读故事书给宝宝听；她还说李兆花不懂教育，只知道一味地迎合孩子，孩子要天她能许半个……

李兆花对媳妇的看不惯，只能存在心里；而媳妇对李兆花的瞧不来，却是当面就说，一针见血，一点情面也不给她留。

一天傍晚，李兆花在楼下用小车推着孙子玩，同小区的几个妇女也带着孩子一起玩。正当李兆花拿着水杯子要给宝宝喂水的时候，媳妇下班回来了，站在一旁看。

“宝宝，来，喝水（fēi），喝水（fēi）。”

“妈，我给你说多少遍了，是喝水（shuǐ），不是喝水（fēi）！你那难听的滕州话，什么时候才能改过来呢？”媳妇的一声叫，惊得旁边的几个看孩子的人一愣，都惊愕地看着李兆花，像不认识她似的。

李兆花的脸“唰”地一下子红到了耳朵根，一边重复着“对，对，是喝水（shuǐ），是喝水（shuǐ）”，一边羞愧地低下了头，眼泪就在眼眶里打转转。

有人看出了李兆花的尴尬，急忙出来打圆场，说年纪大了，说方言惯了，很难改过来。可媳妇还是不依不饶，说：“难改也得改，年纪大了不是理由，长时间在孩子面前说方言，会导致孩子长大普通话也说不好。”

李兆花怕媳妇再说难听的，急忙推着孩子回了家……

面对儿媳的不满和责怪，李兆花都是这样，避其锋芒，尽量不和她正面冲突。儿媳一使性子，她要么就抱着宝宝躲到房间里，过了那阵子再出来；要么就用小推车推着宝宝下楼，“眼不见差一半”。虽然她表面上看似若无其事，可是她心里却堵得慌，憋得慌，很想找个人说说。可是，找谁呢？她这里没有亲戚，没有朋友，又没有能跟她说话的左邻右舍，况且，家丑也不能外扬呀。唯一能说说的人就是春生，可是李兆花心疼儿子，不想为难他，不想给他添心事。她总是打掉了牙往肚里咽，从不给春生提起。有时，春生见她不高兴也问她，媳妇是不是惹她生气了，她总是说，没有，没有，好着呢。春生便对母亲说，媳妇是个直性子，心里有什么就捅出来，从来不问别人的感受，说完也就没事了。要她千万别跟她计较，别跟她一般见识。李兆花也说，没事，没事，哪有大人跟小孩较真的？

李兆花虽然嘴上这么说，但心里还是觉得憋屈。夜深人静的时候，她睡不着觉，不免胡思乱想。她想，自己来到城里，是真心地想侍候好儿子、媳妇、孙子，是真心地想跟儿媳处好。她吃亏包憨，任劳任怨，装聋作哑，只管干活。儿媳不管怎么抱怨、指责，她都默默地忍受，从来不还言。她从不搬弄是非，在春生面前从没说过儿媳半个“不”字。作为婆婆，她能做的也只有这些了。可是，儿媳还是不满意。这到底是为什么呢？她仔细地想了想儿媳对她的抱怨和责怪，觉得有些确实是自己做得不好，比如，在老家人们都说“不咸不香”，再加上自己的口味重，做菜的时候，盐就放多了。再如，机洗衣服的时候，有时觉得小孩的一两件衣服，单独洗也要用两三缸水，太可惜了，于是便把小孩的衣服和大人的一块洗了……这些都好办，知道错了，下次不这样做就行了。可是有些她是想做却做不到的呀，什么不会普通话呀，没有文化不能读故事书呀，不懂教育呀，她一个农村老太婆，哪里知道这些呢？你就是打死她，她也不能让你满意呀……她还想到，虽然婆媳两个没打没闹，甚至也没红过脸，但那是她忍让、委曲求全的结果。在儿媳面前，她觉得很自卑，很压抑，整日里提心吊胆，唯恐做错了什么事情。她觉得自己很累，不光身体累，还心里累。她觉得别扭、委屈、苦闷、烦躁……禁不住埋怨起自己来了：你来这里干什么？进城，看孙子，城是那么好进的吗？孙子是那么好看的吗？她觉得进城是个错误，这里根本就不是自己生活的地方。还是回去吧，金窝银窝不如自己的穷窝，三间瓦房虽然没有这里的楼房敞亮，但是住在里面心里清净、畅快，没有这些烦心的事。

六

可是，接下来发生的事情，不光让李兆花烦心，更让她伤心、痛心。

这天，儿媳下班回来，一进门就高声叫道："妈，来客人了。"李兆花正在房间里哄孙子玩，听到喊声，急忙抱着孙子出来。见媳妇的身后跟着一个人，六十多岁，微胖，有点秃顶，戴着眼镜。忙让座。

"我来介绍一下，这位是我们医院××科退休又被返聘的郑大夫；这位是夏春生的母亲、我的婆婆李兆花。"儿媳先指着来者后指着李兆花说。

"鄙人郑宗仁，很高兴认识你。"老者向李兆花笑了笑，伸出了右手。

李兆花一点心理准备也没有，急忙腾出一只手来，和郑大夫握了一下。

"郑大夫，快坐——妈，把孩子给我，你快给郑大夫沏茶。"儿媳说着就接过了孩子。

李兆花顿时觉得儿媳今天有些异常。过去，家里来了春生或儿媳的客人，看得出来儿媳都不希望李兆花在旁边。李兆花也知趣，总是说声"你们说话"，然后就抱着孙子进了自己的房间。今天这是怎么了，不光不撵她走，还要她招待客人?

李兆花沏好了茶，给郑大夫倒上了一杯，说："郑大夫，你喝茶。"然后转身要进自己的房间。

"妈，你坐会说说话嘛，郑大夫不是外人!"儿媳喊住了她。

李兆花不好意思再回房间了，靠着媳妇坐了下来。

"郑大夫，听说你老伴两年前就去世了，你现在是一个人过活?"儿媳问郑大夫。

"可不是，老伴去世了，儿子一家三口又在北京，家里就我一个人。"郑大夫低声地说。

"你不觉得冷清、孤单吗?"

"出来进去，独身一条，能不冷清、孤独吗? 按说，孩子又不用我的钱，我的退休工资足够我花的，我根本没有必要再上班，我现在上班，就是为了排解寂寞，打发时间。"

"你就没打谱再找个老伴吗?"儿媳说着，还故意瞟了瞟婆婆。

“前段时间没心思，这半年，才从阴影里走出来了，一直也没遇到合适的。”

“郑大夫，是不是你要求的条件太高了，一般的你看不上？”

“哪里，哪里。老了还要求多高的条件，是个伴就行。懂道理，知疼热，会操持家务就行——其实，我也没有多少家务可操持。”

“没有文化的行吗？”

“有文化的不一定懂事理，懂事理的不一定有文化。我去世的老伴，小学都没上完，可我们两人一辈子没红过脸。”

“妈，你看，郑大夫人多好，条件多好，你认识的人中，如有合适的，给他介绍个呗。”

“我……我……”李兆花窘极了，心里想，媳妇呀媳妇，你这不是有意弄婆婆的难堪吗？我千里老远来这里，人生地不熟的，到哪里给他介绍对象去？心里这样想，口里却说：“一定……一定……我碰着吧。”

“妈，你跟郑大夫说话，宝宝睡了，我把他放下。”儿媳说着便抱着孩子进了房间，把李兆花和郑大夫两人撂在了客厅里。

儿媳要她跟郑大夫说话，不说吧，怕冷落了客人，可说什么呢？李兆花为难了。

倒是郑大夫先开口了：“李兆花女士，你家媳妇把你的情况都给我介绍了，你一个女人家，能把春生供着上完研究生，真是了不起呀！”说着还对李兆花竖了竖大拇指。

“让你过夸了，让你过夸了。”李兆花一边应答着，一边想：媳妇呀，咱跟人家郑大夫从没见过面，跟人家说这么多干什么？

“大妹子，我这样称呼你你不介意吧，一个人生活难啊！”郑大夫感叹着。

“都过去了，都过去了。现在好了，有儿子，有媳妇，跟前还有个胖孙子，我也知足了。”李兆花由衷地说。

“可你不能光为他们活着啊，你不能整日地只围着儿子、孙子打转转，你应该有自己的生活呀！”

“人过一辈子不就是过的孩子吗？不为孩子活着为谁活呀？儿子、孙子就是我的命，要不是为他们，我一百条命也没了。”

“你说的是过去人的活法，现在，人们已经不这样活了。比如你吧，完全可以重新开始你自己的生活——找个老伴，毕竟满堂儿孙，不如半路夫妻呀！”

“郑大夫，你可别说了，我可丢不起这份人，更不想让春生两口子在别人面前抬不起头来。”

“这可不是什么丢人的事，更不会使孩子们抬不起头来，因为这是理所应当的。”

“什么理所应当？我要是走了那一步，俺一生的好名声也就毁了。好事不出门，孬事传千里，俺村里人要是知道了，还不把我骂死。”

“你自己过自己的日子，追求自己的幸福，关别人什么事？”

“那可不行，也许你们城里人是这样想的，可在俺们农村，名声比命都要紧，舌头板子能压死人！”

“那你就不打算找个老伴，开始新的生活了？”

“俺一个人过惯了，过去几十年一直没这样想过，现在更不会这样想。”

“既然这样，咱就没有什么好谈的了。不好意思，我告辞了。”郑大夫说着便站起身来。儿媳在房间里听得一清二楚，急忙跑出来，说：“郑大夫，再坐会嘛，你看，我光哄孩子了，也没跟你说上话。”

“不了，不了，我还有事，走了，走了。”郑大夫说着就走出了门，待媳妇送出来，他已经进了电梯了。

送走了郑大夫，李兆花回了自己的房间，越想越觉得今天的事蹊跷。她仔细地把郑大夫从来到走的过程又捋了一遍，突然觉得自己被儿媳妇蒙了——这个郑大夫根本不是来做客的，而是儿媳领来相亲的。你看他来了就说一个人寂寞、冷清，一个劲地劝自己不要围着儿孙转，要有自己的生活，应该再找个老伴，特别是最后，当自己一口咬死不准备找人的时候，他撂了句“既然这样，咱就没有什么好谈的了”，拔腿就走了，这不正是来相亲的吗？再说媳妇吧，开始让她给郑大夫沏茶，然后又要她留在客厅里陪郑大夫说话，还故意引着郑大夫说家庭情况，最后又以带孩子为由，躲进房间不出来，故意让她和郑大夫单独交谈，这不是下好的套让她钻吗？

李兆花这次是真的伤心了：给我说媒，给我找个老伴，这分明是觉得我是累赘，是包袱，是想办法把我扔出去。媳妇呀媳妇，你要撵我就明说，又何必这样呢？这几个月里，我给你们洗衣、做饭、看孩子，我没吃你们的闲饭呀！人们都说，养儿防老，现在我还不算很老，还能跑能咬，你们就不想要我了，要是有一天，我光能吃不能干了，你们还不得一脚把我踢到大街上去？她想去问问儿媳是不是这个意思，可又一想，儿媳毕竟没挑明给她说媒，这层窗户纸毕竟还没戳破，问了，媳妇要说压根就没有这意思，那不是自找没趣？……她越想越伤心，越想越难过，禁不住呜呜咽咽地哭起来。

她估计这事儿媳一定没告诉春生，因为如果春生知道了，是绝对不会让儿媳这样做的。怎么办呢，要不要给春生说呢？她想，如果告诉春生，小两口免不了又闹矛盾，就儿媳那脾气，春生还不白生窝囊气？自己心里明白就行了，别给他添心事了。

既然媳妇下了逐客令了，走吧，虽然舍不得孙子，放不下儿子，那也没有办法。假如硬是赖在这里不走，以后的婆媳关系会更难处，要是到了打架闹乱子的一步，就更不好收拾了。趁着现在还没撕破脸皮，好聚好散。至于看孙子，她也想好了，明天她就给亲家打电话，就说老家的邻居打电话来，说前几天刮大风，刮断了大树，把房子砸坏了，她要赶紧回家修房子去。春生和媳妇那里，她也这样说。

第二天一大早，她就给亲家打了电话，亲家信以为真，说明天就来。她见春生夜班还没回来，便先给儿媳妇说了。儿媳听了，先是一怔，然后说："妈，你走别是因为昨天的事情吧？我可真是为你着想，想让你晚年幸福，绝没有撵你走的意思。""我知道你为我好——家里的房子是真的坏了，不然我能舍得孙子？"李兆花违心地说。一会儿，春生回来了，开始还不信，后来见母亲言之凿凿，也就信了。开车把她送到了长途汽车站，买了车票，送她上了汽车。汽车开动了，还向母亲喊："修好房子赶快回来！"

回到了家里，乡亲们听说李兆花回来了，纷纷跑来看她。都说她到儿子那里去享福，怎么享黑了，享瘦了？问她在那里过得怎么样。是不是有些不服水土？……李兆花虽然嘴里答着"好着呢，好着呢"，可眼泪却禁不住流下来，又怕乡亲们看见，急忙做出被什么东西眯了眼睛的样子，拿手帕把眼捂上了……

小花和小草

一

“人到八十八，还想小时候的家”，这话一点不假。我现在虽然还没到八十八岁，但也是奔七十的人了。离开“小时候的家”也有二三十年，而且那个“家”，早就连宅基都卖给外姓人了。近些年，我又随孩子去了大西北，离那个没有家的“家”有几千里。但是，万水千山却隔不断思乡之情，每每想起她来，心里总是充满着失落、惆怅，还时常会产生回去看一看的想法。

今年的初夏，我不顾家人的反对，终于登上了回去的火车。

在县城下了火车，租了辆电动三轮便往“家”赶。

车子在坑坑洼洼的乡间土路上行驶，颠得我肚肠子都疼。路过的几个村庄都很清静，很少见人，颇给人一种生气不足之感。地里的小麦已经收获，留下了高高的麦茬。夏玉米都已落地，小苗还没冒整齐，整个大地还是被浅黄色主宰着，绿色只是一些小点缀。间或还有一些地是闲置着的，疯长一些杂草，远远望去，恰似浅黄色的地毯上打上了几块绿色的补丁。田间稀疏地撒着几个种田人，大都是头发花白、弓腰驼背的老头、老太太。

在离村还有一里多的时候，我叫停了三轮车，付了钱，下了车。我想步量一下这片生我养我的热土，想看看在田间劳作的父老乡亲……

那不是我远门的三哥吗？他正一手提着水桶，一手拿着水舀子，按穴浇水。旁边还放着一辆地排车，车上放着个大水桶。看样子是在补苗。

“三哥，补苗吗?”我踏着田埂走进地里，大声地跟他打招呼。

三哥艰难地直起了腰，眯起昏花的眼惊讶地看着我。老大工夫才认出我来，慌忙丢掉手中的水桶和舀子，走到田埂上，把手往身上擦了又擦，然后握着我的手问寒问暖。

三哥比前几年瘦多了，站在田埂上，活像根打枣竿子。头发全白了，黝黑的脸上布满了沟壑，两腮都深深地陷了下去，显得颧骨很高。

“怎么你一个人干活，三嫂呢?”

“走了，走了两年了。”三哥搓着双手，怅惘地说。

“三嫂年龄不多大呀，怎么就走了呢？什么毛病这么厉害?”

“跟我同岁，死的时候七十一。老毛病，气管炎，一口痰没咳上来，憋死了……”

“三哥，你这么大的年纪还干这么重的活，能行吗?”

“不行也得行呀，一天不死就得挣一天的命。今年天干，小苗出得不好，不补补，一季就白瞎了。”

“德生（三哥的儿子）两口子呢，这些活应该他们来干呀?”

“还在北京打工，这都十几年了，每年过年回来一趟。”

“小花和小草（三哥的孙女和孙子）也都不在家?”

“小花倒是回来了，在家睡觉哪，嫌天热、太阳毒，喊不动。再说了，我也懒得喊她，来到地里，还不够‘磨牙’的工夫。”听得出来，三哥的话里满含着对小花的不满。

“那小草呢?”

“小草，小草……”三哥说话有些吞吐了，脸上显出为难的表情。

“怎么，小草出事了?”我迫不及待地问。

“出事了，出事了，丢人呀，丢人呀……”三哥下意识地搓着粗糙的双手，像是对我说，又像是自言自语。说着说着，两行浑浊的老泪便从眼角流了出来。

“出什么事了，小草到底怎么了?”

“‘人领着不走，鬼领着快跑’，没点办法——回家再给你细说吧，走，咱们回家。”

“你的玉米不补了?”

“不补了，不补了，缺的苗不少，一时半会儿也补不完，拉来的水也正好用完了。”三哥说着就往地排车上拾掇小镢、水桶、水舀子和盛着玉米种子的搪瓷盆。

“你看，我这一来，耽误了你干活，多不好意思。”我负疚地说。

“看你这话说的，咱弟兄们谁跟谁呀？你几年才回家一趟，别说没耽误活，就是耽误了，还不是应该的？再说了，这几年，我有好多事憋在心里，正想给你拉拉呢。走，回家，不干了！”三哥决绝地说，拉起地排车就往地头上走。我急忙赶上去，帮他推出了地。

三哥拉着车在只能容一辆车通过的田间小路上前行，车上的空桶颠簸着，发出咣当咣当的声响。我跟在车子的后边，思忖起他刚才叙说小花和小草的神情和态度，心里禁不住犯起了嘀咕——小花和小草，两个原来多么好的孩子，如今这是怎么了？

二

我第一次见小花和小草，是十五六年前的事。

那时候，我虽然已经在县城安了新家，但老家的房子还没卖，老家里的锅碗瓢盆还一应俱全。有时候，放了寒暑假，还会回老家住上几天。

大概是2003年的寒假，儿子一家三口到国外旅游去了。我便和老伴在春节的前十几天回了老家。

回家的第二天早晨，我正在打扫院子，突然发现，不知什么时候，大门两旁各站着一个孩子。左边的是个女孩子，五六岁，扎着两个朝天的牛角小辫，红嘟嘟的小脸上嵌着两颗黑白格外分明的圆眼睛。右边是个男孩子，三四岁，戴着顶耷拉着两只耳朵的小棉帽，脸蛋黑里透红，有点塌鼻梁，两个鼻孔都吊着像马蜂儿子一样的鼻涕，抽一抽，进了鼻孔，不抽就又掉下来。两人都穿着皱皱巴巴的棉袄、棉裤。男孩子棉袄的袖口油黑发亮，显然是用袖子擦鼻涕造成的。女孩子看见我看她，急忙羞涩地躲在了墙后面。男孩子倒不害羞，笑嘻嘻地看着我。

“这是谁家的孩子？大清早就站在外边，多冷呀，赶快进屋里暖和暖和。”我喊道。

妻子闻声从屋里走出来，笑着说：“这真是‘大水淹了龙王庙，自家人不认自家人’了，这不是隔壁三哥家的孙女、孙子——小花和小草吗？怎么，你还不认识?”

“小花、小草原来是这两个孩子。”经妻子这样一说，我才记起妻子常唠叨的话，说隔壁三哥家的儿子、媳妇挣钱挣迷了，把两个吃屎的孩子（极言孩子小）扔给老人，就外出打工去了。我急忙放下手中的扫帚，走到他们跟前，伸手去牵他们的小手。女孩子却把手背在了背后，羞涩地靠墙站着；男孩子倒不怕我，主动地把那脏兮兮的小手递给了我。

“小花，别怕，这是你二老爷。走，跟二奶奶到堂屋里暖和去。”妻子走近小花，俯身抚摸着她的头说。小花这次倒没拒绝，低着头跟着妻子进了屋。

妻子给他们洗了手脸，然后拿出了一包青岛饼干，打开，先递给了小花两片。小花羞涩地接过来，取一片咬了小小的一口，而把另一片偷偷地放在了棉袄口袋里。再拿两片给小草，小草接过来，一口一片，递过去的工夫就吃完了，吃完，两眼还直勾勾地盯着饼干包。妻子看着他们，笑着说：“孩子，吃吧，这些都是你们的!”听说这饼干都是他们的，两个孩子相视笑了笑，于是你一片我一片，抹牌似的吃起来。看着他们这狼吞虎咽的样子，我不禁想起跟小花差不多大的孙子，我们常常为了让他吃上一口饭，又是哄又是骗，甚至端着饭碗满屋里追……

当包里还剩五六片饼干的时候，小花突然用小手将包装按住了，说：“不吃了，不能再吃了，剩下的这些要留给奶奶吃。”小草不情愿，说还没吃饱呢。小花把刚才放进口袋的那块掏出来，递给他，说：“本来是想把这块留给奶奶的，有了这些，这片就给你吧。”小草这才作罢。

妻子想再拿出一包来给他们吃，我想，大清早，凉风热气的，吃这干东西，别吃出毛病来，便制止了妻子，然后给他们每人倒了一杯水。

“小花，小草，爷爷、奶奶干什么去了?”妻子一边督促他们喝水，一边问他们。

“奶奶的气管炎又犯了，爷爷用三轮车推着她到卫生室打吊针去了。”小花显然跟我们不生了，说话也大胆了。

“什么时候走的?”

“天刚亮就走了。我还正在做梦的时候，爷爷就把我拽起来了，说让我看着家，看着弟弟——二老爷，二奶奶，你们知道我做的是什么梦吗?”小花脸上露出欣喜的笑容，眼睛忽闪忽闪地发出奇异的光。

“什么梦?”我问。

“我梦见我爸爸、妈妈回来了，给我和弟弟都买来了新衣服，还给我买来了新书包，因为过了这个夏天，我就要上学了。”

“也给我买了新书包——我就要上幼儿园了。”小草插嘴说，虽然话说得哩哩啦啦。

“孩子，你们有多少天没见爸妈了?”

“过了年又过了五天他们就走了，一直都没回来。”小花说。

“你们想他们吗?”

“想，我天天想，天天盼着他们早点回来。想急了，我经常一个人躲在被窝里哭；再想急了，我就赶紧去睡觉，因为我在梦里能见到爸爸、妈妈。”小花说着说着，眼泪就流了下来。

“我也在梦里见过爸爸、妈妈，可我喊他们，他们却不理我。”小草说着，眨巴了几下眼睛，圆圆的泪珠也滚了下来。

“二老爷、二奶奶，一年为什么只过一次年呢，要是能过个十次、八次，过年爸妈就能回来，那该多好啊!”小花抹着眼泪又说。

“过一百次年，就好了。”小草又插了一嘴。

……

“小花，小草，你们跑哪里去了，怎么连门也没关就玩去了?”隔壁传来了三哥的呼叫声，他们打针回来了。

“在这里呐。”小花一边应答着，一边拉起小草就回，临走还没忘把那几片饼干装进棉袄口袋里。

两个孩子走后，我对妻子说：“咱孙子跟小花年龄差不多大，吃饭、穿衣哪样不要人照顾?看小花，不光不要人照顾，还能照顾弟弟、看家，还知道有好吃的不忘给奶奶留着。”

“这哪能比呀!”妻子说。

“怎么不能比，都是孩子，怎么城里的孩子就比乡下的孩子金贵?”

妻子摇了摇头，没再说什么。

打那以后，两个孩子几乎天天光顾我家，我们成了好朋友。

有一天，我问小花和小草：“你们都有什么本领，给二老爷展示展示。”

小草说他会唱儿歌，小花说她会讲故事。

“那你们谁先来？”

“我先唱！”小草高举着手抢先说，接着唱道，“小板凳，歪歪，里边坐个乖乖。乖乖出来打水，里边坐个小鬼。小鬼出来买菜，里边坐个小怪。小怪出来……小怪出来……”后面的小草想不起来，卡壳了，憋得脸都红了。

“别急，别急，再想想，二老爷给你提一句，‘小怪出来烧香’……”我一边安慰他，一边给他提示。

“对对，小怪出来烧香，里边坐个咣当，咣咣当当去喝绿豆汤。”一经提示，小草马上就想起来了，一口气唱完了。

“二老爷，你怎么也会这儿歌？”小花好奇地问我。我对她说：“这是我妈妈教给我的呀！”

该小花讲故事了，小花完整地讲了《王祥卧鱼》的故事。故事讲完了，小花又说：“二老爷，你知道王祥卧的鱼是哪来的吗？”

“哪来的？河里来的呗。”我说。

“不对，我爷爷说是玉皇大帝派来的。”小花脸上现出神秘的表情，“我爷爷说，咱们地下原来有两条大鱼，咱们都住在这两条鱼的身上。是王祥感动了玉皇大帝，玉皇大帝就派地下的一条鱼跑到了王祥的肚子下面了。”

“那，还有一条呢？”

“我爷爷说，那一条现在还在地下。这条鱼一动，就地震。眨眨眼，是小地震；翻个身，就是大地震。”

“呵呵，还有这么一说。”

“二老爷，等我长大了，也要像王祥一样，把地下的那条鱼也‘卧’上来，给奶奶炖鱼汤喝，一定能治好奶奶的气管炎。从此，也就不会有地震了。”

听了小花的话，我和妻子都惊呆了，小小年纪，竟有这样的想法，难得呀，难得呀！

腊月二十八那天的一大早，小花和小草就穿着新衣服来到我家，争先恐后地告诉我们：爸爸、妈妈昨天晚上回来了！还给他们都买了新衣服。

“给你们买新书包了吗？”我问。

两孩子脸上的笑容一下子消失了，失落地说：“没有。”

“不是说好了过了夏天，小花就要上小学、小草就要上幼儿园吗？”

“我爸妈说，今年不让小草上幼儿园，也不让我上小学，要我在家看小草。”小花委屈地说，眼圈都红了。

“小草为什么不上幼儿园，都三岁多了?”

“我爸妈说，上幼儿园要花很多钱，还要有人接送。”小花说着，眼泪就流下来了。

“哪有这样糊涂的家长，孩子不上学怎么能行？我去找他们说说去。”我气不过，领着小花和小草就去了他们家。

德生两口子刚起床不久，脸还没来得及洗，虽然休息了一晚上，可还是一脸的疲倦。见我来了，慌忙让座，沏茶。

我单刀直入，问他们为什么今年不准备让小花上小学、小草上幼儿园，我告诉他们，再穷不能穷教育，再亏不能亏孩子，就是砸锅卖铁也要供孩子读书；我告诉他们，孩子上学有最佳年龄，过了这个年龄段，效果就差多了；我告诉他们，上学是孩子增长知识、提高素质最有效的途径，要想让孩子有出息，就必须让他们上学；我甚至还告诉他们，要想让孩子跳出农门，不再遭他们这样的劳苦，唯一的办法就是上学……

听了我的话，德生叹了口气说：“二叔，您老说的这些我都懂，我也知道，你是为两个孩子好。可是我家的情况你也清楚，我爹娘都六十多岁了，我娘还有慢性气管炎，一着凉就犯，我爹还整日的腰腿疼。我们两口子在外打工，家里六口人的地都靠这两个老人种。你也知道，我们家附近没有幼儿园，最近的幼儿园离咱们村也有小十里，要叫小草去上幼儿园，光早晚的接送，就得一个整人。再说了，上幼儿园培养费加伙食费，一个月要交六七百块，一年下来就得七八千，这可不是个小数目。小草不上幼儿园，我爹娘要下地，势必着，小花就不能上学，要在家看弟弟。”

“为了孩子，你们不出去不行吗?”

“不出去，我们两口子都种这三亩地，还不得穷死？二叔，我给你算笔账，你就明白了。咱这里都是种粮食作物，一季子麦子，一季子玉米，就算风调雨顺，一亩地各收一千斤，麦子卖一元一斤，玉米卖八毛一斤，一亩地一年的毛收入一千八百元，刨去买种子、化肥、农药花的钱，农村的工不算钱，一亩地纯收入不到一千五，三亩地总共不到五千元。我一家六口人，每天吃盐打油，人情世事，开门没个三十二十行吗？更别说有个小病大灾了。

你也看到了，我到现在还住的是三趟瓦的房子，我还想攒几个钱把这房子翻盖一下。不出去打工，入不敷出，什么时候才能翻盖房子？”

“你们两口子一个去打工，一个留在家里照顾孩子，不行吗？”

“您老是不知道，俺两人都没文化，打工干的是建筑，主要是揽泥墙的活。泥墙的活可不是一个人能干的，它需要一个在架上上泥，一个在架下打杂，干这活的大多是夫妻俩。要把小花的妈留在家里，我这活也就干不成了。”

“你们没考虑过把孩子带到你打工的城市上学去？”

“这更不现实，我们现在都是住工棚，两人都没住在一起，孩子去了往哪里放？租个房子吧，大城市的房租多贵呀，我们挣的钱还不够交房租的呢。再说了，北京正儿八经的公办小学不收农民工的小孩，那些乱七八糟的私立学校学费又贵得没谱。”

“那，你们打谱让小花什么时候上学？”

“看看再说吧，反正今年是不能上。唉——上学早年晚年也不是什么大事。农村的孩子，是上学的料的有几个？女孩子家，上个初中，能认得男女厕所也就行了。现在，大学毕业生找不到工作的多了去了，咱也犯不上花这份子冤枉钱。”

……

听了德生的话，我陷入了沉思。这些话，说有道理也有道理，说没道理也没道理。很明显，他的做法是短视的，但是，他眼下的困难也是客观存在的，而且是很难解决的。他总不能为了那个还在镜子里照着的所谓的“美好未来”，现在扎上脖子。我没办法帮助他解决这些实际困难，所以，我所有的劝告和开导，都是苍白无力的，也是徒劳的。我也只好告退了。

以后的几天里，小花和小草很少来我家了。我知道，他们跟爸妈团聚的时间十分有限，他们要充分利用这短暂的时间，享受那稀缺的母爱和父爱。

年初一，德生两口子领着小花和小草来给我拜年，告诉我他们定的是初六的火车票。是的，我们这里的习俗是三、六、九出门走。初三走恐怕工地上还不开工，为挣钱他们一天也不愿意在家闲着。

可是，初五却出事了。吃中午饭的时候，小花还好好的，下午突然喊着腿疼。问小花，小花说没磕没碰，没扭没摔；看看腿，确实也没红没肿，没剐伤没破皮。开头，德生两口子还没怎么理会，觉得是小花故意撒娇，依然打点他们的行李。可是到了傍晚，小花越喊越厉害，头上的汗像瓢浇的一样，连路也走不成了。夫妻俩这才慌了手脚，忙用三轮车推着来到村卫生室。村卫生室的大夫是从前的赤脚医生，见没有外伤又疼得这么厉害，说怀疑是“内里”的毛病，至于“内里”到底是哪里，他也说不清楚。说不知毛病也不能胡乱用药，看天色已晚，明天到县医院去看吧。

“明天我们要去北京打工，火车票都买好了。”德生还惦记着明天的行程呢，嘟囔着说。

“飞机票都买好了也不能走！是打工要紧，还是给孩子看病要紧？你也是三十好几的人了，怎么分不清粗细头呢！”大夫有点生气了，抢白他。

从卫生室回来，小花还是喊疼，晚饭也没吃，就混混沌沌地睡了觉，据说，一夜还疼醒了好几回。

第二天一大早，两口子就用电动三轮车拉着小花进了城。先到火车站退了票，然后去了人民医院。

排队挂号，排队看病，排队查血，排队拍片……一圈下来，大半天过去了，再找大夫，大夫下班吃饭去了，说要两点半才上班。等到两点半，大夫看了X光片子、验血单，说没有什么大问题，可能是孩子生长发育快，营养又跟不上，导致的神经疼。回家多吃点富含蛋白质和钙的食物就好了。

虚惊一场。两口子再回到车站买票，初九的票早就卖完了；十三的，也是无座票，但也只好买十三的了。

第二天，小花领着小草又到我家玩。

“腿还疼吗?”我抚摸着她的头问。

“还有点。”小花笑着说。然后拉着我避开了小草，低声对我说：“二老爷，我有个秘密告诉你，你得保证千万不能给我爸妈说。”

“什么秘密？你说吧，我保证不给你爸妈说。”我也小声地说。

“不行，咱得拉钩。”

“拉钩就拉钩。”

“拉钩上吊，一百年不能变，谁变谁是小狗蛋!”

“说实话，前天我的腿是有点疼，可没疼得那么厉害，是我装的。”小花有点神秘又有点不好意思地对我说。

“啊，你装的？不能吧，你能装得这么像？喊疼好装，疼得不能走路也好装，可疼得头上出了这么多汗，怎么装？”

“我是趁他们没注意，在院子的水盆里捞了一块冰，放到头顶上的头发里了。回到屋里，温度一高，冰化了，就成了一头汗了。”小花得意地说。

“你这个小鬼头，差一点没把我们吓死，原来你是装出来的——孩子，好好的，你装病干什么？”

“我爸妈不是初六就要出去打工吗？我求他们留下来多陪我和小草几天，求了几次他们都不答应。我这一弄，他们不想留也得留下了。”小花的脸上露出了胜利者的笑容。

“孩子，你爸妈也不想离开你们，他们也是没办法。”

“这些，我知道。二老爷，说实在话，我倒想让我这腿真的那样疼，这样，我爸妈就能天天陪着我了。”说着说着，孩子的眼泪又流下来了……

没等德生两口子回北京，我便回了县城，因为孩子旅游回来了。后来，孩子调动工作去了大西北，我也跟着去了大西北，有关小花和小草的消息也就不知道了。

直到2012年春，有人要买我的老房子，我又回了趟老家。在三哥家坐了一会儿，谈起他家的情况，三哥连连叹气。他告诉我，德生两口子还一直在北京打工。小花上小学的时候还算听话，学习也很用功。可上了中学就慢慢不学好了——原来她有个要好的同学叫王丽，是南王庄的。王丽有个姐姐好吃懒做，天天打扮得跟花蝴蝶似的。小花经常跟着王丽到她家去玩，后来还认了王丽的娘做干娘，自然也没少跟王丽的姐交往。“跟着好人学好人，跟着巫婆学下神”，慢慢地小花就不好好上学了，爱打扮了，讲吃讲穿，也学着乱花钱了，还经常抱怨他爹妈没本事。初二没上完，就跟着王丽的姐姐到东莞打工去了。小草在乡镇中学上初二，也是不好好学习，经常偷着出来上网吧打游戏，还好打群架，老师叫家长都好几回了。家里也积攒了近十万块钱了，两三年里就要盖新房子……因为时间太紧，别的也没细说。

这些就是我对小花和小草的所有记忆。

三

地排车在村东头一家的大门前停下来。

“到家了。”三哥指着那个崭新的院落说。

“怎么，在这里建的新家?”

“对，德生说老院子在街里，窝憋。花了两万多块钱买了块宅基地，说这里敞亮，方便。”

“那原来的老宅子呢?”

“还在那里放着呢。”

我这才定眼看这院落：宅子坐北朝南，占地有半亩。院墙有两米半高，下边是青石基石，基石上面是用红砖砌的主墙，红砖上边是水泥花棂，花棂之上是用琉璃瓦出厦的墙帽。院落的东南角筑起高高的门楼，门楼的两边还蹲放着两只小石狮子。两扇古铜色木门油光发亮，门上的两排铜钉熠熠生辉。门两旁嵌着红底金字的陶瓷楹联，上联是“招财财到”，下联是“进宝宝来”，横批是“日进斗金”。

三哥推开大门，我走进院子：院子的地都用水泥打上了，几棵碗口粗的梧桐树遮出了很多荫凉。正房是两层的小楼，上下各四间。上层的顶部四周都用琉璃瓦出的厦，四角的每条挑檐上，都蹲着两个瓷麒麟。铝合金的推拉门，落地窗。东面的配房是两间平房，看来一间是厨房，一间是储藏间。西南角是厕所，起脊，苫瓦，有门，还分男女。真没想到，这远离城镇的农村小院，竟拾掇得如此精致排场。

走进正房，我更加吃惊，客厅布置得更是富丽堂皇：雪白的墙壁，拱穹形的天花板，圆形吊灯，木地板，布沙发，实木条几，24 寸的大彩电，双层的玻璃茶几。唯一和这些摆设不协调的是，条几上摆放着一尊硕大的财神，财神的前边还摆放着香炉……

“小花，还没睡醒？快出来见你二老爷!”三哥高声对房间里喊。

房门打开了，从里面走出一位姑娘：中等身材，微胖。头发披散到肩，脸上涂着厚厚的脂粉，两条眉毛描得粗粗的，黑黑的，仿佛卧着的两条黑蚕。嘴唇上抹着唇膏，红得瘆人。上身穿着开胸很低的 T 恤，两个乳房的上部都裸在外边。下身穿着乞丐牛仔裤，一条露着膝盖，一条露着半条腿。脚穿红色高跟鞋，后跟有一拃高。

我不禁惊愕了——这是小花？这就是我印象中的那个红嘟嘟的小脸上嵌着两颗黑白十分分明的圆眼睛的小花?

“二老爷，你不记得我了？我就是小花。听俺爷爷说，我小时候，你还抱过我呢！”小花倒像是遇见了老熟人似的，大大咧咧地对我说，说完就一屁股坐在了沙发上。

还没等我回话，小花又发话了：“二老爷，听说你家俺大叔在大国企里当了不小的官，权力大着呢，你家现在得很趁钱吧？”

“钱钱钱，你张口闭口都是钱，你钻到钱眼里去了？！”三哥不满地说。

“说钱怎么了？现在就是金钱社会，有钱走遍天下，没钱寸步难行。没钱你能盖这么好的房子，没钱你能买这么好的家具？”小花的话像热锅炒豆一样，呛得三哥直伸脖子。

“行了，我和你二老爷拉会儿呱，你忙你的去吧！”

“好，好！我不耽误你们说话，我正好要到南王庄找我闺蜜有点事。那，你们聊——二老爷，中午饭就在我家吃了，我去饭店要菜去了，拜拜！”小花站起身来，向我摆了摆手，没等我回话，就扬长而去了。

“唉——你看，就这样的，夜夜叉叉，哪有点女孩子的样子！”看小花出了门，三哥摇着头，无可奈何地对我说。

为了摆脱三哥的尴尬，我又问起小草的情况。

三哥又叹了口气说：“没办法，不学好。勉强上完初中，不想出力，光想吃轻巧的，说打工太累，挣钱也少。先跟着社会上一些不三不四的人胡混，后来大刘庄的刘二狗成立了什么讨债公司，他参加了。再后来帮人家到北张庄讨债，把欠债人的腿打折了。人家告了，他被抓了，判了三年，还赔了人家的医药费、误工费三万多块。”

小草的结局也太让我惊愕了，我忍不住地数落起三哥来：“这就是你和德生两口子的不是了。他跟社会上不三不四的人一块混，你们也不管他？他参加讨债公司，你们怎么不阻拦他？”

“怎么没管？怎么没拦？可他也得听我的呀，我说他一句，他有十句在那里等着我，我要打他，他就跟我撑架子。有一次，他还一把把我推倒，差一点没把我大胯骨摔断。”

“德生两口子呢，他们光挣钱就不问孩子的事了？”

“德生也为这事回来过，气得发昏要死。把他捆上吊起来打，把他关在东屋里，两天没给饭吃，可是都不管用，这里一松手，他就跑得无影无踪了。

后来，德生看实在拿他没办法，也就只好任马由缰了。”

……

“家里有人吗？送菜来了。”有人在门外喊。小花还真让本村的饭店送来了四个菜。

菜摆在茶几上，三哥打开了一瓶白酒。三杯酒下肚，三哥老泪横流，说：“二兄弟，人这一辈子过的是什么，过的不就是下一代吗？你看人家德和的孩子，德和——你该知道的，就是你二木匠哥家的二小子——德和两口子也长年在外打工，孩子也是跟着爷爷奶奶长大的。可人家孩子上完初中上高中，上完高中上大学，大学毕业了，还上了什么研究生，现在在济南哪个大学里当老师，还娶了个同样当大学老师的媳妇，生了孩子。德和两口子现在也不打工了，到济南给儿子看孩子去了。还有你扁头哥家的孙女，爹妈也是长年不着家，也是你扁头哥两口子带大的。这孩子跟小花同岁，上小学的时候，成绩还没小花好呢。现在，人家也大学毕业了，考上了公务员，在市政府上班呢！你再看看我们家这两个冤孽蛋，让我说他们什么好呢？”

“没什么，三哥，年轻人免不了要犯点错误，知错改了就好。小草经过政府教育，一定会浪子回头的。再说了，小花也没什么，不就是爱打扮一些，追求时尚吗？爱美之心人皆有之，可以理解，何况还是个女孩子。”我安慰他。

“要只是爱打扮、追时尚那就好了，她还有事。”三哥放下筷子，站起身来，走进房间，拿出了一张纸，轻声地说，“本来是不想告诉你，觉得咱是好兄弟，能替我分忧解愁，我也就不顾这张老脸了。你看看吧……看看这个龟孙妮子……干的好事！”三哥脸色灰白，手颤抖着，呼吸急促，话都说不连贯了。

我接过那张纸，定眼一看，上面写的是“兹有××省××市××镇××村村民夏小花（身份证号×××），在东莞市××区从事色情服务行业，且屡教不改。为了惩戒本人，以免再犯，决定给予拘留十五天、遣送回原籍的处罚。希望当地政府和家长对其严加管教，让其尽快改过自新。”下面有东莞市××区公安局的红印。

“她是叫两个戴大盖帽的押着送回来的。送来的时候，引得一街两巷的人看。我这张老脸算是让她丢尽了。”三哥说完，端起一杯酒，一饮而尽，禁不住痛哭起来。

我能说什么？我觉得这个时候，任何安慰和劝导都不能平复他的气愤，都不能抹去他心中的委屈。

过了一会儿，三哥平静了些，又对我说："兄弟，你三哥今年七十三了，'七十三，八十四，阎王不叫自己去'，今年是我的'损头'。三哥我不怕死，现在就死，也嫌死晚了。可是看看小花、小草这个样子，我死也心不甘，我闭不上眼呀！兄弟，你三哥这辈子过得不值呀！"

"……"

"都说上辈子造的孽要应到下辈小孩的身上。兄弟，咱们是光着腚长大的，你三哥的为人你是知道的，咱没坑过人，没骗过人，没干过一件伤天害理的事，为什么下辈却出了这两个妖孽呢？"

"……"

"兄弟，我和你三嫂一生养了四个孩子，三个闺女一个儿子，哪个不是当小狗、小猫一样养着？养他们四个人加在一起也没养小花、小草一个费的工夫多呀！煎饼稀饭，破衣烂衫，不也一个个都长大成人了吗？虽然都没有多大的本事，但都能勤劳持家，日子过得说得过去，哪一个也没丢咱祖宗的脸。可到了养小花、小草，我和你三嫂那是用了百分之二百的精力。当时就觉得他们的爹妈都不在家，怕孩子受委屈，就事事顺着他们，时时宠着他们，要天也要许半个。十岁前，我没给过他们一个难看脸，没动过他们一根手指头。可到头来，却是这样的结果，这到底是怎么一回事呀？"

"……"

"又说德生了，两口子一年到头在北京打工，水一把泥一把，爬高上低，手上的茧子比铜钱还厚，没吃过一顿安生饭，没穿过一件像样的衣。这样拼死拼活，还不都是为了小花、小草？你也看到了，这房子是盖得不错，德生是想插个好'笼子'，好给小草说个媳妇。可现在，房子盖好了，人却'进'去了，就是以后出来，有了这么个坏名声，说媳妇谁家还会愿意？德生两口子挣了这么多年的命，值吗？"

"……"

"再说了，现在，德生两口子也都快五十的人了，爬高上低腿脚也不灵便了，房子已经盖好了，我也老得干不了农活了。按说他们该回来了，也能回来了，可他们还是不回来，为啥？还不是因为这两个孽障？他们嫌丢人现眼，怕老少爷们戳脊梁骨，无脸回来呀！”

“……”

“兄弟，我也想了，小花、小草走到今天这步，怨我和你三嫂不会教育孩子，也怨德生两口子光顾着挣钱了没顾孩子，还得怨学校没管住孩子，更得怨王丽的姐、刘二狗这些坏人拉孩子下水。世界上没有卖后悔药的，提起这，德生就后悔得直摔头。”

“……”

“兄弟，小花、小草不能就这样完了，咱还得想办法救救他们呀！可是，用什么办法才能把他们拉到正道上来呢？……”

三哥有些醉了，后面的话都有些说不清楚了。我急忙把他扶上床，让他躺下，给他搭上被子，过了一小会儿，他就迷迷糊糊地睡着了。

我坐在三哥的床沿上，看着他那皱纹纵横、眉头紧蹙的面庞，思忖着他刚才说的那些话——这是一位古稀老人在迷惘、无助、无奈的情况下痛苦的倾诉和呻吟，是一位生活在社会最底层的老农的呼叫和呐喊，听了让人心酸、心疼呀！

三哥，我能帮你做些什么呢？

选村主任

这几天，夏玉和心里有点闹腾，怎么回事呢？跟媳妇吵嘴了？跟孩子闹别扭了？跟邻居争地边子了？不，都没有。这回是因为村里的事，是因为要选村主任的事。

村主任，过去叫村长，哪村不选？两年一届，哪个村民一生不经历多次？你夏玉和，一个小小老百姓，选的时候，随着大伙投上一票，不就完事了？你心里闹腾什么呢？

是的，夏玉和的确是个小小老百姓，而且是个普普通通、老实巴交，甚至有点窝窝囊囊的老百姓。但"位卑未敢忘忧'村'"，选村主任是关系到夏家堂前途和命运的大事，是每个村民应该关心、必须关心的事（镇干部语，夏玉和学会的）。当然，夏玉和这么关心村主任的选举，还有最直接的原因，那就是为了两个儿子。

他有两个儿子，他只有两个儿子，都到了该娶媳妇的年龄。大儿子夏祥金，接新年二十五了；二儿子夏祥银，接新年二十三了。两人都不是上学的料，都上到初中毕业，就到南方打工去了。人家的孩子，打工、谈对象两不误，在工厂里、餐馆里天南地北地谈上一个，然后领家来，结了婚，再一块去打工。可这两个熊孩子个个又呆又板，拙嘴笨腮，到现在还都是单身。看样子，指望他们自己的力量谈个媳妇，很难，势必要在家里说媳妇。可是，在家里说媳妇也不容易，房子、车子、票子，哪一样都不能少。这几年，又增加了一"子"——村子，而且跟前几"子"同等重要。"大河有水小河满，大河无水小河干"，谁都明白这个道理。整个村子都落后，村里就是有一两个"肉头户"（对富裕家庭的俗称），也阔不到哪里去。况且，他夏玉和还不是夏家堂的"肉头户"。这两年，小孩的姨家、姑家、姥娘家也陆续给两个熊孩子说媳妇，可是，人家一听说是夏家堂的，就没有下文了。追问得厉害，人家便回一句：“就那样的烂村子，谁嫁?”夏家堂不能再这样“烂”下去了，再“烂”下去，两个儿子都会娶不上媳妇。每每想到这里，夏玉和的头皮就发麻。

“火车跑得快，全靠车头带。”一个村子想变好，要发展，关键是要选个好村主任。这一点，夏玉和这两年有深刻的认识。他妹妹婆家的那个朱家村，就是最好的例子。朱家村前几年还是全镇最落后的村子，据说全村有五年没响过结婚的鞭炮，大龄光棍不少于二十人，其中就包括他的两个外甥。可就是这么落后的村子，2013 年选上了一位好村主任，领着村民大干几年，现在，村里路修好了，再也不晴天一身土，雨天一身泥了；农田灌溉网建好了，全村的土地都成了旱涝保收的丰产田；村办企业办得红红火火，外出打工的年轻人也都陆陆续续回来了；村里的特色农产品——朱村水果萝卜、朱村大蒜畅销全国……村民的腰包鼓起来了，不少家庭买了小汽车，盖上了小洋楼。十里八乡的大姑娘，都争着往朱家村嫁！他的两个外甥，没出三年，也都娶上了媳妇，而且一个比一个漂亮。

按说，夏家堂的自然条件不比朱家村差。单就土地来说，应该比朱家村还好。朱家村的地是黑黏土，英雄坷垃孬种泥，干了一块板，铁镐都刨不开；湿了一摊泥，铁锨都铲不起，而且熟土层还薄，不足一拃厚。而夏家堂的地是金黄土到底，干点湿点都好摆弄，而且熟土层厚，足有拃半厚，真可以说是伸勺子就能舀饭吃的。可是，这几年，夏家堂的路还是原来的老路，屋还是原来的老屋。村子的青壮年都出去打工去了，种地的都是六七十岁的老头、老太太，一年一茬麦子、一茬玉米，一年一亩地的收入不足两千块钱，村民都在温饱线上逛荡。村子也有两三年没听到娶媳妇的鞭炮响了，村里的大龄光棍也有十几个了，其中就包括夏玉和的两个儿子。

什么原因？还不是因为没个好村主任。2015 年那一届，选的是夏振奎。不少人说他能选上，是因为他的老爹——老村长做了手脚。谁想这小子不是玩意，接手后就搞土地流转，大伙信任他，把土地都流转给了一个种田专业户。谁想，这小子竟把全村的土地流转金二十多万卷了跑了，到现在也没回来。听说，公安局下了通缉令，可是过了五年了，也没见拿着他。2017 年那一届，选的是张宝珠。张宝珠是复员军人，人倒不错，也有闯劲，新官上任三把火，上来又是修路，又是架桥，又是成立合作社。可是，做事就是太毛糙，后来竟一脚踢到石头上了——为了给村民卖土豆提供方便，想建个土豆批发市场，本来这想法是很好的，村民也拥护，但是，他为了节约土地，竟要平夏家的老坟地，这一下子捅了马蜂窝。你想想，夏家人多气盛，能轻饶他？结果坟没平成，白挨了一顿揍，从此一蹶不振，说什么也不干了，撂了挑子，到上海找战友打工去了。从那以后，村里就一直没村主任。

两届都没选对人，一耽误就是四五年，夏家堂等不起呀，两个儿子等不起呀！

当下，又要选村主任了。这一回，绝不能再潦草、马虎了，再也不能拿村子的命运开玩笑了。一定要和乡亲们一起，选个有能力、有水平，能带领大家致富的好带头人！夏玉和心里盘算。

选谁呢？

在夏玉和看来，夏家堂能当好村主任的，只有一个人，那就是张桂芬。

为什么？因为人家品行好，有头脑，有能力，有胆识，有担当。不信，你看看人家的作为。

张桂芬是村西头六组夏祥堂的媳妇，娘家在张楼。她和夏祥堂是高中同学，2003 年高中毕业，都没考上大学，她回家务了农，夏祥堂当了兵，三年义务兵后转了志愿兵，他精通电气焊，成了广州某兵工厂很出名的技师。这期间，两人谈起了恋爱，2008 年春天结了婚，一年以后生了个儿子。儿子三岁时，张桂芬带着儿子也去了广州，在兵工厂附近打工。到了 2011 年秋天，夏祥堂的老母亲突然中风倒地，不省人事，抢救过来，又住了二十多天的院，还是落了个半身不遂，生活完全不能自理。夏祥堂工作忙，不得脱身，张桂芬就带着孩子回来了，一边种责任田，一边照顾婆婆。她婆婆是 2018 年冬天去世的，这一照顾就是八年。

这八年，无论是酷暑六月，还是寒冬腊月，她每天都要伺候婆婆起床穿衣，洗脸梳头，喂水喂饭，端屎端尿。隔几天还要给婆婆擦一次身子，洗一次脚。瘫痪病人没有支撑力，单从床上挪到客厅，就会累她一身汗，更别说别的活动了。八年如一日，张桂芬从不埋怨，从不懈怠，每天都将婆婆收拾得干干净净，清清爽爽。直到去世，老人身上也没有褥疮，没有异味。俗话说“百日床前无孝子”，孝子都不能始终如一地侍疾坚持百天，而张桂芬是儿媳妇，却能坚持八年。当夏祥堂感谢她的时候，她说："你在外为国尽忠，我替你在家尽孝，应该的，应该的。"她替男人行孝的事迹还上过《××日报》，她还获得了市"尊老爱幼模范"的光荣称号。

张桂芬不光品德好，还有能力。她是夏家堂知名农产品——"滕夏牌无公害小姜"品牌的创始人和代言人。夏家堂种生姜，有很长的历史了。这里种的生姜，品种和临沂、寿光、淄博等地的不同：临沂等地出产的生姜称"大姜"，块头大，奶头大，姜丝子粗，姜味不很浓。而夏家堂一带种的生姜，称作"小姜"，姜块小，奶头小，丝子细，姜味特别浓，去腥、提味效果特别明显，很受食客的欢迎。就连大城市里大饭店的厨师，都常常叮嘱采购员，买生姜一定要买小姜。另外，小姜还有药物价值，药剂、药膳中用的生姜、姜片，平时驱寒、发汗、排湿用的生姜，美容店用的姜汁，也全是小姜。但是，由于小姜的产量较低，人们对小姜的特殊价值认识不足，导致市场上小姜的价格比大姜高不了几分钱，因此，这几年，人们种小姜的积极性受挫，小姜的种植面积在逐渐缩小。

但是张桂芬是个有头脑的女人，她独具慧眼，看出了小姜具有广阔的市场开发前景。她利用互联网大力介绍小姜和大姜的区别，宣传小姜的优势和价值。她还给这里的小姜起了个响亮的名字——"滕夏牌小姜"，并成功地在"中国特色农副产品品类"中注了册。从此，夏家堂的小姜有了注册号，有了品牌名，成了中国特色农副产品大家庭中的一员。后来，她又成立了"滕夏牌小姜网络销售公司"，利用网络把夏家堂及其周边村出产的小姜，卖到了大江南北。

近两年，她又成立了小姜生产销售合作社，联合十几户搞起了小姜的无公害种植——不施化肥，施的全是农家肥或豆粕；不用农药，全程的生物或人工灭虫；不用灭草剂，全程人工拔草……还给每一块生姜都建立档案——谁家种的，哪块地出产的，什么时候拔出的，什么时候窖藏的，什么时候进入的市场，保存和使用注意事项等等，一扫包装箱的二维码，全都清清楚楚。虽然有些费工费时，产量也稍低了一些，但价格却翻了好几倍，都卖到日本、韩国、新加坡等国去了。加入合作社的乡亲们都尝到了甜头，不少人正准备加大投资呢！

去年，他们滕夏牌无公害小姜生产销售合作社还出了一件让人瞠目结舌的事。

无公害小姜的生长全过程不能用农药，哪怕是用一次，姜块上都会留下农药残留。这一点，她给农户强调得特别死，并且规定，哪家违反了，他家的小姜就不能在合作社里销售了。麦收之后，合作社人员的姜地里出现了钻心虫子。这种虫子特别讨厌，从一棵姜的主茎上打一个小洞，然后钻到茎心里，专吃茎心。茎心没了，主茎就枯了，钻心虫便再换另一棵。被钻心虫吃过的姜棵，没了主茎，不仅生长缓慢，结的姜块也很零碎。所以说，钻心虫是姜的头号敌人。过去，灭钻心虫都靠打农药，一遍不行两遍，两遍不行三遍，直到灭绝为止。而无公害种植要求不能打药，只能人工捉虫。弯着腰，一棵一棵地看，时间不长，就累得腰酸腿疼，进度又很慢。

张桂芬的三叔公也是合作社的一员，那年种了亩多小姜。逮了几天虫子后确实累够了，便趁晚上浇水的时候，偷偷地顺水浇了点农药。不想让张桂芬知道了，第二天就通知他，他的姜收获以后，再不能到合作社销售了，现在就做好自己处理的准备吧。三叔公听了，如五雷轰顶，先找她解释，说自己只是浇了几瓶盖药，而且是顺着水浇的。张桂芬告诉他，别说是几瓶盖，就是一滴也不行。顺水浇更可怕，连土壤都污染了。三叔公见解释不行，就哀求她，说这些姜如果不在合作社销售，就少卖一两万块，他媳妇还等着这些钱看病，小孩还等着这些钱上学，让她高抬贵手，饶过他这一次，以后再也不敢了。但张桂芬还是不为所动，她告诉三叔公，如果对他“高抬贵手”，饶过了他这一次，合作社就有可能遭到几百吨的退货，到那时，滕夏牌无公害小姜的牌子就不复存在了。三叔公见软的不行就跟她使硬的，跟她吵，跟她闹，装死变活地威胁她，还说要到广州去，找夏祥堂回来评理。张桂芬更不吃他那一套，告诉他，就是请来皇帝老子，他的姜也不能要。三叔公的姜最终也没能到合作社销售。那年，三叔公少卖了一万多块。直到现在，提起这件事，三叔公还耿耿于怀，但又从心里佩服这个坚持原则的侄媳妇。

张桂芬在夏家堂威望很高，谁家有红白事，都请她做“大总”（总理事）；谁家兄弟分家，都请她做主持；谁家婆媳不和、父子不和、邻居不和，也要请她调解。她也从不辜负乡亲们的期望，总是把事情办得有条有理，妥妥当当，漂漂亮亮。所以大家都很佩服她，尊重她，信任她，依赖她。

就凭这些，如果选她当村主任，夏家堂用不了几年，一定会发展得比朱家村都好。前两届选举，她都被选为候选人，但是，到正式选举，两次都是因为几票的差距，与村主任失之交臂。

这一届，将会怎样呢？

这一次，和她竞争的人也不少，这几天上蹿下跳的，光夏玉和知道的就有三四个。

一个是他的本家侄子夏祥宇。这小子今年三十多岁，人不大，架子不小，平时走在街上，总是头高高地昂着，两只手插在裤子口袋里，一副趾高气扬的样子，跟人走个碰头，也不兴打个招呼，好像谁都欠他似的。他还想当村主任，他是那块料吗？你看这些年，他办一件像样的事了吗？初中没毕业就出去打工，打工三年，连回家的车票钱都没余下，还是他爹给寄去的。后来在济南某驾校学习货车驾驶，考取了驾照。他爹贷款给他买了辆货车，他便跑运输。一开始还行，挣了点钱，可没出一年他就厌倦了，竟雇了一位司机跑车，他当起了甩手掌柜的，只负责揽活和结账，没事就进网吧打游戏。没出半年，就连买油的钱都没有了。没办法，把车卖了，贷款还没还上，到现在，银行还追着他的屁股要钱呢。后来，他又租车长途贩菜，跑沈阳、长春、哈尔滨贩四角豆，跑徐州、广州、上海贩土豆，跑郑州、太原、西安贩青萝卜……说是挣了不少钱，可是到现在，还欠着本村村民不少收购款，每年春节前几天都有要账的来他家“蹲门”，他都吓得躲在外边不敢回来。

同是一件事，他和人家张桂芬处理的真是天地区别。

2017 年夏季闹伏旱，旱得机井都干了。为解决燃眉之急，水库开闸放水。镇里怕各村争水闹矛盾，给渠道经过的村子严格规定用水时间。但落实到村后，各家各户还是争得不可开交，有的甚至打得头破血流。不巧，那时候夏家堂的书记生病住院了，又没有村长，如果任凭村民自己争抢，不定会出什么乱子。这时候，张桂芬站了出来，担当起安排用水先后、分配用水时间的任务。她先宣布把自家浇地的时间安排到最后，然后，用抓阄的办法解决先后顺序，再根据地亩的多少，大致确定浇水时间。那几天，她没白没黑地守在水闸旁，唯恐漏掉一滴水，浪费一滴水。等到全村的地都浇完了，她才将水放进自己的地里。而夏祥宇为了能早点浇上庄稼，竟深夜偷偷地扒开渠道，让水流到自己的田里。后来还是让巡查渠道的张桂芬发现了，狠狠地骂了他一顿。他还狡辩他也不知道水是怎么跑到他地里去了，他没动渠道一撮土……

就这样的人，还想当村主任?!

另一位是老村长的二儿子夏振东，也就是夏振奎的二兄弟。这小子初中毕业后当了三年兵，复原后就在一个私人企业当保安队长。虽然是农村出身，但没干过一天农活，没种过一茬庄稼。现在，他放着保安队长不当，杀回村来也想当村主任。

还有一个是王小波，小名四豹。对了，四豹兄弟们还让张桂芬作弄过一回呢。

四豹兄弟五个，都已成家立业，结婚生子，而且都过得还不错。可是，“满堂儿女不嫌多，一个老的没处搁”，五个人都不要七十多岁的爹娘，谁家也不愿意给老人腾出个住的地方。两位老人只好借了邻居家废置的一间牛屋住下。眼看要过年了，按习俗，年不能在别人家过。老人便找儿子，可是五个儿子都有推托的理由，谁都不答应。老人又找亲戚、找邻居、找村委帮他们劝劝儿子们，五个儿子还是没有一个松口的。后来，老人找到张桂芬，求她想办法。张桂芬听了老人含泪的诉说，略加思考，便胸有成竹地对老人说：“你们放心，年初一之前，我让他们五人都在自己家最好的房间里给你们铺上一张床。”

张桂芬可不是吹牛，她真做到了。年初一那天早晨，去四豹兄弟家拜年的人都看到，五家都给老人腾出来一个房间，铺好了床，有的还换上了新被褥。原来，张桂芬巧妙地利用了年初一这天，本村和邻村的乡亲们互相拜年的这一习俗。她知道，四豹兄弟们的孩子们都回家过年了，她不找四豹兄弟们，而找来了他们的孩子开会。告诉他们，爷爷奶奶没有地方住，看来是小事，其实是大事，是不懂孝道的行为，是丢人现眼的事，是法律和道德都不能容许的。让他们散会后回家找父母，想办法给爷爷奶奶腾出一间房来，如果不解决，她张桂芬就要在年初一那天，把来拜年的乡亲们——不管是本村的还是外村的——都领到那间废置的牛屋里去，给两个老人拜年。还要把老人借住别人家牛屋的原因写出来，贴到显眼处，让大家观看。这些孩子一个个被训得面红耳赤，散会到家，都跟父母大吵了一场，逼着他们给爷爷奶奶腾房子，当然也把不办的后果转告给他们。我的天，四豹兄弟五个一听，谁愿意丢这样大的人？都乖乖地给父母腾出了一间房。

四豹前几年在外地打工，去年回来种大棚，就没再出去。有人说，他是专门为当村主任才回来的。别看着平时兄弟几个经常打得头破血流，一旦对付外人，弟兄五个就握成了一个拳头。据说这次四豹出头参选村主任，也是弟兄五人商量好的，觉得有几分把握，一是靠家族大，人口多；二是靠拳头硬，不行，就“拉出来遛遛”。四豹在一次酒场上说，谁不选他他就揍谁，“拳头里面出村主任”。乖乖，这回你们打错了算盘了，“扫黑除恶”没让你们进去，你们就烧高香了，还想当村主任，做梦吧！

这天吃过晚饭，夏玉和正洗碗刷锅，夏祥宇走了进来。

“叔，吃完晚饭了？怎么你洗碗，我婶子呢？”

“哟，这不是祥宇吗？哪阵风把你吹过来了？快堂屋里坐——你婶子有末梢神经炎，怕沾凉水。”夏玉和放下锅碗，扯起围裙擦了擦手，解下围裙，搭在厨房门上，然后和夏祥宇一起走进堂屋客厅，在沙发上坐下。

夏祥宇从上衣口袋里掏出一盒云烟，拆开，抽出一支很恭敬地递给夏玉和，然后掏出打火机给夏玉和点上，又抽出一支叼在嘴上，便随手把那盒云烟放在了茶几上。夏玉和要去倒茶，被夏祥宇拦了下来，说：“别麻烦，别麻烦，我就几句话，说完就走。”

“好，好，你说，你说。”

“那我有话明说了，就不掖着藏着的了。叔，你也知道，马上又要选村主任了，不瞒你说，我想当这个村主任！今天来，就是来求叔，到选举的时候，请把你家的票投给我——光你们一家就是四票。”

“你两个兄弟都在外地打工呢，恐怕回不来。”

“你给他们打电话，让他们务必回来，来回的车票钱我出！”

“听说，他们很难请假。”

“难请假也得请，就说你或俺婶得了重病——叔，我这可不是咒你和婶，我是太需要那四张票了。叔，咱是本家，一笔写不出两个‘夏’来，别说过去咱爷俩没有什么不对付的地方，就是有，您老也要‘大人不记小人过’。如果这次我能当上村主任，以后叔有什么难事，就尽管找我，我绝不推托。再说了，夏家堂夏家是大姓，村主任理所当然地姓夏，咱就是打破了头、拼上命也要把村主任争过来。咱要争不过来，就对不起列祖列宗……”夏祥宇越说越激动，说到最后，都带哭腔了。

夏玉和这时还真有点手足无措了，可是他又不能违心地给他承诺，只好敷衍说："好说，好说。"

这时候，夏祥宇从裤子口袋里掏出了二百元钱，大方地放在了面前的茶几上，说："俺婶身体不好，这二百元钱留下来给她老人家买点营养品补补身子，别嫌少。"说着站起来就要走。

"这可使不得，这可使不得！你的心意我们领了，这钱我们是坚决不能收！"夏玉和慌忙站起来，一边说，一边把钱塞进了夏祥宇的裤子口袋。

夏祥宇又立即掏出来，说："不是给你的，是给俺婶子买补品的，你要是不收下，那就是不给我面子，就是看不起人！"说完，又把钱放在了茶几上，表现出了不耐烦的样子。

"那可不行，那可不行！"夏玉和又慌忙抓起钱往夏祥宇口袋里塞。

只见夏祥宇把脸一沉，很生气地一把夺过来，扔在了茶几上，说："你要是这样，就有点给脸不要脸了……"说完拔腿走了。

夏玉和追出大门，见他已经走了好远了，正想转头回家，夏祥宇又回过头来，大声地对他说："千万别忘了让你的两个儿子提前回来！"那口气还带有命令的味道。

送走夏祥宇，夏玉和回到屋里，坐在沙发上好一阵子思量：夏祥宇呀夏祥宇，就你这德性还想当村主任？刚来的时候，你装出一副可怜的样子。没半颗烟的工夫，你就原形毕露了。哼，本家，还一笔写不出两个"夏"来，平时，你拿谁当过本家？你叫过谁一声叔、一声大爷？你给谁家操过一份心，帮过一次忙？本家谁心里没有一杆秤？你还说夏家堂就应该由姓夏的当村主任，夏振奎也姓夏，他别卷钱跑呀！

可是，当看到茶几上夏祥宇扔下的二百元钱的时候，夏玉和又为难了：给他送去吧，那就等于明告诉他不投他的票，这道梁子就算结下了，就他那德性，迟早会找机会报复的；不送去吧，这不是收受贿赂吗？"吃人家的嘴短，拿人家的手软"，他扔下二百元钱，我就得投给他四张票……不，绝对不行，我这四票是要投给张桂芬的，是要让她领我们走上致富路的，是依靠她把村子建设好、好给儿子说媳妇的。我夏玉和再糊涂，也不至于分不清芝麻和西瓜哪个大吧。这既不能送又不能留怎么办呢？不行这样，这二百块钱就暂时放在我这里，我先给他拿个热罐子搂着，让他觉得我收下了他的钱，一定会选他。到时候我选谁，还是我当家，写票的时候，你也拿不着我的手。选举完了，我再想法把这二百块钱还给你……乖乖，看样子夏祥宇是挨家送钱了，每家二百元，这得多少钱呢！平时，让人追债追得没处藏，这一选村主任，就有钱了。这可是一笔不小的投资呀，有投资就要有回报，他夏祥宇可不会“倒卧了孩子（做糊涂事）”，怎么回报，还不是贪污、受贿、搞歪门邪道。倘若让他选上，夏家堂的苦日子就算来了。他给我二百元钱，我是不选他，可是其他人呢？要是有人贪图这点小便宜，那可就麻烦了。怎么办呢？告他贿选，让他进去？不，他进去了，他老婆孩子、爹娘怎么办？我夏玉和可不做这事。再说，没有不透风的墙，一旦夏祥宇知道是我告的他，他能饶了我？我还能在夏家堂过吗？不告他，他要是得逞了怎么办？夏玉和没主意了，要跟媳妇商量。媳妇说，我知道什么？还是找二叔商量商量吧。

二叔叫夏云贵，比夏玉和只大一岁，是一组的小组长。走过南，闯过北，是见过大世面的人。所以，夏玉和遇到难解决的事，常常请教他。

夏玉和来到二叔家，把自己想选张桂芬的想法和夏祥宇给他二百元钱的事都告诉了夏云贵。夏云贵说：选张桂芬当村主任，不光你这样想，恐怕村里大部分村民都这么想。但是，想总归是想，不是现实。前两届选举的时候，也有不少人是这样想的，最后，想法并没有实现，原因就是一些小人在暗地里搞小动作，使阴招。这一次，要接受上两次的教训，他们使阴招，咱也用，“以其人之道，治其人之身”。当然，咱用的“阴招”，绝不是那些见不得人、下三烂的办法。现在，他已经有了一些想法，比如说，他们暗地里活动，咱也暗地里活动，而且活动得更积极，更有效。他正准备和全村十一个小组的组长商量，建个微信群，把各组想选张桂芬的村民都拉进群里来，及时沟通交流。又说，夏祥宇也来他家了，也是硬塞给他二百元钱，这钱，咱先放着，以后再想办法……这样，夏玉和心里有底了。

没出三天，一个名为“选芬”的微信群就建起来了，没多久群内就有四百多人，很多在外地打工的青壮年也进了群。群里秘传的第一则消息，就是把夏祥宇给的二百元钱都交给夏云贵，由他统一管理，待选举之后，瞅机会一并还给夏祥宇。

“这办法好！”夏玉和心里想，“既避免了夏祥宇犯法，又给乡亲们撇清了关系。这样，夏祥宇怪罪也找不到人，报复也没对象，真解决了一个大难题。”

可是，让夏玉和没想到的是，又一个难题摆在了他的面前。

两三天后的一个傍晚，也是刚吃过晚饭，夏玉和正在洗碗刷锅，老村长来了。老村长八十多岁了，但还很硬朗，连拐棍也没拄。

夏玉和急忙放下活计，连围裙也没解就搀着老村长进了屋。

老村长落了座，夏玉和忙着去倒水，老村长摆着手说：“在前边刚喝完，你别忙，坐下，咱们说句话。”

夏玉和只好放下茶壶、茶杯，坐下。

“玉和，这些年，二大爷对你怎么样？”老村长不温不火地问。

“这还用说，二爷对我有救命之恩，我到死也不会忘记呀！”那是夏玉和四五岁时一个夏天的中午，夏玉和在村里的大坑边玩耍，不小心滚进坑里，眼看要被淹死的时候，恰巧被路过的村长看见了，他连鞋子也没脱，跳进水里，把孩子救了出来。

“救命之恩说不上，这些年，二爷没亏待你吧？”

“没有，没有，二爷待我恩重如山，我一直记在心里。”

“想当年，你爹娘死得早，你叔叔大爷又不管你的生活，村里没少照顾你，救济款、救济粮可没少给你。”

“是的，是的，这些我都记着呢。”

“记着就好，记着就好，做人不能不讲良心——这些年，二爷没求你做过什么事，今天，有一事相求，不知道你能不能答应。”

“什么事，只要我能办的，我一定答应。”

“这件事你能办，举手之劳——就是选村主任的时候，把你家的四张票投给我家振东。”

“这个……这个……”夏玉和语塞了。

“怎么，你还记着老大振奎的事？那件事是他做得不对。这回想让振东当村主任，就是想让他替他哥补过。你也知道，我当村干部几十年，没有功劳也有苦劳，没有苦劳还有熬劳呢！别看我年纪大了，可我还不糊涂，我还能帮着振东把咱们村管理好、建设好。”老村长说完这些话，就气喘吁吁的了，毕竟年龄不饶人。

“好说，好说。”夏玉和又支吾了，见老村长脸上露出不悦的神情，马上又说，“你放心，你放心。”

老村长走出门，还不忘夸奖夏玉和“懂事，一定不会辜负他的希望”。

送走老村长，夏玉和便和媳妇商量怎么办。媳妇说：“老村长对你有恩，毕竟人家救过你的命，而且你做孤儿的那一段时间里，村里确实照顾你不少。现在，八十多岁的老人拉下脸来求你，你不选他儿子，是不是不讲人情？面子上也过不去？不行这样吧，咱家四票，两票选他儿子，两票选张桂芬。”可是，夏玉和觉得不妥：桥归桥，路归路，一码是一码。你对我有恩，我理应报答你，但绝不能用选票来报答你。选票选的是村子的前途、命运，你二儿子从没种过地，从没管过田，对村子一无所知，把村子交给他您能放心？不给，别说是两票，就是一票也不能给，这不是我不讲情义，也不是不给你面子，我要是讲了这情义，给了你面子，就对不起我儿子，对不起自己的良心，也对不起夏家堂。

接着，“选芬”群里也披露出老村长为儿子讨票的事——三天时间，老爷子竟不辞辛苦地跑了三四十家，到谁家都是打的“感恩牌”，都是求人看他的情面，投他二儿子一票。大家纷纷留言，说别听他那一套，看情面他应该劝他大儿子回来自首，看情面他该替他大儿子给大伙道歉，看情面该替他大儿子还流转款……看了群里的留言，夏玉和心里就踏实多了。

“群”真是个好东西，大家在里面交流思想，表达想法，传递消息，足不出户，甚至在几千里之外的村民，都对村里的“选情”了如指掌。为了让大家更了解、支持张桂芬，有人把她的事迹整理出来，发到了群里，不知怎的，还让《××日报》的记者看到了，很受感动，便专程来采访她，回去写了一篇长篇报道登在了《××日报》上。张桂芬还在群里谈了自己的“施政打算”。一是做大、做好滕夏牌无公害小姜生产、销售和深加工的“文章”：扩大种植面积；接纳更多的农户加入合作社；进一步扩展网上销售渠道；建设姜干厂、姜油厂，对生态小姜进行深加工，提高产品的附加值。二是进一步做好大棚土豆生产销售的“文章”：为避免风灾、雪灾，建钢架大棚；推广无公害土豆种植，创滕夏牌无公害土豆产品品牌，争取尽快在中国特色农副产品目录上注册；建立滕夏牌无公害土豆网上销售公司……张桂芬的施政打算，又给村民注入了热情和信心。

有了日期的日子总觉得过得快，这不，还有三天就要选举了。夏玉和给两个儿子都打了电话，让他们务必赶回来参加投票。开始，两个儿子还不乐意，说光来回的车票就要四五百元，还要耽误近一个星期的工，总共要损失近两千元钱。夏玉和告诉他们，这不是钱的问题，它关系到夏家堂的前途、命运，关系到你们的成家立业。千叮咛，万嘱咐，两人这才勉强答应了。

两个儿子都是在选举的前一天傍晚回来的，放下拉杆箱说有事就出去了。

“刚到家连饭都没顾上吃，什么事这么急?”夏玉和的媳妇心疼儿子，抱怨说。

“年轻人的事，用不着咱管，咱也管不了。”夏玉和安慰道。

快十点的时候，两人才回来，都一身的酒气。来到家就嚷着要喝水。夏玉和媳妇急忙把凉开水端上来，一人喝了一大杯，便红头酱脸地坐在了沙发上。

“爹，村里明天就要选举了，你让我们老远地赶回来，是想选谁?”没等夏玉和开口，老大祥金先问了。

“选谁，我不是在电话里给你们说了吗？一定要选张桂芬，我们一家四张票，都要选她!”夏玉和坚定地说。

“为什么一定要选她?”

“她能领着咱村走上富裕的路。”

“别人就不能，光她行?”老二祥银反驳了。

“你说，咱村除了她，还有谁行?”夏玉和有点生气了。

“我看四豹就比她强，四豹年轻，有闯劲!”祥金说。

“他整日里给人要横，抡拳头，那是有闯劲？那是没教养!”

“他说他上边有人，他表哥在县委里当官。”祥银说。

“别说他表哥在县委里当官，就是在省委里当官，能给咱村解决什么问题？能给你俩一人送个媳妇?”

“不用他表哥送，四豹现在就给我俩说了媳妇!”祥金很骄傲地说。

“什么？他给你俩说媳妇，忽悠你们吧，他到哪里给你们说媳妇去?”

“他说是他张庄的姨妹和南王庄的表妹。还说，只要我们全家投他的票，选完村主任就安排我们跟姑娘见面。”祥银说。

“那——那——那也不能选他!”

“凭什么？我们都是成年人了，有权力决定选谁不选谁！你要非选张桂芬，我们不反对，我们和妈都选四豹!”祥金坚定地说。

“不行，绝对不行，这个家还是我说了算!”

“你说得对，算；说得不对，就不能算!”

“这个家我还是家长!”夏玉和站起来嚷。

“家长也不能一手遮天!”两个儿子都站起来跟他吵。

……

“怎么了？怎么了？有话不能好好说。”妻子从里间跑出来，把夏玉和拉进了里间。

夏玉和坐在铺沿上生闷气，妻子把手机递给他说：“别一个人生气了，跟群里的人说一说，说不定他们会有好主意呢。”一句话提醒了夏玉和，对呀，这事为什么不在群里说说呢？他急忙拿起手机，把刚才发生的事发在了群里。不多会，有人留言了。有好几个人都说四豹也请他们的孩子吃了饭，并许诺给孩子说媳妇，也是他张庄的姨妹和南王庄的表妹。有的说他去过四豹的姑家，他根本没有表妹——他姑家在南王庄不假，可他姑去年去世了，他姑父领着三个儿子过，一家四个光棍，哪里有什么表妹？有的说四豹的姨家在张庄也不错，有姨妹也不错，可是他姨妹今年都三十五六了，是两个孩子的妈妈了。也有的说，四豹看现在搞扫黑除恶专项斗争，不敢耍横了，变法子了……

夏玉和急忙拿手机给两个儿子看，两个儿子看完，连呼上当了，上当了。

第二天吃过早饭，夏玉和一家四口来到了村主任选举的投票现场。

夏祥宇早就到了，看见他们一家四口走过来，脸上立即换上了期盼的笑容，朝夏玉和抱起拳，拱了拱手。夏玉和也学着他的样子，朝他抱拳拱了拱手。

老村长和他的二儿子也早到了，老村长坐在自带的马扎上，二儿子站在他的一旁。看见他们一家四口走来，老村长像领导检阅一样挥了挥手。夏玉和也朝他挥了挥手，但没有老村长挥得有范儿。

四豹也早来了，而且兄弟五个都来了，一字排开，站在那里，那气势确实唬人。四豹朝夏玉和的两个儿子做了个“胜利”的手势，两个儿子也向他摆了摆手。

张桂芬也来了，她身材瘦小，脸庞黝黑，衣着朴素，和一群妇女站在一起，一点也不起眼。夏玉和夫妻热情地朝她摆手，她只是微微地点了点头。

一组组长夏云贵也来了，他正和那几个组长低声商量着什么。夏玉和就没跟他们打招呼。

选举开始了。

第一轮选候选人，发票，写票，投票，唱票，公布得票数。得票最多的是张桂芬，老村长的二儿子也进入了候选人名单。

第二轮正式选举村主任，发票，写票，投票，唱票，公布得票数。得票最多的还是张桂芬，老村长的二儿子这轮落选了。

张桂芬当选了村主任！

大家都喊着让张桂芬上台讲几句。张桂芬大大方方地走上台，只高声说了一句话：“我不会辜负大家对我的信任！”

台下掌声雷动，夏玉和的手掌都拍疼了。

连得

傍晚的时候，妻子从外边回来，告诉我说，村西头的连得死了。

“怎么死的？什么时候死的？”我问。

“有人说可能是他自己爬到村西旁的大口机井里的。今天下午有人去浇地发现的，捞上来身子都泡涨了，看来不是昨天晚上的事。”

“时间不会多长，也就是近两天，三天前我还见过他呢。”我说。

三天前的早晨，我去村西头有点事，在大街上还看到过他——他瘫坐在泥路上，用左手支撑着地，一点一点地、艰难地往前挪动。右腿和右手仿佛已经不是他身体的组成部分了，倒像是拖拉的两件东西。他的头发蓬散着，里面绣结着很多土屑灰末和草渣，前额上黏成了一块饼。脸和脖颈上满是黝黑的污垢，只有眼珠偶尔一轮，方能显出一点白色。上身穿着一件脏得看不清正色的破棉袄，两只袖子都磨破了，淌着棉花。下身的棉裤屁股上已经开了花，裤裆湿了一大片。他看见了我，抬起脏兮兮的、沾满泥土的左手，指着张开的嘴巴，啊、啊地喊。我知道，他是告诉我，他饿，想吃东西。我急忙跑到旁边的小卖部里买了两个面包，递给他。只见他抓起面包，直往嘴里塞，三口两口，一个面包就下肚了。两个面包都吃完后，还用左手指着嘴巴，啊、啊地喊。我想再去给他买，旁边的人告诉我，别再给他吃了，吃得太多了，会拉的到处都是，我也只好作罢。

“死了也好，死了世上少了个受罪的。”我不无感慨地说。

“连得这辈子活得不值呀！”妻子也和我一起感叹。

连得比我大一岁，接新年六十七。我和他虽然住在同一个村里，却因为他住村西头，我住村东头，平时见面的时候不很多，接触的机会更少。但是，连得是我们村为数不多的有故事的人之一，他和弟弟、弟媳、两个侄子的事，曾是我们村的热门话题，被传得沸沸扬扬。自然，也给我留下了诸多的记忆。

我和连得第一次接触，是我六岁的时候。我母亲领着我去他家，找他母亲（我母亲让我叫她三婶子）去剪纸花，因为我大姐要出嫁，陪嫁的物件上要贴的。三婶子有着剪纸花的好手艺，逢年过节，或是村里谁家娶媳妇、嫁闺女，都找她剪各种象征吉祥如意的纸花，像双喜呀，福禄寿呀，麒麟送子呀，鸳鸯戏水呀……她人很和善，有求必应。

我母亲一边说着感谢的话一边把红纸递给她，只见她左折右叠，然后操着剪子，一阵左拐右拐，摊开一看，花呀，叶呀，树呀，草呀，鸟呀，虫呀，无不惟妙惟肖。正剪着的时候，从外边跑来了两个小孩，前头的个头高高的，有些瘦；后边的矮一些，虎头虎脑的。三婶子给我妈介绍说，这就是她的两个儿子，大的叫连得，今年七岁，属鼠的，比我大一岁，我该叫哥；小的叫连成，四岁，属虎的。连得倒是很友善，主动地拿糖给我吃。那时候，在我们村里，小孩能吃上糖是很难得的事，平时谁家舍得买？三婶子说，不是自己买的，是让她剪纸花的乡亲们捎来的喜糖。

回家的路上，我问母亲，怎么没见连得、连成的爸爸？母亲告诉我，他们的父亲在三年前就得暴病去世了。母亲还告诉我，连得的母亲是个十分懦弱的女人，老受别人欺负。特别是她的老大伯（她丈夫的哥哥），不但不看护他们孤儿寡母，还经常讹他们，竟将她家的三间堂屋都霸占去了，害的他们娘三个一直挤在两间西屋里。

后来上小学，我和连得同班。记得他也很懦弱。别人打他他不敢还手，骂他他不敢还口，也不敢报告老师，总是蹲在教室的一个角落里抱着头小声地哭。所以，大家就给他起了个外号——菜包子。可是“菜包子”却憨厚、善良，他小小的年纪，就能以德报怨。记得四年级的时候，我们班经常欺负人的“大个子”，因为跟同学打架，老师找了家长。“大个子”的爹一气之下把他赶出了家门，不让他回家吃饭和睡觉。“大个子”躲在村东场上的麦穰垛旁，两天没吃上一顿饭，饿得腰都直不起来了，拣麦穰下边的生麦粒吃。我们这些挨过“大个子”欺负的同学都在一旁幸灾乐祸，看他的笑话。连得却偷偷地从家里拿来了两个煎饼和一些咸菜，端来了一陶瓷缸子稀饭给“大个子”吃，把“大个子”感动得眼泪都流了下来。

“菜包子”的弟弟连成却和他哥哥迥然不同，从小就天不怕，地不怕，而且鬼点子很多。开始，有人觉得他是连得的弟弟，误认为他也好欺负，便也找碴欺负他。可他却不吃那一套，上去便和那些人拼命，有时候打得头破血出，也不服输。那些人见他如此玩命，一个个吓得落荒而逃。当然，他也不是时时都拼命，有时他也使一些小点子。有一次，几个家伙把他逼到了个墙角里，要他回家拿煎饼分给他们吃，还要卷上鸡蛋捣蒜，扬言不拿就揍扁他。连成明白“光棍不吃眼前亏”的道理，便答应回家给他们拿。回到家里，他便把母亲给他买的泻虫、泻水的巴豆捣碎掺在鸡蛋蒜中卷在煎饼里，让那几个小子吃了，那几个小子都拉肚子拉得提不上裤子。

慢慢地连得和连成都长大了，说着就都到了说媳妇的年龄。虽然哥弟俩都长得并不算赖，可就他们的家境，特别是娘三个挤在两间西屋里，谁敢给他们提媒？盖房子成了当务之急。可是当时正值农业社吃大锅饭，光靠农业社，哥弟两个连肚子都填不饱，哪有钱盖房子！后来是连成偷偷地联系了邻村的砖瓦场，两人白天在社里干活，晚上便背着人到砖瓦场挑灯加班给人家制砖坯子。干了两三年，挣了三间屋的砖和瓦，又东挪西借，买了些木料。等到三间“四面青”（四面都是砖的）瓦房盖起来，连得都二十六了，连成也二十三了。那时，在我们夏家堂，“四面青”的瓦房还是很稀罕的，连得哥弟俩盖新房的消息很快传遍了全村，连我们这些住在村东头的都知道了，有人还专门跑去看呢。于是就有人给哥弟俩说媳妇了，有的是说给连得的，有的是说给连成的。给连得说的，说不给新房子不嫁；给连成说的，也说不给新房子不嫁。怎么办呢？连得的娘主张这新房子先给连得，说连得已经到了不能再等的年龄了，“过了这个村就没这个店了”。连成呢，年纪还小，还能撑几年。连成却死活不同意，说：“说什么我年纪小，都二十三了，还小？人家跟我一般大的孩子都一岁多了。说什么以后再说，要以后到什么时候，这口房子光筹备就用了七八年，再过七八年，我就三十多了，找谁家的媳妇去？”说老大理应让着弟弟。可是，母亲还是不同意，就这样僵持了好几天，两边的媒人都来催了。最后，连成说抓阄，由老天来决定，母亲也只好同意了。连成拿出了两个同样大小的纸条，说一个上边写着“得”，一个上边写着“舍”，抓到写“得”字的，就得新房子。然后把两个纸条都卷成纸团，晃了几晃，让连得先抓，说他是哥哥，理应先抓。连得没话可说，只好先抓，摊开一看，是“舍”。连成说，既然你抓的是“舍”，那我的就一定是“得”了，我的就没必要再看了。于是，顺手划了根火柴，把手里的纸团烧掉了。其实，这里，连成是做了手脚的——他在两个纸条上写的都是“舍”，他有意让连得先抓，这样他的就不再展开了。连得蒙在鼓里，还以为真的是天意呢，也就只好接受了这个结果。后来，有一次连成和朋友一块喝酒，喝醉了向朋友炫耀自己有点子，竟神使鬼差地把他坑连得的事说了出来。他的朋友嘴不严，又传了出去。村里的人知道了，都说连成坑兄，不是好东西，将来会遭报应的。

连成有了新房子，自然好说媳妇，不久就结了婚。后来又分家另立了门户，接连生了两个儿子，大的叫大娃，小的叫二娃。连得和母亲，仍然住在那两间逼仄的西屋里，说媳妇的事自然无从谈起了。母子两个相依为命地又过了五六年，后来，母亲得病去世了，连得就一个人过活了，也一直没人再给他说媳妇，成了名副其实的“光棍”。

不想连得的母亲去世不久，连成也得了肝病，肝硬化，肝腹水，后来又转成了肝癌。连得带着他，看了西医看中医，县里、省城的医院也都去了。连成家里的钱、连得攒的钱都花光了，亲戚邻居，能借的都借了，可也没能救出他一条命来。连成死之前，抓着连得的手，千叮咛万嘱咐，让他一定帮他媳妇把两个孩子抚养成人。连得流着眼泪对连成说：“你就放心吧，我一定把大娃、二娃看成自己的孩子，能挣出一碗稀饭，也要先给他们吃。拼死拼活也要让他们长大成人，成家立业。”那一年，大娃六岁，二娃四岁。

连成死后，连得果真没有辜负弟弟对他的期望，弟弟家的大事、小事，重活、累活他都揽了过来。吃盐打油，人情世事，他都全包了。他对两个侄子，那更是视如己出，疼得割心燎胆。大娃、二娃没上学前，人们经常看见，连得脖子上骑着二娃，手领着大娃到代销点去买“娃哈哈”。那个时候，农村的孩子，能喝得上“娃哈哈”是绝对的奢侈。可连得却一点也不心疼钱，大的、小的，一人一瓶。兄弟俩嗞喳地吸着饮料，馋得旁边的孩子都直流口水。等两个孩子上学了，人们又常看见，连得骑着那辆半新不旧的“大金鹿”，前边的大梁上坐着二娃，后边的座椅上骑着大娃，送他们上学。遇上雨天，道路泥泞，他便前边抱着一个，后边背着一个。听说有一年冬天，大娃得了气管炎，一口痰堵在了嗓子眼里就是上不来，脸都憋紫了，眼快憋暴了，眼看着就没气了，是连得口对口地把痰吸了出来，让大娃捡了一条命……人们见他这样心疼两个侄子，便跟他开玩笑，说等到他老了的那一天，两个侄子得把他当“神”供着。连得听了，也不说什么，只是憨憨地看着两个侄子笑。

耳听为虚，眼见为实，我还真亲历了一件连得一心想着两个侄子的事。有一年的冬天，我和连得都被生产队派出去出河工。当时生活条件很苦，每天都是吃地瓜面的窝窝头，十天才吃一顿白馍馍，一人两个，多了没有，不够有窝窝头补充。你想，十天才见两个白馍馍，多稀罕呀，我们都是在领来的路上就下肚了。可连得却一个也舍不得吃，领来就放在“窝棚”里的旧书包里，用绳子吊起来，然后再回去，一个人蹲在一旁啃地瓜面窝窝头。有一天，又吃白馍馍了，趁他领来往书包里放的时候我问他：“连得哥，守着这一书包白馍馍，难道你不馋吗?”他憨憨地笑着，对我说：“怎能不馋？要放开让我吃，我一顿能吃它六个。可是一想起大娃、二娃来，咽几口唾沫就把馋虫压下去了。”到了年末放工的时候，白馍馍攒了一书包，都干裂得掉了皮，他始终也没舍得吃上一个。

连得对弟媳好，对两个侄子好的确传出了不少佳话；可是，在这当中，也生出一些闲话来。

刚开始，连得是在弟媳家干活，回自己家吃饭、住宿。后来弟媳说，每天回家他一个人还要再做饭，来回跑不说，还耽误了很多农活，不如和他们娘三个一块吃，也就是多添一瓢水、多加一双筷子的事。连得一想也对，便在弟媳家吃饭了，但每天忙完，还是要回到自己的那两间小西屋里睡觉。

后来，弟媳家养的一只大绵羊被贼人夜里偷走了。大娃的娘明明听到了动静，可是不敢出来，也不敢喊叫。因为，贼人隔着窗子喊话给她，说只要她敢开门或叫喊，他们就会进屋杀死大娃和二娃。第二天，大娃的娘，哭着求连得住下来，给他娘三个壮胆。连得没有办法，只好把家里的铺盖取了回来，和大娃同住在西间里。

时间不长，村里便有风言风语出来，说连得对兄弟媳妇好，对两个侄子好，原来是另有所图，是想占他兄弟媳妇的便宜。有个长舌妇，还曾偷偷地问过二娃：“你大伯是不是和你妈睡在一张床上?”二娃便摇着手否定，说：“俺大伯和我哥睡在一张床上，我和俺娘睡在一张床上。”有的传得更离奇，说大娃的娘怀了孕，又生了个男孩，让连得抱着送给了五十里王村的一家不能生育的，还得了五百块钱呢！一时，连得和大娃的娘的事，成了我们夏家堂村民茶余饭后的谈资。

这些风言风语，自然也传到了连得的耳朵里。他听了，不生气，也不分辩，只是淡淡地说："谁想嚼什么就嚼什么，'身正不怕影子歪'，我只想对得起死去的连成，对得起大娃、二娃，对得起我自己的良心。"

这些风言风语也引起了夏家老族长的注意。他老人家觉得，不管是真是假，闲话越传越多，越传越远，越传越离谱，毕竟对连得、对大娃娘仨都不是什么好事，弄得夏家的名声也不好听。而且连得对两个侄子这样上心，根本无心考虑自己的事，这样下去，是注定要一辈子打光棍的。一不做二不休，干脆撮合他们俩结婚。如果他们能名正言顺地生活在一起，谁再想嚼什么舌根也找不到话茬了，大娃娘仨有了依靠，连得也不再单身，一举三得。凑合着把这两个孩子拉扯大，让他们成家立业，这也对得起死去的连成了。况且，像在这种情况下，兄弟媳妇改嫁给老大伯的事，村里过去就有，也算不上伤风败俗。

老族长觉得这事连得一定会很乐意，怕的是大娃的娘有顾虑，于是，就先去找大娃的娘说。没想到，大娃的娘很开通，想都没想就满口答应，说："俺大哥是好人，好人得有好报，不能因为俺娘仨让他单身一辈子。"族长满心欢喜，又找到了连得，把自己的想法和大娃娘的态度告诉给他。族长说着，便见连得的脸慢慢涨红了，眼珠子鼓起来了，额头出汗了，手哆嗦了。族长还没说完，只见连得猛地站起来，对着族长大喊了一声："别说了，不行！绝对不行！"老族长什么时候也没见过连得生这么大的气，发这么大的火，慌忙摆着手对他说："你别激动，我也就是这么一说，不行就拉倒，不行就拉倒。你先坐下，说一说为什么不行。"连得坐了下来，情绪也平静了一些，对老族长说："大老爷，你的好心我知道，你老人家看我可怜，想成全我，想让我有个家小。但是这事我不能做。我要是这样做了，不光对不起连成，也毁了大娃娘的名声——本来就有人嚼舌根，这下好，假事也成真事了。这些还都不算什么，最要命的是把大娃、二娃毁了。你想想，他大伯娶了他娘，这个'黑锅'，他们两个要背一辈子，以后他们在夏家堂怎么抬头，怎么做人，长大了谁会给他们说个媳妇？"

“这没什么，这种情况，咱们村里过去就有，赵恒成的娘不就改嫁给她老大伯了吗？不丢人，没人笑话。”族长解释说。

“谁说不丢人？怎么没人笑话？赵恒成这些年是怎么过的，你老人家难道不知道？谁不拿这一短处压他一头，张口就是‘你好，你大爷娶了你娘’，舌头板子压死人呀！再说，就因为这一短处，赵恒成到了三十五才找了个半憨子。大老爷，我不能让大娃、二娃成咱村的第二、第三个赵恒成呀。”连得说着说着，眼泪就下来了。

“可是你——”

连得长叹了一口气，又说：“大老爷，我就这样了，也不想什么了，搭上我一个，成全大娃、二娃吧。”

“孩子，这样太亏你自己了。”

“自家人，说不上亏还是不亏。我答应连成的事我一定办到，拼死拼活也要让大娃、二娃长大成人，成家立业。”连成一把把眼泪抹干，坚定地说。

老族长还能说什么呢，只好遗憾地走了。

这事就这样不了了之了。连得还是一如既往地对他弟媳好，对大娃、二娃好，一如既往地为这个家操心，拼死拼活地操心。

不知不觉，几年就过去了。眼下，他正为房子的事犯愁——大娃、二娃都下学了，眼看着都到了该说媳妇的年龄了，急需房子，不插好“笼子”，怎么逮鸟呢？可是，房子是那么好盖的吗？一口房子，盖得好一些，要花近十万块，两口房子，要小二十万，哪里弄去？大娃、二娃虽然都到外地打工去了，可他们挣的那几个钱也就够他们自己花的，一年落个三千两千的管什么用？怎么办呢，连得确实是犯愁了。可是，愁有什么用，攒钱才是硬道理。据乡亲们说，那段时间，连得为攒钱简直发了疯，吃最孬的饭，穿最贱的衣，吸最便宜的烟。一件汗褂子，穿了三年还在身上，　双解放鞋，脚后跟都露了出来还不舍得扔掉……他把几亩责任田，交给了兄弟媳妇一个人种，他自己则到县城打工去了。没文化，没技术，年龄又偏大，轻巧活当然找不到，只能干建筑。风里来，雨里去，爬高下低，虽然不容易，但毕竟要比光种地收入多了一些。有时候，为了能多挣十块钱的加班费，他情愿多干两个小时。他从来不在外边吃饭，即使加班到十点，他也抱着空肚子回家再吃。乡亲们见他这样拼命，纷纷劝他悠着点，别太亏自己，毕竟身子是自己的。他听了，总是憨憨地笑着说：“有什么办法，两个孩子一天盖不上房子，一天娶不上媳妇，我一天心不安呀。”乡亲们听了，都非常感动，说连得真是个好人，说大娃、二娃摊上这样的大伯，不知是哪辈子修来的福。

而接下来连得做的另一件事情，带给乡亲们的不仅仅是感动，还有佩服和不可思议——他用半条命，给两个侄子每人换了口房子。

那年初冬的一天早晨，下了一点小雪，连得上工刚刚爬上脚手架，竟一脚磴滑了，从五层楼高的脚手架上掉了下来，多亏楼下的一棵大树接了一下，才掉到地上没摔死，可右边的胳膊和腿都摔得粉碎性骨折了。住了半年多的院，还落了个残疾。好在施工单位还比较讲理，一次性赔了他二十万元。面对着这二十万，怎么办？有人给他出主意，让他将这些钱存到银行里，每月吃利息，虽然利息不是很多，但也是个固定收入，以后的吃饭、穿衣，人情世事就没问题了。可是，连得没这样做，而是用这些钱，给大娃、二娃每人盖了一座底层四间、上层两间的小楼，还做了简单的装修。又拉上了院墙，筑起了高高的门楼子，安上了铁大门。这一下子，连得的好名声在夏家堂传响了，大伙都说，连得为了侄子，连用命换来的钱都不吝惜，这样的人真是难找。大家每每处理家庭事务、调和兄弟矛盾的时候，都拿连得当榜样。不过，也有人说连得是做憨事，当下，人心不古，别说是侄子，就是亲儿子也不一定靠得住。“人心隔肚皮，虎心隔毛皮”，一旦他们不讲良心，你撞头都找不到地方……

这话还真让这部分人说着了，大娃、二娃的房子拾掇好没多长时间，连得就搬回原来的那两间西屋了。

连得为什么要搬回来，据消息灵通的人说，还是为了大娃、二娃。据说盖好了新房子之后，给大娃、二娃说媳妇的不少，可是，人家一来打听，回去就不同意了。问其原因，有的说在村里听到了不少连得和大娃娘的闲话，说他们家不是正经人家，不想跟这样的人家攀亲。有的是嫌他们家兄弟媳妇老大伯，光棍寡妇的住在一起，一家不是一家，两家不是两家，将来媳妇来了，公公不是公公，大伯不是大伯，算个什么？有的则嫌连得是个残疾人，基本上丧失了劳动能力，光能吃不能干，谁知道还要养活他多少年，不想来这里背这个累赘……总之，都是因为连得。

据邻居说，就为撵不撵连得这件事，大娃、二娃和他娘吵了大半夜。大娃的娘说：“人家千辛万苦把你们拉扯大了，又用半条命换来的钱给你们盖上了房子，现在人家没用了，就一脚把人家踢出去了，这于情于理都讲不过去！

这样做，不光对不起你大伯，亲戚邻居也会戳咱的脊梁骨。”二娃则说：“一码归一码，他对我们的好我们永远记着。可眼下，家里有他，媳妇就说不妥，就得断子绝孙，你是要他还是要子孙后代?”大娃则说：“别说影响说媳妇，就是不影响，也不能再这样过下去了。过去，是年龄小，不懂事，听了闲话也没当事；往后，就再不能让人看笑话、说闲话了。”大娃娘就说：“谁说闲话、看笑话了？各人的嘴长在自己的头上，谁想怎么嚼舌根就怎么嚼，身正不怕影子歪，你娘、你大伯从没做过对不起你爹的事!”后来，大娃的娘就皇天爷娘地哭了起来，一边哭一边埋怨，怨自己的命苦，自嫁到夏家来，没过上一天好日子；怨连成死得早，把一切担子都扔给了她；怨自己老运不济，摊上了这两个不懂人理的孽障；怨老天爷不睁眼，不让她赶紧死去……一直哭到半夜。邻居还说，光听着大娃、二娃和他娘大吵小吵，始终没听到连得的动静。

至于连得是怎样回去的，也是众说纷纭。有的说连得不想走，是大娃和二娃连推带拽弄走的，一路上还摔了几个跟头。也有的说，是大娃的娘抱着铺盖，搀着他，哭哭啼啼送走的。还有的说，是连得听了他们娘仨的吵吵，当晚赌气自己走的。哪种说法是真，我也说不清楚，反正是回去了，又回到那两间低矮、潮湿、逼仄、阔别了多年的西屋里去了。

连得回去以后，果真没出三年，大娃、二娃都相继娶了媳妇，生了孩子。

连得刚回去的时候，也快六十了，虽然有残疾，但生活基本上还能自理。大娃的娘也割舍不下他，隔三岔五地到他那里去，给他捎点吃的，帮他洗洗衣服，拾掇拾掇房子，所以还勉强能活下去。可是五年之后，大娃的娘得了乳腺癌，没出一年就过世了。就是在这一年，连得又得了脑血栓，开头还能拖着一条腿艰难地挪步，后来便站不起来了，说话也含糊不清了，饭也做不成了。大娃、二娃又都到外地打工去了，两个侄媳妇轮流送点饭，十天一轮。开始每天还能送三顿，虽然不能准时；可是后来就一天只送一顿、两顿的了，有时候，一忙起来，一天一顿也不送了。连得经常饿得拖着残腿满街爬，向邻居讨饭吃。邻居一天两天还顾怜他，给他卷个煎饼，盛碗稀饭，时间一长，大家也就厌倦了。再加上，他能吃能拉，往往吃了谁家的饭，就拉在谁家的门口。后来，邻居一看他爬过来，就早早地关上了大门……

后来，老族长实在看不下去了，想过问。知道大娃、二娃不在家，便找大娃、二娃媳妇。说连得是个好人，对她家有恩，人不能不讲良心，毕竟大娃、二娃是他一手拉扯大的，他们住的房子也是用他的钱盖的。两个媳妇当着族长的面，承诺“以后注意，以后注意”，可背后大娃媳妇却说：“他拉扯大娃又没拉扯我。我凭什么伺候他?”二娃媳妇则说：“他要不给二娃盖房子，我还不会跑到这里受罪呢。”你想，她们对连得的态度能转变吗？族长见找两个媳妇不行，便找到大娃、二娃的电话号码，打电话把他两人骂了个狗血喷头，要他们好好给媳妇说说，最起码不能让连得饿着、冻着。大娃、二娃都说走时安排媳妇了，让她们好生伺候大伯，没想到她们没按他们说的做。同时，两人也都强调，媳妇又要种地又要看孩子，也确实有些忙不过来。然后保证一定打电话给媳妇，让她们尽力伺候好大伯。可是，说是说，做是做，之后连得的境况并没有改善。族长再打电话，大娃、二娃就有些不耐烦了。大娃说：“该安排的我都给媳妇安排完了，她不照着做，我有什么办法?”二娃则阴阳怪气地说：“老老爷，你也这么大年纪了，就少操点闲心吧，免得伤了身体。”听听，这是什么话?“明白人好办，糊涂人难缠”，老族长也只好作罢……

连得死了以后，大娃、二娃都从外地赶了回来。据说，兄弟俩商量说，大伯一辈子过得窝窝囊囊，他的丧事一定要办得风风光光、体体面面。

的确，连得的丧事办得比一般有儿有女的都隆重。火化后用柏木棺材成的殓，棺材用红漆漆得闪闪发光。光帖（讣告）就发了近百本，沾亲带故的都通知到了。发丧时是两天的场，光客棚就搭了一道街，请了两班子吹鼓手，旗、锣、伞、扇，花圈、纸马、纸轿、纸电视机、纸童男童女……应有俱有，整鸡、整鱼、整肘子的席，摆了一百多桌。吹吹打打，好不热闹，引得四外八乡的人都来看热闹。大娃、二娃头戴孝帽子，身着孝袍子，腰里系着孝疙瘩，前跪后谢，比亲孝子还孝子。大娃、二娃的媳妇也都身着孝衣，手执哀杖子，一见有亲戚来，就哭唱道：“我的好大伯呀，你怎么就走了呢，你走了还有什么人挂牵俺呀……”“我的好大伯呀，你怎么就走了呢，俺还没伺候够你呢，你走了，叫俺伺候谁呢……”

那些看发丧的，本村的人听了都撇嘴，外村的人都说连得这辈子过得值。

唉……

张家湾的娘们儿们

说来奇怪，张家湾的青壮年老爷们儿，一个个歪瓜裂枣，其貌不扬，可娶的媳妇一个比一个漂亮、水灵，这就应了那句老话——“好汉无好妻，好妻无好汉”。

张家湾的老爷们儿不“爷们儿”，怕老婆。因此，无论是在家还是在外，娘们儿们都唱主角。

就拿村东的张玉宽来说吧，他五短身材，头陷在两肩之间，几乎没有脖子。一张扁平的脸，五官都不明显，远看就像一个冬瓜上戳了几个小洞。说不上窝囊，也说不上笨，但绝不是精明人。可媳妇赵玉花，高挑苗条，一头秀发，瓜子脸，鼻子、眼、嘴都安排得恰到好处，让人看了赏心悦目。虽然已是两个孩子的母亲了，还凹凸有致，性感十足。赵玉花不仅长得好，还精明强干，有主见，善思考，敢执敢下，还有学问，是正经八百的高中毕业生，可惜没考上大学。无怪人们都说，赵玉花嫁给了张玉宽，那真是一朵鲜花插在了牛粪上。可是，赵玉花并不嫌弃张玉宽，一样给张玉宽忙天忙地，生儿育女。当然，她在家里是绝对的“一把手”。张玉宽呢，自惭形秽，更谦卑小心，言听计从，心甘情愿地做“绿叶”。

中街的张玉东也是如此，他的外号叫“怎办怎是”。在他那里，媳妇怎么办都对，都正确，他都没意见。他媳妇叫李三妹，也是个拿得起放得下的女人。遇事，李三妹向张玉东征求意见，张玉东总是说：“强的妈（他们的儿子叫强），你看着办，怎办怎是！”

据说，有一天，李三妹故意捉弄张玉东，板着脸告诉他，说跟他在一起过，没点意思，过得黑够白够的，想跟他离婚。又说，十年前的男友给她打来了电话，说现在成大老板了，一直单身等着她呢。离了婚让她远走高飞，问他可行？张玉东听了，如五雷轰顶，急得眼泪都掉下来了，可嘴里还是说：“强的妈，你看着办，怎办怎是，怎办怎是。”

据说张家湾的男人也有不怕老婆的，村西头的张玉成便是。他黝黑干瘦，尖嘴猴腮，却娶了个白白胖胖、腚大腰圆的媳妇，叫王兰兰。村里的人都说他们两口子是“草佬扁”和“嘎达剪”（蝗虫的一类，母的叫“草佬扁”，肥壮，三寸多长；公的叫“嘎达剪”，很瘦小，不到一寸长）。可“草佬扁”就是吼不住“嘎达剪”。“嘎达剪”常说，一个男子汉，天天在媳妇面前低三下四，真是丢人现眼。咱虽然干瘦，可有内功，媳妇在咱面前服服帖帖，百依百顺。其实，他哪有什么内功，只不过能说会道，再加上强词夺理，媳妇说不过他罢了。可是，说不过他但能打过他，有时候，气得厉害，王兰兰“文”的不行，就给他来“武”的。尽管张玉成高喊“君子动口不动手”，但王兰兰才不管什么“君子”不“君子”呢。她会一脚把张玉成踹倒，骑在他身上，一顿暴揍，直揍得他抱着头喊爹叫娘，有时还叫姑奶奶。其实，张玉成最怕的还不是挨揍，而是怕媳妇跟他离婚（自己有自知之明），什么事，一旦媳妇说，不行咱就离，他便败下阵来。可是张玉成在大伙面前，说的都是他如何“过五关斩六将”，从来也不提被媳妇揍得叫“姑奶奶”和离婚的事。张玉成也不是不怕老婆，只是嘴硬罢了。

现在的张家湾，是“女权”的社会，娘们儿们是主宰，是舵手，决定着各个家庭的命运和方向，从某种意义上说，也决定着村子的命运和方向。这年把里，张家湾的娘们儿们更是霸气十足，大动作频出，让张家湾名声大振，也让她们名声远扬。现在，十里八乡的乡亲们都说：“不能怨张家湾的爷们儿不‘爷们儿’，因为张家湾的娘们儿比爷们儿更‘爷们儿’。”

二

张家湾的娘们儿们有个特点，就是“抱团”，要干什么就都干什么，大家一致推举赵玉花当“团长”。她们建了个名曰“张家湾的娘们儿们”的微信群，借此联络感情，传递信息，交流想法，互通情况……自然，群主也是赵玉花。前几年她们都外出打工，虽然是天南海北，可是因为有“群”，彼此也没少联系。今年过春节的时候，她们就酝酿不再出去打工了，至少这四五年内不再出去打工了。去不去打工，可是关系到家庭收入的大问题。此事一提出，就在张家湾掀起了轩然大波。

这个想法是赵玉花先提出来的。她为什么会有这一想法呢？这跟她这两年的打工经历有关。这两年她在杭州当保姆，受雇于一个知识分子家庭。男主人姓张，是杭州某青少年教育研究所的研究员，赵玉花喊他张老师；女主人姓王，是杭州某中学的老师，赵玉花喊她王老师。两位老师都很和蔼，没有一点架子，也没拿赵玉花当外人，有时间还跟赵玉花聊聊天。赵玉花也常常把家里的一些事、自己的一些想法告诉两位老师，请教他们，让他们帮助自己拿主意，两位老师也乐于帮助她。雇主家和赵玉花家一样，都有两个孩子：大的是男孩，八岁，上小学二年级；小的是女孩，四岁，上幼儿园中班。赵玉花目睹了两位雇主老师在陪伴、教育、培养孩子上搭的工夫、费的心血——除了日常的衣食住行上的关心和照顾外，为了让孩子养成良好的生活、学习、卫生习惯，他们对孩子严格要求，从不姑息迁就。他们跟孩子做朋友，利用一切可以利用的时间和孩子一起唱歌、画画、跳舞、打球；陪孩子去公园、图书馆、科技馆、博物馆；和孩子一起读书，玩玩具；不厌其烦地给每个孩子写成长日记……特别是雇主老师和孩子在一起互动的一些瞬间，对赵玉花刺激更大。比如看到孩子从学校或幼儿园捧着奖状回来，雇主老师迎上前去的时候，孩子看到爸妈下班回来了扑到他们怀里的时候，爸爸给女儿梳头扎小辫的时候，儿子亲吻妈妈脸庞的时候……每当她看到这些，就不由自主地想起在老家的两个孩子——爸爸妈妈不在身边，陪伴他们的是年近七十岁的爷爷奶奶。爷爷奶奶身体不太好，还种着四亩责任田，能让孩子吃饱穿暖就很不错了，根本没有精力和能力操心孩子的品行、学习和习惯，更不要说别的了。看看人家的孩子得到的关爱，再想想自己的孩子，她深深地感到内疚和不安。她常常想，同样大的孩子，人家从小养成很多好习惯，学习和积累了那么多知识；咱孩子却啥都不懂，啥也不会，以后还要跟人家一起竞争，人家都跑了老远了，咱还没起步呢，咱不输谁输？出外打工，拼死拼活，为了什么？还不是为了孩子，就想多挣几个钱，让孩子过得更好些？可是为了挣钱，丢下孩子不管，这是为了孩子吗？现在丢下孩子不管，以后孩子没知识，没能力，能过得好吗？……

特别是这次回来，更是让她震惊。刚放下行李，儿子小龙就从外边跑回来了，一年没见，她亲得慌，一把把儿子拉到怀里。没想到，儿子竟狠狠地瞪了她两眼，挣脱着说："干什么？干什么？"晚上想搂着女儿小凤一起睡，小凤却死活不愿意。只好等到她在奶奶床上睡着了，悄悄地抱回自己的床上搂着。可小家伙半夜醒来，发现旁边不是奶奶，又哭又闹，连蹬加踹，没有办法，只好又把她送回了奶奶的床上。这能怪孩子吗？小狗小猫都知道谁跟它亲它就跟谁亲呢！还有更让她担心的呢，听孩子爷爷奶奶说，儿子这半年里特别不听话，叫他向东他偏向西。也不好好地上学，还因为逃学，被老师叫了好几次家长。平时放学回家，书包一丢就看电视，吃饭让他去拿双筷子他都瞪眼……她确实感觉到事情的严重性了，她不能再去打工了，必须留下来，不然，就有可能把孩子的一生葬送了。

通过视频聊天，她把自己的感受和不再去打工的决定告诉了张老师和王老师。两位老师虽然为失去了一位称心如意的保姆感到可惜，但却很赞成她的想法，夸她有眼光，有远见，并且表示以后在教育孩子方面有什么困难，就打电话告诉他们，他们愿意提供力所能及的帮助。

她又把这些话告诉了丈夫张玉宽。张玉宽听了直挠头——他承认媳妇想得对，想得长远；他也清楚这半年来儿子的表现，知道孩子靠两个老人陪伴、教育是不行的。但是，他还有一个心事没完成——新房子前年就盖好了，但因为钱紧，一直没装修。他想再坚持一年，把装修房子的钱挣出来，不然，单靠在家种地的这点收入，装修不知会拖到猴年马月。于是，他十分为难地对媳妇说："玉花，你说得都对，我也知道你是为孩子好，为咱们家好。只是你看，咱家里的屋是盖好了，但还没装修，装修还得近十万块钱。我心想，今年咱俩再一块出去，一年绝对稳稳地赚十万块钱。明年咱把房子一装修，就没心事了。到时候，你就不用出去了，光在家里陪孩子，行吗？一年，就一年！"说完，可怜巴巴地看着媳妇。

"不行，别说是一年，就是一个月也不行！"赵玉花斩钉截铁地说，"你想一想，装修房子和培养孩子哪个更重要？咱们已经糊涂几年了，可不能再糊涂了，绝不能再干丢了西瓜，捡个芝麻的事了。"

张玉宽见媳妇这样坚决，知道再说也没用，但又担心媳妇把这件事喊出去，惹麻烦，就嘟囔着："那，那咱就光管咱自己，别再招呼别人行不？"

"那怎么能行？都是好姐妹，咱怎能只顾自己呢？再说了，这事只有大家一起来做，才成气候，效果才好。”

张玉宽没再说什么，搓了搓手，站起来，扫院子去了。

赵玉花把自己的感受和不再去打工的想法整理了一下，发到了微信群里，建议大家都来说说自己的看法。

一石激起千层浪。群里的娘们儿们看了，自然要告诉自己男人，自然要商量怎么办。两口子拿不定主意的，还要跟家里的老人商量，有的还要征求孩子的意见。一时间，张家湾类似赵玉花这样的家庭，都在思考，都在经历着一次说难不难、说易不易的选择。

第一个站出来支持赵玉花的是李三妹。她说，赵玉花那样的感受和认识她也早就有，但是没有赵玉花想得深透。现在，她十三岁儿子的问题很严重，不光不好好地上学，还学抽烟，沉迷网络。前些日子，问他爷爷要钱上网，爷爷没给，他竟把爷爷推倒在地，还踢了几脚。她表示，她跟张玉东说好了，即使外边有座金山，也不能去了。随后又有二十几个娘们儿表示了同样的看法。但也有的娘们儿表示出不同的意见，最典型的是邱媛媛。她说，这些道理她都懂得，但是，留下来能起多大作用，不好说。我们这群娘们儿大都是初中毕业，有的只上过几年小学，怎样教育、培养孩子，自己心里一点底都没有。再说了，咱农村跟人家城里不能比，很多条件我们都没有。恐怕不去打工，对孩子也起不了多大的作用。别弄得钱没挣上，孩子也没陪伴、教育好，两头都没得到。还有的姐妹说，远水不解近渴，前几年盖房子、看病借的钱，还有一些没还，光靠在家种地还债根本没门，种地一年的收入还没有打工一个月挣得多，总不能为了还在镜子里照着的影子，现在就扎上脖子吧。

赵玉花觉得她们说得也有一定的道理，这也是姐妹们不能痛下决心的原因。怎么才能解除姐妹们的顾虑，她心里也没有底。便又给张老师打电话，向他讨主意。

张老师首先对她不光自己留下来还动员更多的母亲留下来的做法表示赞赏，说这样能让更多的孩子享受到母爱，人都有从众的心理，容易形成大家都来关心孩子成长的氛围。然后说到一些人的想法，认为确实很现实，他也理解。但是，童年对一个人的成长影响极大，童年缺失关爱很可能导致长大人格不健全。要让孩子们不缺失爱，陪伴是最基本的，没有陪伴，爱就表现得苍白无力。虽然我们在孩子的管理、教育方面都不是内行，但留下来至少能看护着他们，管教着他们，不让他们走歪路邪路。孩子的培养和教育是有最佳时期的，这最佳期就是幼儿和少儿期，错过了这个时期，就会事倍功半。如果只顾眼前，很可能给孩子带来无法弥补的损伤。希望各位家长从孩子的长远发展着想，想办法克服眼前的困难，尽量地留下来陪伴孩子。张老师还说，教育、培养孩子，不是天生就会的，都是通过学习和实践学会的。读这方面的书，听这方面专家的讲座，是提高我们水平很好的办法。随后寄去几本这方面的书和几张光盘，供大家学习……

赵玉花把张老师的意见告诉了姐妹们，大家都说张老师说得对，特别是“孩子的培养和教育是有最佳时期的，错过了最佳时期，就会事倍功半”的说法对她们震动很大。李三妹就说自己的孩子就有些错过了最佳时期，所以现在教育起来，十分费劲。又有一些姐妹做出了留下来的决定，其中就有邱媛媛。当然，一些人的老公也不可避免地有些想法，可是他们都像张玉宽一样，在强势的媳妇面前，想法只能保留。只有王兰兰的老公“嘎达剪”不甘沉默，在大街上说，“娘们儿当家，墙倒屋塌”。说他媳妇没有主见，“人家说是灯，她就添油；人家说是庙，她就磕头”。还说他命令王兰兰了，“如果一年没有成效，就乖乖地给我打工去”。至于在家里挨没挨揍，他没说。

男人们都陆续打工走了，有四十多位女人冒着很大经济损失的风险留了下来。

人是留下来了，但孩子的教育问题千头万绪，应先从哪里干起呢？赵玉花又没有主意了，便又给张老师打电话。张老师说，根据她介绍的情况，可以先从三个方面抓起：第一，要提高母亲们的教育管理水平，让大家尽快地掌握一些最基本的科学管理孩子的知识和方法；第二，要想方设法让孩子多读书，多读书才能长知识，长才干，明事理；第三，要开办一些兴趣班，提高孩子们对文化、艺术的兴趣爱好，把他们从电子游戏中拉回来。张老师说，他知道，农村的条件不比城市，但是只要大家开动脑筋，利用农村现有的条件，因陋就简，一定会想出更多、更好的办法来。

听了张老师的话，赵玉花的心里有了着落，便找来了李三妹、王兰兰、陈慧芳、邱媛媛，把张老师提出的三个建议告诉她们，请她们帮助想想，怎么才能把这三条建议落到实处。

先商量怎样提高大家的教育管理水平。赵玉花说，张老师寄的书和光盘到了，可是书少人多，分不过来。况且有的人还看不懂，理解起来有困难，还有的人拿起书本就打盹。最好的办法就是把大家组织在一起，由老师统一上课辅导。可是谁能来当辅导老师呢？陈慧芳想了个办法，说她娘家的三叔是个退休的语文老师，很有学问，在家闲着，也很热心。如果把书和光盘给他，让他备备课，分期讲给大家听，效果一定很好。大家一致认为是个好主意，决定先让陈慧芳跟她三叔联系，待同意后，再确定讲课的时间和地点。

针对让孩子们多读书的建议，大家都说，孩子确实不爱读书，放了学不是看电视就是玩手机。要让他们多读书，首先要有书读，可现在的农村，有的家庭一年半载都不买一本书，到哪里弄书让他们读呢？李三妹想出了个主意，她说，村里的农家书屋办了有七八年了，上级免费提供了很多书，可是，这些年村里根本没拿它当事办，上级来检查，就开放这么一会儿，检查的一走，就关了门。那些书，一直在那里睡大觉。咱能不能给村里说一说，每天下午放学以后，农家书屋对孩子们开放两小时，星期六、星期天全天对学生开放。大家听了，都说可行。可是邱媛媛说，农家书屋的书大部分是给大人看的，孩子们喜欢读的可能少一些。她建议凡是有上学的孩子的家庭，每家出 200 元钱，集合起来，让村小学的老师根据学生的阅读爱好开个买书的单子，在网上买来，放到农家书屋里。大家商量先让邱媛媛跟村里联系，如果答应了，再说增添孩子们爱读的书的事。

至于成立兴趣班，大家觉得农村不比城里，咱办不起大的只能办小的，办不起洋的只能办土的，办不起烧钱的只能办省钱的。首先要有辅导老师，而且必须是不要代课费的。一合计，村里有几个退休在家的老师，有会写毛笔字的，有会画国画的，还有会唱歌的。村里还有几位老人，有会吹唢呐的，有会武功的，有会捏泥人的，还有会唱柳琴戏的。如果能把他们动员起来，让他们发挥余热，当免费辅导老师，也是好办法。这个事就由赵玉花来办。至于辅导的场所，等落实了辅导老师，跟辅导老师商量后再说。

最后，赵玉花对姐妹们说："俗话说'头三脚难踢'，现在要办的这三件事就是咱留下来后的'头三脚'，姐妹们一定要想尽一切办法，尽量把事情办成。另外，时间还要抓紧，尽量在这三两天里办好，咱好安排下面的事。"

商量完了，赵玉花想留她们吃饭，她们都说还有事情，便各自回家了。

第二天中午，陈慧芳就给赵玉花打来了电话，高兴地说，交给她的任务完成了。她三叔答应得很爽快。她三叔说："退休回老家后，看到留守儿童的现状，心里干着急，却束手无策。现在，你们想了一个很好的办法，也给我提供了一个为留守儿童做点事情的机会，我非常乐意做这件事，并保证一定做好。"他建议，每星期辅导一次，定在星期六的下午五点到七点。他现在就开始准备，下星期六一定开课。陈慧芳还说："学习的场地你就不用再操心了，就在我家的西配房里。你也知道，西配房是两间平房，玻璃门玻璃窗的，挺亮堂。现在里面只放了些家具，拾掇出来放到东屋里就可以。来听课的，在自己家捎个凳子就行。"赵玉花听了十分高兴，一件事总算有了着落。她急忙把这好消息发到了群里，让大家接龙报名，并做好上课的准备。半天不到，就有三十五个姐妹报名了。

第三天的中午，邱媛媛来找赵玉花，说农家书屋对学生开放的事不很顺利。她找过了村委主任，他不乐意，说，农家书屋是给农民办的，怎么能单独对学生开放呢？再说了，"作孽的和尚，捣蛋的学生"，如果放给了学生，不出三天，书屋就会弄得不成样子，到时候再来检查的，怎么给上级交代？

赵玉花听了，觉得又可气又可笑——农家书屋对农民开放，却不对农民的孩子开放，这是什么混账话？怕学生把图书弄脏了，弄乱了，弄破了，还没让孩子看，你怎么知道孩子会把书弄脏，弄乱，弄破呢？办书屋不是为了看书，而是为了摆样子，为了迎接检查，世上还有这样的说法！她问邱媛媛："村主任没说要怎样才能答应吗？"

"说了，要我们去镇里找领导，如果领导能发话，他们就答应。"

"那好，咱就去镇里找领导！"赵玉花说着便起身走出屋来。

"你，你疯了？他这样说，就是谅你不敢找镇里，镇领导是你能找的？你一个普通村民，他们能理你？"邱媛媛追出来，高声地说。

"普通村民怎么了？普通村民就不能找镇领导？只要我的要求是对的，他就不能不支持。走，你用电动车驮着我，咱现在就去，唬谁呢?!"赵玉花说着回屋把电动车推出来，交给邱媛媛。

她们在镇政府门前停下，找个地方放下电动车，便往里面走。刚进门，就被门卫拦着了，问是干什么的。赵玉花说，来找镇领导。门卫问找镇领导干什么？赵玉花便把开放农家书屋的事说了一遍。门卫皱了皱眉头说："这点小事还值得麻烦大领导？要不，你们到这排房子最西头的那个门里问问吧。"

两人按照门卫的指点，来到了那个门前，见墙上的牌子上写的是文化站。门关着，她们敲了几下门，还好，有人，里面有人说“请进”，她们推门进去，见有一位三十多岁的男子在低头看手提电脑。见她们进来，不情愿地抬起头来，问她们有什么事。赵玉花说明来意，最后说：“恳求镇领导帮忙！”那男子听了，苦笑了一下，说：“我可不是什么镇领导，镇领导能在这里办公？一般说来，哪个村的农家书屋，就由那个村的村委管，文化站只负责供应图书，检查管理、开放的情况，至于对谁开放，应该由村里决定。不过，我看你们为了孩子，心情这么迫切，就给你们写个条子吧，结果能不能如你们的愿就不好说了。”说着，便在一张纸上写了几句话，装进了一个信封里，用糨糊封上了口，交给赵玉花，说，回去交给村主任就行。

她们回到村委办公室，村主任在。把信交给他。他接过信，掂量了一会儿，显然觉得她们去镇里有损他的面子，便皮笑肉不笑地说：“好，有种，还真到镇里去了。”撕开信封，抽出信来展开一看，“噢——你们找的是文化站——你看，他们是怎么说的，‘如无特殊情况，可以对学生开放’，我现在就告诉你们，咱村有特殊情况，不能对学生开放！”村主任把信往办公桌上一扔，没有好气地说。

“咱村有什么特殊情况？”邱媛媛问。

“有什么特殊情况还非要告诉你？”

“主任，你这样就有点说话不算话了。当初你说，只要镇领导发话，你就答应。现在镇领导发话了，你怎么又要赖了呢？”赵玉花说。

“我怎么是要赖呢？当初我叫你们去找镇领导，你们找的却是文化站，文化站哪能算镇领导?!”

“文化站不是镇领导，那你说谁才算镇领导？”

“镇党委书记、镇长，只要他们有一个发话，我保证不说一个不字。”

“那好，那好，你等着！”赵玉花说着，急三步走出办公室，骑上电动车，走了。

“等等我，等等我。”邱媛媛喊着追出大门，却只看见了她的一个背影。

“哼，找去吧，看把你能的，书记、镇长能听你的？你以为他们都是张玉宽？”村主任悻悻地说。

赵玉花又来到了镇政府门前，放下电动车就往里走，刚进门，又被门卫拦住了。门卫看了看赵玉花，说："刚才你不是来了一趟了，怎么又来了？有什么东西落下了？"

"不是，上回来找的领导太小，我们的村主任不听，要我来找书记、镇长。"

"书记、镇长都下去了，你到哪里去找他们？"

"他们都到哪里去了？"

"领导去哪里，我哪里知道？"

"他们什么时候回来？"

"这个就没准了，有时候要很晚才回来呢！"

"那，反正他们会回来的，我就在这里等。"

"那你等到什么时候？"

"等到半夜我也等！"

"你认识书记、镇长吗？"

"不认识。"

"这里出出进进的人多了，即使他们从你面前走过去，你也不知道呀。"

"那——"赵玉花这才觉得这样等还是不行，可是又有什么好法子呢？

"要不这样吧，等书记或镇长到的时候，我称呼他一声，就是给你打招呼了。"门卫不知是动了恻隐之心，还是被赵玉花的执着感动了。

"好，好，太谢谢你了！太谢谢你了！"赵玉花嘴里说着，心里想，"哪里都有好人呀！"

赵玉花就坐在镇政府门前的石阶上等。她看到从外边走进好多人，有不少是穿西装，打领带，像当官模样的，但门卫都没吱声。她等啊等，直到太阳落山了，天都暗下来的时候，才看见一辆黑色的轿车停下来，从车里走出来一个穿夹克的。门卫看见，慌忙站起来，喊道："镇长回来了。"那人没答话，只是点了点头。赵玉花一个箭步上去，拦住了镇长，大声地说："镇长，我找你有点事。"

"什么事，你说吧。"镇长停住脚，不紧不慢地说。

赵玉花便把张家湾的娘们儿们怎样为了孩子下决心不去打工，为什么要让农家书屋对孩子们开放，村主任怎么让来找镇领导，找了文化站不行，非让找书记和镇长，一五一十地讲给了镇长听。镇长听得很认真。待赵玉花说完，镇长微笑着对她说：“你想得很对，做得很对，我支持你。农家书屋当然要对孩子们开放，村里不光得同意，还要提供必要的服务。你是张家湾的，我知道了，你回去吧，我会给你安排好的。”

“谢谢镇长，谢谢镇长！”赵玉花连声说，感动得眼泪都流出来了。

“谢我什么，我们的工作没做好，让你跑了两趟，我还要向你道歉呢。”镇长说着，向赵玉花拱了拱手。

赵玉花哪里受过这样的礼遇，摆着手说：“不用，不用，我先走了。”

赵玉花回到家，已晚上八点多了。刚吃过饭，邱嫒嫒就来了，说她刚从村委办公室回来，刚才村主任把她叫去了，告诉她，镇长给村里打电话了，让农家书屋对学生开放，开放时间根据孩子们的情况来定，村里的图书管理员要切实做好服务工作，还要求村主任向我们道歉呢。

“村主任态度怎样？”赵玉花问。

“你想，刚挨了镇长一顿，脸能好看？!”

“管他脸好看难看，事情办成了就行。当然，咱还要告诉姐妹们，让她们教育自家的孩子，去书屋看书一定要爱惜图书，服从管理员的管理。谁要是损坏了书或其他物品，是要加倍赔偿的。”

“好，我一会儿就在群里说这件事。”邱嫒嫒答应着，又告诉赵玉花，每家交200元钱买书的事很顺利，交钱的有30家了，收了6000元了。准备明天就去小学找老师，确定书单，近一两天里，就在网上购买图书。赵玉花交代邱嫒嫒，书买来之后，要及时把清单在群里公布，让姐妹们心里明白。邱嫒嫒说，知道。

前两件事都有着落了，赵玉花又马不停蹄地去办第三件事。她先去村东头找张士诚大爷，张大爷是位远近有名的吹鼓手，既会吹唢呐，还会吹笙。据说，八十年代，他吹的《百鸟朝凤》，省广播电台都录播过。张大爷虽然七十多岁了，但身子骨还很硬朗。一听赵玉花说要请他教孩子们吹唢呐，高兴得合不拢嘴。他说：“我有三个儿子两个姑娘，可他们都不喜欢我的手艺，我正愁我的手艺要失传呢。这下好了，有愿意学的娃娃你就让他们来，我一定毫无保留地都教给他们——不过，学手艺没有不苦的，现在的孩子都是甜水里泡大的，不知道能不能吃这份苦？”

赵玉花说：“只要有兴趣就不觉得苦——只是教孩子们是没有报酬的……”

“不要报酬，我不要报酬，能让我的手艺不失传，是对我最好的报答！”

“可吹唢呐动静大，在村里学怕影响别人吧？”

“没事的，天气好，我带他们去村东边的小树林里吹；天气不好，就在村南的一间场园屋里练。”

告别了张士诚大爷，赵玉花又来到了李少芬大娘家。

李少芬大娘从小就喜欢柳琴戏，长大了跟着戏班子学戏唱戏，她和丈夫同台表演的柳琴戏《王小赶脚》，曾在这一带风靡一时。后来，戏班子散了，他们也岁数大了，就回了老家。但并没有丢了柳琴戏。前些年，村里年年“闹花灯”，老两口都会再演一次《王小赶脚》，让村民饱饱眼福。平日里，一高兴，还会在自家的院子里唱上几段，常常引得满院子人听。老两口虽然一生无儿无女，但有柳琴戏陪伴，生活还是很滋润的。可是，谁也没想到，去年冬季，李大娘的老伴突然因病去世了，李大娘的精神一下子垮了。从那以后，就再也听不到她唱戏了。

听赵玉花说要请她教孩子们唱柳琴戏，李大娘眼睛一亮，精神一振，可马上又黯淡下来，长长地叹了口气说：“老了，唱不动了，现在，我哪还有心思教戏、唱戏呀！”

“大娘，你不老，听说你才65岁，人家郭兰英90多岁了还经常上台演出呢！”赵玉花说。

“人家是什么人，咱是什么人，咱能跟人家比？”

“怎么不能比？主要是看心态，心态年轻，八十也不觉老。大娘，自从大爷去世，你就一下子败劲了，人也一下子老了，这样不行，您老得赶快从大爷去世的阴影里走出来。”

“走出来，哪有这么容易？恐怕我这一辈子也走不出来了。”李大娘颓丧地说。

“不，你一定能走出来。如果能经常和孩子们在一起，你就不会觉得孤独、寂寞了，你的心态就会自觉不自觉地年轻了，用不了多久，你就会走出来。”

“能这样吗？”

“能，一定能！大娘，听说你小时候，很迷柳琴戏，为了学戏，吃了不少苦头吧？”

“那就别提了。我父亲是个老封建，说什么也不让我学唱戏，说唱戏败坏门风。十六岁那年，我趁家人不注意，就跟着戏班子跑了。我父亲知道后，气得半死，派人四处打听我的下落，后来捉到了我，拉到家里，差一点没把我打死。把我关在黑屋子里，三天不给饭吃。后来，我还是顺着梯子爬上屋梁，在屋顶上掏了个洞跑出去，投奔了另一个戏班子。”

“大娘，现在有许多孩子，像当年的你一样喜欢柳琴戏，想学柳琴戏，你又是柳琴戏的老行家，你就教教他们吧！”

“那——我有半年多没唱了，不知还能行吗？”

“行，你绝对行！你能给一些孩子圆了学唱柳琴戏的梦，孩子们会多高兴呀！”

“那——我就试试看吧，你就让那些想学的孩子来我家，在家里方便。”

“好，好！我替孩子们谢谢你！”

告别了李大娘，赵玉花又找了会武功的张士新大爷、会捏糖人的张士公大爷。可惜张士新大爷因为练功不慎伤了腿，暂时不能开课，答应一旦腿好了就开班。张士公大爷，则满口应允，说孩子们啥时来、来多少都欢迎。

第二天，赵玉花又找了会唱歌的刘老师、会书法的张老师、会画国画的夏老师，他们都欣然答应，都表示，能为留守儿童做点事情，心里很高兴。

这样，可供孩子们选择的兴趣班就有了七个——唢呐、柳琴戏、唱歌、书法、国画、捏泥人、武术（暂不开班）。全村留守的在校儿童总共才五十多人，每个班平均也就不到十人。赵玉花便在群里发通知，让姐妹们根据孩子的兴趣爱好，同孩子商量后报班，要求最少报一项，最多报两项。没出一天，就都报上来了，报的最多的是书法，十九人；最少的是捏泥人，六人。兴趣班每星期上两堂课，每堂课一小时，大部分安排在周六和周日。

一切准备就绪，家长学习班、农家书屋、各种兴趣班陆续开始，张家湾的学习氛围一下子浓了起来。

家长学习班的第一课，到了近四十位家长，两间屋子坐得满满的。陈慧芳的三叔——陈老师显然是经过了精心的准备，一会儿讲道理，一会儿举例子，一会儿放光盘，讲得深入浅出，头头是道。下面的家长个个听得津津有味。下了课还议论不停：“听了课心里敞亮多了，明白多了。”“老师说的‘孩子的毛病都是家长的毛病’，一点不假，现在才知道，做个好家长还真不容易。”“不说别的，单就听这一堂课，留下来也值得。”……

在镇长的督促下，村里给农家书屋派了管理员，增添了新桌凳，还提供了桶装的纯净水。书屋周一到周五的晚五点到七点、周六周天全天专对学生开放。邱媛媛用每家交的200元钱，网购了四五百本儿童书，放进了书屋。学生放了学，有的回家完成家庭作业后，便到农家书屋读书；有的背着书包直接去书屋，看个多小时的书后再回家做作业。

每到周六、周日，村东小树林里唢呐声声，李大娘家里咿咿呀呀，刘老师领学生引吭高歌，夏老师带学生挥毫泼墨，张士公大爷教孩子们团泥，张老师看孩子们临摹。老师们热情、投入，学生们认真、刻苦。也可能是新兴，孩子们上兴趣班的热情比上学学文化课都高，不光上课跟着老师学，平时在家，一有闲空就练习，手机、电视根本无暇光顾。

总体来说，张家湾的娘们儿们在“团长”赵玉花的带领下，留下来后的“头三脚”踢得很好，踢出了效果。

二

不知不觉，一两个月过去了，张家湾的娘们儿们生活得单调又平静。大田里没有什么活计，小麦刚刚浇过返青水，追肥还得再过十天半个月。孩子们按部就班地上学，放了学，便忙着做家庭作业，做完作业就去书屋读书，周六、周日还要上兴趣班，平时还要抽时间训练，忙得很。通过培训班近十堂课的学习，女人们也懂得了一些教育孩子的方法和技巧，处理起孩子的事来，也不像从前那样费神劳力了。

生活平静可心里并不平静。这些年，她们在外打工紧张惯了，一下子松弛下来，还真有点不适应。她们似乎觉得，这样的生活太平淡，太没意思，甚至还有点小郁闷。特别是不能挣钱，更让她们觉得自己在家里的分量轻了很多，在家的主宰地位有些动摇。比如说，晚上给男人打个电话，发个视频，本来想听听男人体贴入微的话，可往往听到的是：“我太累了，休息吧。”“工地上还没开工资呢，钱一定要省着花。”“你别这么啰唆好不好，我忙着呢。”“没有要紧的事就别再打电话（发视频）了，我明天还要早起上班呢。”你听这话，说不上嫌弃，可最起码不怎么温暖，还有点怨气。好像他们在外辛苦，女人在家享福，他们挣钱，女人花钱，女人就该攀着他们似的。放在以前，他们敢？最不像话的是“嘎达剪”，就因为王兰兰问他要了支口红笔，他竟在电话里把兰兰臭骂了一顿：“我在工地上爬高下低，一滴汗掉下来摔八瓣，你却在家里躺沙发上抹口红，你还有点人味吗？……”就连“怎办怎是”也敢对李三妹大声交代：“现在挣钱更难，花钱可要省着点。”另外，光花钱，不挣钱，坐吃山空。买盐打油，人情世事，吃喝拉撒，孩子上学，时时都要花钱，处处都要花钱。一张百元的大票换开，一两天就花光了。眼看着家里的积蓄越来越少，一种危机感便慢慢地袭上了她们的心头。

这天，李三妹、王兰兰、陈慧芳、邱媛媛各自吃了早饭，送孩子去了学校后，便相约来到了赵玉花家里，聊起了最近男人有了“反骨”，而她们光花钱，不挣钱，心存危机的事。女人们都说这样下去绝对不行，这样下去，用不了多久，张家湾的娘们儿们就跟别村的娘们儿们没什么区别了，得想个在家还能挣钱的法子。

在家，还能挣钱，谁有办法？

赵玉花说：“这几天我专门看了电视上的《致富》节目，看到确实有不少人在家里一样挣钱，而且还不比外出打工挣得少，有的还发家致富了。”

“他们都是搞什么？”邱媛媛问。

“他们有一个共同的特点，就是拿当地最有特色的东西做文章，比如特色农副产品、特色养殖、特色食品、特色手工制作等等，然后把它们做大，做强，创出名牌。”

“对，对，我也看了，有种大葱的，有养香猪的，有养灵芝的，有卖馅饼的，还有剪纸的，都是有地方特色的。”陈慧芳说。

“可咱张家湾有什么特色的东西呢？”王兰兰说。

“张家湾种的是大众粮，吃的是大众饭，穿的是大众衣，干的是大众活，哪有什么特色？”李三妹说。

“咦，对了，我忽然想起我婆婆曾教给我儿子的两句歌谣：‘刘村的烧饼段庄的馍，张家湾的煎饼馋掉舌。’”邱媛媛眼睛一亮，神秘地说，“记得有一次，我儿子问他奶奶，世界上最好吃的东西是什么？他奶奶说，是咱张家湾的煎饼。我儿子说，煎饼有什么好吃的，干得扎嘴，皮筋得嚼不动。他奶奶说，你那是没吃到正宗的张家湾煎饼，哪天，奶奶给你露一手，烙几张正宗的让你尝尝，保证让你吃了一辈子都想着。我当时听了，觉得是婆婆哄她孙子玩的，也没当回事。现在想起来，说不定还真有可能是张家湾的一种特色食品呢!”

“你说这倒让我联想起一件事。前年春节后的一天，我们打工还没走，我家张玉东从外边买东西回来，说刚才在街上，有一个穿西装、打领带、文质彬彬的青年人，问他谁家卖煎饼。张玉东很愕然，张家湾哪有卖煎饼的呀!就问那青年人，你从哪里来？怎么跑到这里来买煎饼？你听谁说的张家湾有卖煎饼的？那青年告诉张玉东，他是从新加坡来济南办事的，临来时，他八十多岁的爷爷嘱咐他，让他抽点时间拐个弯，到×县的张家湾买点煎饼捎回去。他爷爷说，张家湾的煎饼太好吃了，几十年过去了都不能忘。张玉东告诉他，从自己记事起就没听说过张家湾有卖煎饼的，是不是你爷爷记错了？青年人又给他爷爷打了电话。爷爷回话说，没记错，就是×县城北十里的张家湾。他小的时候家在×县城里，吃煎饼都是到张家湾去买，听说当时有三十八盘鏊子烙煎饼卖呢。张玉东告诉他，张家湾现在确实是没有一家卖煎饼的了，这村里的人吃煎饼，要么自己烙，要么到城里去买。那青年只好很遗憾地走了。当时，我和张玉东都没太在意，只是当笑话说说就过去了。现在跟邱媛媛婆婆说的一联系，说不定还真有这么回事呢!”李三妹说。

“咱要是把这东西开发出来，说不定还真能抱出一个金娃娃呢!”邱媛媛兴奋地说。

“有没有金娃娃，问问你婆婆就知道了。走，咱找你婆婆去。”赵玉花说。

她们来到邱媛媛的家，找到了她婆婆，请她详细地谈一谈有关张家湾煎饼的事。

邱媛媛的婆婆满怀狐疑地看着这几个娘们儿，好像不认识她们似的，问：“这都是几十年前的陈谷子烂芝麻的事了，你们问这些干什么？”

“我的老娘哎，这可不是什么陈谷子烂芝麻，这可是宝贝，是多少钱都买不来的遗产!”邱媛媛说。

“我不懂什么‘一产’‘两产’的，你们就直说，有什么用处吧。”邱媛媛的婆婆说。

赵玉花告诉她，咱要是把它开发出来，再利用互联网宣传出去，到时候，全县、全省、全国甚至全天下的人都会知道咱张家湾的煎饼好吃，都来买咱的煎饼。咱张家湾就发大财了。

这回邱媛媛的婆婆听明白了——好好利用这个老祖宗留下的东西，能让张家湾发大财——那就拣自己知道的说说吧。

“我是1972年嫁到咱张家湾的。那时候，农业社吃大锅饭，又摊上‘文化大革命’，社里每年分给一个社员的口粮不到三百斤，其中有二百斤是地瓜干，也就只够喝稀糊涂（稀饭）的，常年吃不上煎饼。我的小叔子、小姑子当时都十二三岁，正是长身体的时候。吃饭时，喝稀糊涂喝得肚子滚圆，可饭后几泡尿就撒光了，家里没有可吃的东西，饿得他们直哭。每到这时候，我婆婆总是流着眼泪念叨，‘真想不到啊，张家湾人还能缺煎饼吃’。念叨多了，我就禁不住问她，这话是从哪里说起呢？张家湾人就该永远有煎饼吃？婆婆告诉我说，‘刘村的烧饼段庄的馍，张家湾的煎饼馋掉舌’。咱张家湾，从前祖祖辈辈烙煎饼、卖煎饼，咱村的煎饼有‘天下第一好煎饼’的美名，据说是乾隆皇帝加封的。”

“什么？张家湾的煎饼还受过皇封，真的吗？”邱媛媛有些不相信。

“是真的。我婆婆告诉我，当年乾隆皇帝微服私访，在龙山一带遇上了劫匪，只顾逃命跟几个随从走散了。因身上没有分文，饿了大半天。傍晚的时候走进了张家湾，一进村子，就被煎饼的香味迷住了，想买张吃，可身上没钱，走开吧，煎饼的香味太诱人，实在拔不动腿。便站在煎饼摊前，两眼直勾勾地看着煎饼咽口水。卖煎饼的见状，可怜他，便卷了一张‘老煳粑’（烙得品相不好的），递给他说：‘吃吧，不要钱。’乾隆皇帝接过煎饼，咬了一口，便感觉满嘴饭香，又筋道又酥软，比御厨子做的山珍海味都好吃，连声说，‘好煎饼，好煎饼，天下第一的好煎饼！’一张煎饼下了肚，还想吃，可又不好意思再要，只好依依不舍地走了。后来，回到京城，还没忘下圣旨封张家湾的煎饼是‘天下第一好煎饼’，每年冬季，地方官都要拿它做贡品送往朝廷。从那以后，张家湾的煎饼便名扬四海，骑马的、坐轿的、推车的、担担的，天南地北的人都来张家湾买煎饼。最盛的时候，全村常年有三十八盘鏊子烙煎饼卖，其中也包括我们家。”

“哎哟，三十八盘鏊子同时烙，那一天烙多少张呀，都能卖完？”邱媛媛问。

“我也曾问过婆婆这样的话。我婆婆说，卖得完，天天连个‘老煳粑’都不剩，还常有人没买上空手归呢。”

“娘，我奶奶教你烙过那样的煎饼吗?”邱媛媛又问。

“她倒是想教我，可是一直缺粮食，没有机会呀。直到分田到户了，家里粮食多了，可你奶奶那时都快九十了，手脚都不灵便了，可她老人家还是硬撑着教了我一回烙‘三碰头’煎饼，也就是乾隆皇帝吃的那种，可麻烦了。”

“‘三碰头’是什么意思?怎么起了这种怪名字?”赵玉花问。

“‘三碰头’是一种纯粮食煎饼，用的是小麦、高粱、黄豆三种粮食，所以称为‘三碰头’。三种粮食都要选当年产的、颗粒饱满的。先用簸箕簸掉糠皮、秕粒，再用清水淘洗去掉沙尘。糊汁要用石磨磨，磨的时候，下的粮食和水要适当，磨的糊汁要不稀不稠，烙时不要再添水，否则煎饼就不很筋道。烙时要烧细软柴火，温火慢煎，直煎到鏊子中间的煎饼微黄，四周都翘起的时候，再轻轻揭起，还要翻过来，放在鏊子上再煎一会儿，这样，一张煎饼才算烙完。刚揭下的煎饼，不能接着就叠合在一起，要先放在一边让它跑跑热气，不然的话，就显得‘散’(嚼在嘴里，有糠状的感觉)。这煎饼，最好的配菜是辣椒炒干巴鱼(河湖里出产的一种细长银白色小鱼，捕捞后晒干，土称‘干巴鱼’)。新烙的‘三碰头’煎饼，卷上刚炒出来的辣椒炒干巴鱼，咬上一口，又辣又香，真解馋。”

邱媛媛的婆婆说着，脸上现出极享受的表情，似乎刚吃完煎饼，口中还有余香。

“大娘，除了‘三碰头’的，你婆婆还对你说过其他种类煎饼的配料、制作方法吗?”赵玉花说。

“说过，还说了不少呢，像什么‘一面锣’‘椒盐香’‘蛋黄脆’。只是，这么多年了，我又没亲手烙过，都忘个差不多了——噢，我想起来了，我婆婆去世前，还真给了我一本《煎饼谱》，说是她婆婆传给她的，嘱咐我要一代代传下去。我找找，看还能找到吗。”

邱媛媛的婆婆走进卧室，打开了床头上的老式柜的盖子，将头伸进去，翻了老大一阵子，还真翻出一个本子来，递给了赵玉花。

大家都围上来，一看，都惊呆了。这是个宣纸毛笔手抄线装的本子，封面上写着“张家湾煎饼谱”，隶体，很端庄，纸虽然都发黄了，但保存得很完整。打开，竖排版的蝇头小楷，字迹还很清晰。读读吧，坏了，全是之乎者也，四个娘们儿除了赵玉花是高中毕业，那三个都是初中毕业，上学学的那点文言知识早就忘个差不多，再加上是繁体字，所以连个大概也看不懂。怎么办呢？大家你看看我，我看看你。后来，还是陈慧芳想了个办法——去找她娘家的三叔，他一定看得懂。

五人告别了邱媛媛的婆婆，捧着《煎饼谱》，马不停蹄地来到了陈慧芳的三叔家。赵玉花把《煎饼谱》递给陈老师，把姐妹们的想法、找到《煎饼谱》的经过、阅读时遇到的困难给陈老师说了一遍。陈老师听了，连声夸她们想得好，有志气。然后端起本子，看了不到两页，就激动得手都微微发抖了，说："宝贝呀，宝贝呀！真没想到呀，张家湾的老祖宗还有这样的东西，这可真是千金难买的文化遗产呀！"待全看完，陈老师又兴奋地说："如果能把这个本子上介绍的开掘出一半，张家湾的煎饼就会名扬天下了。"

"真的吗?"

"真的，我只粗略地看了一遍，就被它震撼了。"陈老师翻着《煎饼谱》激动地说，"你们看，张家湾煎饼种类多达三十四种，什么'一面锣''两姊妹''三碰头''四方财''五谷炊''六合一''七巧成''八仙遇'，还有'蛋黄脆''椒盐香''花生烙''椒叶青''芝麻酥''红枣酥''核桃酥'等等。这些煎饼名称不同，配料也不同，小麦、玉米、大米、小米、高粱、黄豆、绿豆、豇豆、红小豆、芝麻、花生、红枣、核桃、山楂、茶叶、嫩花椒树叶、嫩榆钱、嫩洋槐花，都是原料。各品种的配料不同，制作方法、工艺流程也不同。你们看，这种称作'八仙遇'的，配料有小麦、小米、大豆、绿豆、花生、芝麻、核桃仁、嫩花椒树叶等八种，从选粮到烙成煎饼，要经过十二道工序，每道工序要注意什么都说得清清楚楚。最后还说，这种煎饼的最佳配菜是'菜豆腐'（鲁南地区特有的一种家常菜。把白菜、萝卜等切成细丝，加碾碎的花生、大豆、辣椒等烹煮而成）。"

"太好了，就是'比葫芦画瓢'，咱也能生产出多种煎饼来。"邱媛媛激动地说。

"要让这宝贵的文化遗产发扬光大，'比葫芦画瓢'可不行。"陈老师说，"要对各类配方进行深入的研究，弄清楚古人为什么这样搭配。在此基础上，还要研究当代人的口味，对配方进行必要的改进，只有这样，生产出来的煎饼才会受欢迎——这《煎饼谱》你们读起来确实有困难，要不这样，这本子先放在我这里，我抽时间把它翻译出来。译完了，我打电话让慧芳来拿。”

“那太好了，谢谢你了陈老师。如果有一天，我们能烙出这样的煎饼来，第一个让你品尝。那我们就不再打扰你了，我们走了。”赵玉花说着便站起身来，其他四人也站了起来。

“好，好，我相信你们。不过，下边还有很长的路要走，你们要有思想准备。”陈老师意味深长地说。

五人走出陈老师的家，四个人都一起看着赵玉花。赵玉花笑着说：“都看着我干什么？有了这本‘谱’，咱们心里就有谱了。民以食为天，吃饭第一。大家各自回家做饭吃饭，吃完饭再到我家来，商量下面该怎么走。”

各自回了家，做饭，吃饭。吃完饭，四人又来到了赵玉花家。

刚坐定，邱媛媛就急不可耐地说：“我想好了，明天，明天就动手——让我婆婆按照老办法，先烙十几斤‘三碰头’的，我用电动车驮到城里卖卖试试。”

“那我明天就去你家，全程跟你婆婆学，学会了，我不跟你争生意，我烙了到宁阳集上去卖。”李三妹笑着附和。

陈慧芳、王兰兰看了看赵玉花，没说话。

赵玉花沉思了一会儿说：“你们觉得烙出来能卖出去吗？”

“不行就在电动车后边插面小红旗，上面写上‘张家湾煎饼，天下第一好煎饼’。”邱媛媛说。

“再弄个小广告牌也行，把乾隆皇帝吃过咱村煎饼的事也写上。”李三妹说。

“有谁知道你张家湾的煎饼？谁信你说的？再说了，咱的煎饼选料精，用工多，要和市场上的煎饼一样的价格，连本钱也不够；要是比市场上的一斤多卖一角钱，谁愿意买你的？”陈慧芳说。

“咱的煎饼好吃呀！”

“人家怎么知道你的好吃？‘卖瓜的不说瓜苦，卖桃的不说桃酸’，卖煎饼的谁不说自家的煎饼好吃？”陈慧芳说。

“假如我、慧芳、兰兰和全村的三四十个姐妹也都这样，县城里、宁阳集上都是卖张家湾煎饼的，到时候卖给谁呢？”赵玉花说。

“那——那——”邱媛媛求助似的看着李三妹，李三妹却低着头不说话。

“自从我看到那本《煎饼谱》，我就觉得咱下边要做的，就不是简单地卖几斤煎饼、挣几个钱了。到底怎么办，我心里也很乱，我看光靠咱们几人，也商量不出结果来。咱还是找‘能人’给咱出出主意、想想办法吧。”赵玉花说。

“找谁呢？”

“我想，找慧芳的三叔陈老师就行。你看，当我们说要‘比葫芦画瓢’时，他说得多有水平。”赵玉花说。

“那咱现在就再去找他。”邱媛媛说。

“再过两天吧，让陈老师把《煎饼谱》翻译完，让他对《煎饼谱》了解得更清楚，咱们再找他。”赵玉花说。

两天以后，她们五人又来到了陈老师的家里。还没等她们说来意，陈老师就说开了：

“《煎饼谱》我翻译完了，越细读越觉得它太难得了。它详细地介绍了张家湾煎饼这一文化遗产的历史沿革和各类煎饼的名称、配料、制作方法、工艺流程、味道特色等，有的还介绍了跟这类煎饼的最佳配菜，为我们研究和开发这一传统食品，提供了详细的资料。

“《煎饼谱》中说，张家湾煎饼始创于明代洪武年间，兴盛于清代的乾隆年间，到现在已经有五六百年的历史了。在这漫长的岁月里，它也是几经兴衰。而它的兴衰又与社会的兴衰密切关联——盛世则兴，颓世便衰。

“‘天下第一好煎饼’是乾隆皇帝给它的封号。当年乾隆皇帝微服私访……

“张家湾煎饼还有救危济困的传统。清道光年间，鲁西南闹蝗灾，大批难民涌入×县。为了赈济灾民，县城有高家、颜家搭起粥棚舍粥；张家湾则三十八盘鏊子齐开动，搭起煎饼棚舍煎饼，一时传为美谈。

“你们知道吗？你们想让张家湾煎饼重现辉煌，是在拯救一项文化遗产，是在做一件功在当代，利在千秋的事，你们身上的担子重啊！”

“所以才来向您老讨教，我们该从哪里做起呢？”赵玉花说。

“向我请教？我一名教书匠，哪里知道这拯救文化遗产的事，更不懂做买卖的事！我有个大学同学，是这方面的专家，我可以给他打个电话，把你们的情况详细地介绍给他，让他给你们策划策划。”陈老师说完就打电话，可是一直是忙音，只好挂掉。

“这样吧，你们先把这两本《煎饼谱》拿回去，原本还给媛媛的婆婆，让她保存好。我翻译的这本你们拿回去仔细看一下，重点看看配料和制作工序。我抽时间再给我同学打电话，有了回话后，我再告诉你们。”

五个人只好跟陈老师告辞了。

第二天下午，陈慧芳拿着两张纸来找赵玉花，说是陈老师捎来的——他同学回电话了，内容都记在这两张纸上了。赵玉花展开，看到：

关于开发张家湾煎饼起步阶段的意见

让张家湾煎饼这一宝贵的文化遗产发扬光大、重现辉煌，是个宏大的工程。这里只谈一下起步阶段的意见。

主要工作

1. 筹备开发资金，动员大家投资入股。成立张家湾煎饼开发股份有限公司。
2. 召开股东大会，选举或聘请公司管理人员。
3. 注册商标，办理营业证和卫生许可证。
4. 深入到城里和集市，了解目前煎饼的行情、需求、生产等情况。
5. 根据市场调查的结果，从众多的品种中选三四种作为主打产品，生产出一些产品，投放市场，投石问路。
6. 根据市场反馈的情况，适当调整配料、价格、工艺。
7. 利用一切可以利用的时间和空间，进行广泛的宣传。
8. 建立自己的网站、互联网销售平台，开展网上宣传、销售。

要特别注意的几点：

1. 稳扎稳打，步步为营，不贪大求全。
2. 始终把质量看作是企业发展的生命线。
3. 细节决定成败，无论是生产、销售还是服务都要注意细节。
4. 想方设法拓展销售渠道，扩大市场。

“电视《致富》节目上介绍的那些项目，起步阶段大多也是这样做的。”赵玉花看罢，像是对陈慧芳说，又像是自言自语。

“这样看，要做的事情还真不少呢。”陈慧芳说。

“万事开头难呀！快给李三妹、邱媛媛、王兰兰打电话，让她们快来，咱们商量下，看怎样着手。”赵玉花说。

不多会，三个人都来了，看了专家的意见，邱媛媛说：“我的天哪，怎么卖个煎饼还要注册商标，成立公司，这么麻烦？”

“怕麻烦可不行，我们给张家湾煎饼注册了商标，这个品牌就是我们的了，别的公司就不能再注册了。如果我们不注册，一旦被别的公司抢先注册了，我们就再也无法使用张家湾煎饼这个名称了。”赵玉花说。

“我的天哪，成立公司，听得我心里有点发慌！咱过去都是给别人打工，怎么咱要当老板了？咱也能当老板？”李三妹笑着说。

“咱为什么就不能当老板，老板又不是天生的。没吃过猪肉，还没见过猪走？老板也有大小，咱先从小老板做起，慢慢学嘛。”赵玉花说。

陈慧芳、王兰兰不说话，只是看着她们笑。

“闲话少说，姐妹们都看了专家老师给咱们出的主意了，看来，正像慧芳刚才说的，要做的事情还真不少。但是毛主席他老人家说过，‘饭要一口一口地吃’，咱商量一下，咱该先做什么。”赵玉花说。

“那还用商量，首先要办的就是筹集资金，你看，专家老师都把这件事放在了第一项。”邱媛媛说。

“是的，成立公司、办各种证件、买生产工具和原料，哪样不得花钱？可现在我们手里是分文没有啊。”陈慧芳说。

“专家老师不是说，让咱们动员大家投资入股吗？那咱现在就在微信群里告诉姐妹们让她们都来投资入股。”邱媛媛说。

“这恐怕不行。你看，这事现在什么都在镜子里照着呢，这个时候，让她们掏腰包投资，她们能信？咱都知道，姐妹们手里的这几个钱，都是一滴血、一滴汗挣来的，口挪肚子攒攒下的，所以用起来都特别的小心谨慎。‘不见兔子’，谁敢‘撒鹰’？”陈慧芳说。

“那怎么办？”邱媛媛问。

“慧芳说得对，这个时候就让姐妹们投资入股，是不现实的。我有个想法不知行不行？”赵玉花说，“你们看，专家老师要我们稳扎稳打，不贪大求全。我建议咱一开始摊子不要铺大，用作铺底的钱也不要很多。我看，就咱五人，每人出资两万元，一共十万块钱，大概能够起步用的。”

“对，咱先运作一下看看，假如不成功，也就是亏咱们五人。假如能打开局面，有了一定的规模，到时候再让姐妹们加进来。”陈慧芳说。

“每人出资两万块钱，应该没有多大的问题。家里实在不够的，可以给男人打电话，他们出去都近三个月了，也差不多挣了万多块钱了。还可以向亲戚、邻居借借，尽量在三天之内筹集到，让慧芳给大家个银行卡号，大家都把钱打到这张银行卡上。在没有成立公司之前，先让慧芳当个临时会计吧。”赵玉花说。

“我可没这本事，有时候家里的账我还算不清呢。”陈慧芳谦虚地说。

“咱几个人就数你仔细，你就别推了。”李三妹说。

邱媛媛、王兰兰也都赞成。

“慧芳，还有一件事必须你来做——这一两天里你再找一下陈老师，麻烦他给咱们的‘张家湾煎饼’设计个商标，咱好去注册。另外，你以后工作的重点就是研究《煎饼谱》中各种煎饼的配料和配菜，我们要尽快地选出三四个特点突出又比较符合现代人的饮食习惯和口味的品种来，作为我们的主打产品。有不懂的地方，多请教陈老师。”

“行，今天下午我就去找他。”陈慧芳说。

“邱媛媛，你经常玩电脑，这建网站、销售平台和网上宣传的事就交给你了——”赵玉花对邱媛媛说。

“不行，不行，我玩电脑，也就是打打游戏，这些我哪里懂？”邱媛媛没等赵玉花说完，就推辞。

“这不是‘瘸子里面拔将军’吗？你还会打游戏呢，我们几个连电脑都没摸过，你还是比我们强。再说了，我听说你娘家的弟弟是大学生，还是学计算机的，你给他打电话，让他教你，实在不行，让他帮咱创建个网站和销售平台，只教我们怎么用就行了。”赵玉花说。

“行，行！事情不都是人做的吗？这点小事难不倒我邱媛媛，何况，我还有个行家弟弟。今天晚上我就给他打电话，跟他商量怎么办。”邱媛媛说。

“兰兰，你经常上城和赶集，你对市场熟悉一些。专家老师让咱深入到市场里，了解目前煎饼的行情、生产、销售、消费需求等情况，这个事就交给你了。”赵玉花对王兰兰说。

“好，好，这些事我来做。”王兰兰很痛快地答应了。

“三妹，咱两人一块负责公司、商标的注册，营业证、卫生许可证等各种证件的申办。”赵玉花又对李三妹说。

“对这些，我可是擀面杖吹火——一窍不通，我只能跟着你跑腿。”李三妹说。

“我也是两眼一抹黑，听说这些事现在比从前好办多了，只要手续齐全，去一趟政务服务中心，就能全办完。”赵玉花说。

“咱也不知道需要哪些手续呀!”李三妹说。

“所以，明天我们去政务服务中心问个明白。”赵玉花说。

该安排的都安排了，要回去时，赵玉花又嘱咐了大家一遍：两三天内，务必把两万块钱打到陈慧芳提供的账号上。

对于赵玉花来说，拿出两万块钱并不多难，春节前他们两口子打工回来，带回来三万五千块钱，年前年后地花了五千多，还剩近三万呢。只是，不跟男人说一声就直接投资，尽管男人不能说什么，不会说什么，也不敢说什么，但是她觉得还是有点不妥——男人都要面子，咱为什么不给？于是，她就给张玉宽打电话，把打算投资办张家湾煎饼公司的事告诉了他。张玉宽听了很是吃惊，一直说：“媳妇，我想……媳妇，我想……”吞吞吐吐，欲言又止。赵玉花听出男人不很情愿，就说：“有什么想法就说，哼哼唧唧的，什么意思?”

“我哪有什么意思，咱是农民，就是种地的，虽然打了几年工，还是种地的，咱哪里知道公司怎么开?”

“种地的怎么了，种地的开公司并且开得很好的多了去了。你看看《致富》节目上那些开公司的，绝大部分原来都是种地的。不会就学嘛，谁天生就会开公司?”

“我是怕你们‘逮不着黄鼠狼，白惹了一手骚’，咱攒的那点钱可是不容易……”张玉宽知道说服不了媳妇，只好提醒她。

“这个不用你交代，我还不知道挣钱难。没事就挂了。”赵玉花有点不耐烦地说。

“那你就看着办吧。”张玉宽只好挂了电话。

第二天一早，赵玉花就打电话问陈慧芳要了银行卡号，到本村的银行代办点，把两万元打了过去。中午的时候，邱媛媛和李三妹也打了进来，只剩下王兰兰了。

原来，在王兰兰家，钱是由公公张士新掌管着的，平时买斤盐都要跟他要。当兰兰把要投资两万元开张家湾煎饼公司的事告诉张士新的时候，张士新惊得两眼发直，嚷道：“什么？投资两万元钱开煎饼公司，你们是疯了还是傻了？”

“我们就是想开公司卖煎饼挣钱。”王兰兰嘟哝着说。

“想挣钱？哼，公司是随便开的吗？钱就这么好挣？”

“人家赵玉花、李三妹、邱媛媛、陈慧芳都投资了。”

“谁愿意投谁投，咱不投——你去问问，世界上有开公司卖煎饼的吗？现在城里、集上卖煎饼的比鳖都多，哪家不是一盘鏊子，一辆三轮车，烙上十斤煎饼一卖一天，挣个仨瓜俩枣的钱?!”

“给你说你也不懂，我们开发的是文化遗产，不是单单地卖两张煎饼。”

“什么‘一产’‘二产’我不懂，不是我给你们‘打破头兴’（在事情开始前说不吉利的话），这个公司你们要是能开好，我头朝下走。一句话，不能投。”

“那你把我年前打工回来交给你的三万块钱还给我，我的钱我当家。”

“这个家你当不了，钱在我手里我当家。”

“你——你不能这样不讲理。”王兰兰都急得掉眼泪了。

“我是这个家的家长，我活一天，就当一天的家！”张士新一边愤愤地说，一边往外走。

王兰兰憋得直流泪，她恨自己嘴太笨，说不过老公爹。她静了一会儿，就去找邱媛媛，想问问她怎么办。

邱媛媛听了王兰兰的诉说，就埋怨起来，说她当初就不该把钱让公公掌管，自己挣的钱在自己的卡上，想什么时候用就什么时候用，“爹有娘有不如自己有，那口子有还隔着手”呢，何况是公公。王兰兰说，都怨张玉成，他说我们年轻人有钱就想花，放到他爹那里保险，说他爹一分钱都攥得啦啦地水淌，哪想会这样呢。说着又忍不住哭了。正说着，王兰兰的手机响了，是

“嘎达剪”打来的。

“王兰兰，你又瞎折腾什么？看把咱爹气的！”“嘎达剪”尖着嗓子在那头喊，很显然，张士新打电话给他儿子了。

还没等王兰兰说话，邱媛媛一把抢过手机，说：

“‘嘎达剪’，你喊什么？我们想开公司挣点钱花怎么是瞎折腾了？不挣钱行吗？前几天，兰兰只是让你买支口红笔，你就那个熊样，要是真到了花你挣的钱的那一天，你还不得用刀子割她？”

“哦，是媛媛嫂呀！我是想说，公司不好开呀，你没看到，很多公司没开几天就倒闭了。”

“因为有公司倒闭就不能开公司了？那照你这样说，因为有人死，就别生孩子了！”

“媛媛嫂，我是说——”

“你就别说了，你说了也没人听，谁还不知道你那张无理争三分的嘴？我劝你赶快给你老爹打电话，让他把钱还给兰兰，不然的话，有你的好果子吃！”

“这样，媛媛嫂，你把电话给兰兰，我给她说。”

邱媛媛看了看王兰兰，用手指了指手机。王兰兰明白意思，连忙向她摆手。

“兰兰还哭着哪，兰兰说了，跟你没有什么好说的，要么给钱，要么离婚，离了婚也得给钱。‘嘎达剪’，就你那副姥娘不喜舅舅不爱的长相，离了婚，你就单着吧！”邱媛媛也知道“嘎达剪”最怕提离婚，所以便哪把壶漏偏提哪把。

一听说王兰兰要跟他离婚，“嘎达剪”软了，连忙说：“媛媛嫂，你把手机给兰兰，我给她说。”邱媛媛这才把手机交给了兰兰。

“兰兰，你别着急，我现在就给咱爹打电话，让他把钱给你，两万，一分也不会少，你放心，你放心……”

“好了，别啰嗦了，早这样说，不就完了吗？”邱媛媛说着，又抢过手机，挂了，笑着对王兰兰说：“对‘嘎达剪’这样的夙货，就不能给他好脸看。”

王兰兰也破涕为笑了。

待王兰兰回到家，婆婆就告诉她，公公去银行取钱去了。

又过了几天，陈慧芳拿着设计好的商标去找赵玉花，说是她三叔请他的一个学生设计的。图案是一个圆圈，中间是大写的字母ZH——很明显，圆圈代表煎饼，中间的ZH是“张”字拼音的声母。赵玉花看了觉得很满意，便小心地收起来。头天，她和李三妹骑电动车专门到了政务服务中心去咨询，基本上弄清了注册、办证所需要的材料和流程，现在她们正在准备材料。邱嫒嫒这几天也是忙得焦头烂额，她弟弟正教她建网站和销售平台。也许是因为本来就没有基础，再加上年龄大了的原因，学得没有忘得快，刚学会的操作，吃完一顿饭又不会了，直骂自己是老鼠托生的。王兰兰跟公公要来了钱之后，就一头钻进市场里，打听各种粮食的价格和购买途径，深入到卖煎饼的人中，询问各种煎饼的行情、制作过程、食料的选配、用工情况、销售情况，还常守在煎饼摊前，询问不同年龄、不同身份、不同穿着的人对煎饼的不同需求，把听到的信息都详细地记下来，三天就记了大半本子。

这天，五人又在赵玉花家里集合，宣布张家湾煎饼股份有限公司正式成立，并举行第一次股东大会。先商量公司领导班子，一共五个人，都是领导，还是单数，符合要求。大家还大致分了一下工：一致推举赵玉花任总经理，其余四人都是部门经理。陈慧芳负责财务和质量，李三妹负责生产，邱嫒嫒负责宣传及销售，王兰兰负责后勤。分完工，大家一想，都是自封的光杆司令，忍不住大笑起来。活宝邱嫒嫒还提议，以后称呼都不喊名字，一律叫经理。赵总经理，也可以叫赵总，陈经理、李经理、王经理，还有我邱经理，大家又笑了一阵子。

接着，赵玉花让大家分别汇报前段时间任务完成的情况。

李三妹说，成立公司的申请和注册商标的申请都递交给有关部门了，营业证、食品卫生许可证也办下来了。还说政府所有部门都派人到政务大厅办公，真是太方便了。

陈慧芳说，她和陈老师对《煎饼谱》的三十四种煎饼的配方、工序、特色及配菜都进行了认真的研究，经过比较、筛选，认为把“三碰头”“蛋黄脆”“芝麻酥”“核桃酥”等四种煎饼作为第一批主打产品推出比较合适。

邱嫒嫒说，在弟弟的帮助下终于完成了网站和销售平台的建立，只是操作还不是很熟练。不过，她不怕。她说，一回生，两回熟，三回不用认师父，何况师父还天天在做指导。她相信，用不了多久，她就会操作自如。

王兰兰说，她对市场调查所获得的材料，进行了整理、分析，得出了一个结论：本地的煎饼市场基本上是低端运行。第一，生产低端。生产者大部分是散户，一盘鏊子，一辆三轮车，一个马扎子。早晨打好糊汁，中午烙，五点以后，等城管下了班摆在街头上卖，也就是能赚个吃喝。有几家稍大一点的煎饼作坊，生产也很随意，卫生条件比较差，也不成规模。第二，产品低端。种类少，主要是满足消费者“吃饱”的要求。用料单一，品种单一，很难适合众口的需求。第三，消费者低端。主要是干体力活的，而且是中老年人。青少年追求时尚，觉得吃煎饼太“土”，目前市场上还没有一款让青少年喜欢的煎饼。第四，销售方式低端。主要是摆摊销售，现在也有一部分在网上销售了，但占的比例很小。超市、饭店、酒楼也有，但大都无名无牌，统统称作煎饼。第五，价格低端。一般是原材料价格的一倍，有的更少。

王兰兰介绍完，大家都叫好，邱媛媛还吹了几声口哨，说：“好你个王兰兰，平时像个闷葫芦似的，这一当上经理，说话立马变了，说得一套一套的。佩服！佩服！”

“有了兰兰这个调查，咱们公司以后的生产、销售就有方向了。”赵玉花说。

王兰兰没说什么，只是微微地笑。

有公司，就必须有厂房和办公的地方。陈慧芳是个有心人，她说，她看好了村东头的一个独院，四间堂屋是平房，西边有两间起脊的配房，东边是一大间厨房，西南角是厕所，水电齐全。房主全家搬到省城里去了，我们可以租赁过来，作为临时的厂房和办公的地方。她建议买个帆布大篷把整个院子罩起来，磨、鏊子就支在院子里，既清凉又光线好。大家都说一会儿过去看看。

接着又讨论起用什么样的磨和鏊子。《煎饼谱》上的各类煎饼制作时，都是人推或驴拉石磨磨糊汁，烙煎饼时烧柴草。而现在市场上卖的煎饼，糊汁大多是用钢磨打的，也有一部分是用电动石磨磨的。烧鏊子用无烟煤，也有极少数用电鏊子。大家都有统一的认识，同样的原料，用钢磨打的糊汁和用石磨磨出来的糊汁烙出的煎饼不一样：钢磨的粒糁，掉渣多，吃起来扎嘴；石磨的平软，细滑，不掉渣。所以，用电动石磨是理所当然的。至于烧什么，显然，不能烧柴草，因为不卫生也污染空气，烧无烟煤能省点钱，但火候不好控制。最后决定就用电鏊子。陈慧芳说："这有点对不起老祖宗了。"

邱媛媛说："老祖宗要是活到今天，也绝不会再抱着磨棍推磨磨糊汁，生烟狼烟地烧柴草烙煎饼了。"

赵玉花说："定下来就办，媛媛，会后你就在网上定两盘电鏊子。电动石磨这么重，恐怕在网上不好买吧?"

邱媛媛说："没有在网上买不到的东西，除了原子弹。我查了，电石磨也可以在网上订，厂家把货送来，还负责安装、调试。"

"那就更好了，暂订一盘吧。对了，卖电动石磨那里一定也有磨豆汁用的小磨，也买一盘。"

"买小磨干什么，咱又不卖豆汁?"邱媛媛问。

"你别忘了，我的邱经理，老祖宗给咱留下的是纸上的东西，只有通过实践才能变成咱自己的东西，何况咱还要根据现在人的需要做一些改进，这就要做试验，如果每次都用大磨磨糊汁，要浪费多少原料，而且还不方便。"

"对，对！你看我这猪脑子——对了，光说卖煎饼，可我还不会烙煎饼，我们家里吃煎饼都是我婆婆烙。"邱媛媛说。

"我也正想说这事呢，咱五个人中谁会烙煎饼?"赵玉花问。

陈慧芳举了一下手，李三妹抬了抬胳膊又放下了。

"看来，咱五人中只有慧芳一人会烙煎饼，咱卖煎饼，却不会烙，肯定不行。烙煎饼是个手艺活，卖煎饼，其实就是卖手艺。手艺，都是熟能生巧，不烙个三十斤五十斤的，是练不出好手艺的。所以，从明天起，咱都要在自己家练习烙煎饼，先练最基本的——小麦的，争取在公司开工之前都能烙一手好煎饼。到时候，要是谁过不了关，该怎么惩罚，自己说吧。"赵玉花板着脸说。

"罚五百元钱。"李三妹说。

陈慧芳、邱媛媛、王兰兰也赞同。

邱媛媛说："别看我连批子（烙煎饼的工具，用长竹片刮成）都没摸过，可我也不充孬，这又不是三篇文章两首诗，我相信能很快学会。笨鸟先飞，散了会，回到家我就去打糊汁。"说完，伸了伸舌头，想笑，看大家都很严肃，赶紧收住了。

第一次股东大会，就在少有的严肃气氛中结束了。

散会后，大家又跟着陈慧芳到了村东头，看了准备租赁的那个庭院，都还算满意，便让陈慧芳打电话跟房主联系。赵玉花让邱媛媛步了步院子的长宽，记了下来，嘱咐她回去在网上买一块大帆布篷布，大家这才各自回家。

以后的几天里，四个人都投入到紧张地烙煎饼练习中。陈慧芳比这四人还忙，她是她们的指导老师，到了谁家都是先做示范。你看她，把点着的柴草拥到鏊子底下，随着毕毕剥剥的燃烧声，鏊子渐渐地烧热了，她便左手拿起勺子，把盆里的糊汁搅上两搅，又靠盆边拌上两拌，然后舀起大半勺，倒在鏊子中央，摊成条状，右手拿起批子，赶着糊汁在鏊子上走。随着滋滋的响声，鏊子上白气升腾，一股清香就弥漫开来，两圈下来，鏊子上便摊满了糊汁。她又把剩下的糊汁用批子一刮，一甩，不偏不斜，正好甩在糊汁盆里。然后用批子在鏊子上碾上两碾，再往鏊子底下续上一把火，稍一会儿，鏊子上的煎饼中间就泛黄了，四周都翘边了。她再用批子沿边一划，顺手一揭，一张又大又圆、酥溜溜、香喷喷的煎饼就烙成了。看上去是那样的娴熟，轻松，自如。

什么事都是看着容易做起来难。当批子握在那四个人手中的时候，就不听使唤了：用力大了，糊汁被赶得太快，鏊子上沾不上糊汁；用力小了，糊汁走得慢，热鏊子上留下糊汁太多，煎饼就太厚。烧鏊子也是个技术活，火太旺，鏊子太热，煎饼厚，软塌，瘤子多；火太弱，鏊子凉，批子在鏊子上打滑，煎饼呈青皮状，不酥软。四个人都出过让人啼笑皆非的洋相：人家慧芳用大半勺糊汁烙一个煎饼还剩一些，可赵玉花一满勺糊汁还没摊完半面鏊子就没有了，烙出的煎饼足有铜钱厚；慧芳烙的煎饼两面几乎同样平整光滑，可李三妹烙的不靠鏊子的一面，满是疤瘌、瘤球，像皮肤被烧伤、烫伤后新生的外皮，难看死了；邱媛媛见慧芳把剩下的糊汁用批子一刮，一甩，正好甩在糊子盆里，觉得很潇洒，也学她的样子，结果糊汁甩进了灰窝里；王兰兰更搞笑，一时紧张，手忙脚乱，竟把刚点着的柴火捣到了糊汁盆里了。

这几天里，这四家可真是煎饼成灾了。烙的煎饼家人吃不了，就送亲戚、邻居；亲戚、邻居吃不了，又送他们的亲戚、邻居。连鸡鸭猪狗也天天吃泡煎饼，时间一长，也都吃腻了。你看那小狗，看到盆里的泡煎饼，连闻也没闻，摇着尾巴就走开了。

功夫不负有心人。一个星期过后，四人的煎饼都烙得有模有样了。这时候，租赁的庭院已经粉刷一新，支起了帆布大篷；一盘电动石磨、两盘电鏊子也都安装、调试好了；一个一米二宽、两米五长的操作台也砌好了，上面铺着一张厚厚的三合板；一盘小磨也买来了；大盆小缸，簸箕笊篱，勺子、铲子、批子……该准备的东西，都准备得差不多了。往下，就该买食材、磨糊汁、烙煎饼、卖煎饼了。

她们采纳了专家老师和陈老师的建议，决定先推出“三碰头”“蛋黄脆”“芝麻酥”“核桃酥”四种煎饼投石问路。但又考虑到《煎饼谱》上的配料、工序、制作方法等都是根据当时人的口味确定的，现代人的口味和古代人的不可能完全相同，所以既以“谱”为本，又不死搬硬套。陈慧芳建议，先按老祖宗的配方、工艺流程、制作方法各做几斤让大家尝尝，如果都觉得好，就不改；假如觉得不行，再改进。大家都说这个办法好，就这样办。

她们按照《煎饼谱》的要求，每种煎饼先用五斤食材做试验。每烙出一种煎饼来，不光她们五人品尝，还让陈老师、村里的其他娘们儿和街上各个年龄段的人品尝，看他们的反应，听他们的意见。

大家吃了，都很惊奇，说从来没见过、更没吃过这么好的煎饼；说这哪里是煎饼，简直比“果子”（点心类食品的俗称）还“果子”；说这“三碰头”，香酥、筋道、有嚼头，“蛋黄脆”，品相好、又薄又脆、入嘴就化，“芝麻酥”和“核桃酥”，把芝麻、核桃的香与五谷的香融合在一起，产生出一种奇妙的、很难说出的香味，更令人称赞的是它们的“酥”，兼有煎、炸、烤的效果。当大家得知这是用老祖宗传下来的法子制作出来的时候，都觉得不可思议，平凡的张家湾竟然还有这样的宝贝？但还是有人对“芝麻酥”“核桃酥”提出了一点建议，说这两种都是咸的，口味重了些，不太适合孩子吃，建议改成甜的。可是又有人说，改成甜的，大人不太喜欢吃，况且血糖高的人不能吃。另外，“核桃酥”的食材中有一部分是核桃粉，有人说如果改用芝麻大小的核桃颗粒，可能更酥、更香，也更好看。

听了大家的赞誉，更加坚定了赵玉花她们的决心和信心。她们记着陈老师的“你们是在拯救一项遗产，是在传承一种文化，是在做一件功在当代，利在千秋的大事”的话，觉得让张家湾煎饼再现辉煌，将其打造成响当当的品牌、精品，是她们义不容辞的责任。完成不好，就对不起张家湾，对不起祖宗，对不起自己，也对不起孩子。她们接受大家的意见，将“芝麻酥”“核桃酥”分别一种改为两种，既有甜的又有咸的；将核桃粉换成核桃颗粒，确实口感更好。

陈慧芳心细且善思考，乡亲们的一句“这哪里是煎饼，简直比‘果子’还‘果子’”，引发了她的思考和联想：煎饼是一直作为主食出现在饭桌上的，它为什么不能像“果子”一样成为走亲访友、请客送礼的礼品，成为休闲食品、零食，成为来×县乃至山东旅游观光的纪念品？张家湾煎饼完全具备这些特质，完全具有这些功能，而且比“果子”更时尚、别致，更具地方特色。假如能成为礼品、休闲食品、纪念品，何愁没有销路？

她把这想法告诉了赵玉花，赵玉花非常赞赏，说她为张家湾煎饼拓宽了销售渠道，同时这想法也给宣传推广、生产制作、包装销售提出了更高的要求。于是她们便给李三妹、邱媛媛、王兰兰打电话，说有新情况，赶紧过来。

一会儿，三人都到了，问有什么新情况，陈慧芳把自己的想法又介绍了一遍，三人一听，都拍手叫好。

邱媛媛说：“经你这么一说，我思路一下子打开了，咱的煎饼不光能进饭店、酒楼，还能进商场、超市。”

“王兰兰不是说到目前为止，×县市场上还没有一种适合青少年口味的煎饼吗？我们的煎饼成了休闲食品、零食，就能在青少年中大受欢迎，这可是个庞大的消费群体呀！”邱媛媛又说。

“怎么，你还想让他们吃着你的煎饼看电视，看电影，闲聊，谈恋爱？”李三妹说。

“只要我们做到位，完全有这种可能。张家湾煎饼不能像其他煎饼一样，只放在煎饼筐里。它可以像其他休闲食品一样，用箱装、用盒装、用袋装。箱中有盒，盒中有袋；一箱装五盒，每盒装五袋，每袋装二两。可以按箱卖，也可以按盒卖，甚至可以按袋卖。”陈慧芳说。

“晚上，打开一盒‘芝麻酥’，一家人坐在沙发上，一边看电视一边品尝传统美食，多温馨，多幸福呀！一对恋人在公园的绿荫处铺块毯子，坐下来，打开一盒‘核桃酥’，说着，笑着，品尝着独特的食品，多惬意，多浪漫呀！”邱媛媛接着说。

“逢年过节，走亲戚串朋友，提上一箱‘三碰头’，一箱‘蛋黄脆’，又新潮，又实惠。外地的亲戚朋友给你寄来了他们当地的土特产，作为礼尚往来，你当然应该给他寄去最具咱们地方特色的张家湾煎饼。”李三妹也加入了。

“好，好！我们是多么想出现这样的局面呀！可是这样的局面，光想还不行，还要干出来。下面咱就商量商量接下来要做的事。”赵玉花笑着说。

她们严格按照《煎饼谱》的要求，生产出了第一批产品，四类六种各五十斤，分成散装的、箱装的、盒装的、袋装的，作为样品准备先从零售和网售上打开局面。

邱媛媛不知从哪里借来了一架高像素的相机，将样品按种类、包装的不同分别拍了照，然后在她弟弟的帮助下，制作出图文并茂的张家湾煎饼宣传网页。网页简要地介绍了张家湾煎饼悠久的历史、众多的种类、精湛的工艺、独特的品质，又结合图片，分别介绍了现推出的四类六种煎饼的各自配料、制作过程、主要特点等。还特别指出，张家湾煎饼既可作为主食，又是休闲食品、零食，还可作为礼品赠送。

邱媛媛先把宣传网页用微信转发给全村的姐妹们，并且请求她们转发给亲戚朋友，让亲戚朋友再转发给他们的亲戚朋友。她还在弟弟的指导下，利用新建的网站和销售平台，展开了全方位的宣传。其他的几个娘们儿，则把宣传网页打印出来，分好地域，骑上电动车，到城里、到四外八乡散发。每到一个村子，她们就找到村干部，请求他们用村里的大喇叭宣传。赵玉花还跑到县广播电视台，向台领导诉说了她们传承煎饼文化遗产的愿望和行动。台领导被她们弘扬文化遗产的执着精神感动了，免费给她们制作了名为《天下第一好煎饼——张家湾煎饼》的电视宣传片，在县电视台的《创业》栏目中播了好几天。

真有人来买煎饼了，大部分是本村和附近村的，买得不多，三斤两斤的，说先少买点尝尝。也有成箱买的，作为礼品，走亲戚串朋友的。也有外乡的，甚至外县的，骑着电动车、摩托车，开着汽车来买的。网售平台上的订单也不少，这两天都是十八单，全国各地的都有。三百斤煎饼两天就卖完了。

旗开得胜，五人都高兴极了，接着又马不停蹄地生产出三百斤。这三百斤卖得还行，是三天卖完的；可到第三批三百斤的时候，情况就不妙了：网售平台的订单倒没少，线下零售量却一天比一天少——三百斤煎饼，五天还没卖完。

怎么回事呢？

她们把这一情况发到了微信群里，请大伙说说原因。很多人说，煎饼确实好吃，只是太贵，一斤的钱能买普通煎饼三斤。吃一次两次可以，如果天天吃，一般老百姓实在是吃不起。一开始大家都图个新鲜，你买我也买，可新鲜劲一过，买的自然就少了。

这确实是个问题。可是降价是不可能的，因为她们的食材精，食材好，用工多，所以成本高，就现在的价格，利润率还不足百分之三十，总不能赔本赚吆喝吧？所以，她们决定改变主要销售渠道，向超市、商场、饭店、酒楼进军。

她们决定留下邱媛媛在公司经营线上和线下零售，赵玉花和王兰兰一组，主攻商场、超市；陈慧芳和李三妹一组，主攻饭店、酒楼。

这天的一大早，四人翻箱倒柜，找出最能体现自己气质的衣裳穿上，对着镜子，梳出最适合自己的发式，带上各种样品和宣传单，坐上租的小轿车出发了。

张家湾离县城不远，轿车行驶了不到二十分钟，就到了县城里最大的超市——万家乐的门前，赵玉花和王兰兰下了车，又去送陈慧芳和李三妹。

赵玉花和王兰兰走近前一看，愣了，超市八点半才开门，她们早来近一个小时。王兰兰嘟哝说，早知道这样，在家里再打扮打扮。这个时间也不能浪费呀，她们找了个僻静的地方，又操练了一遍见了领导怎样打招呼，怎样介绍张家湾煎饼，怎样让领导品尝样品，等等。

八点半终于到了，超市的门开了。她们带着样品和宣传单，随着人流进了超市。偌大的超市里人头攒动，到哪里去找领导呢？她们来到服务台，见柜台里面，一位身上斜披着写有“欢迎光临”的大红绶带的姑娘正低头看手机。

“美女，你好！请问，超市的领导该怎么找？”赵玉花问。

“美女”抬起了头，用异样的眼光看了看她俩，面无表情地说：“超市的领导多了，不知你们要找哪个？”

“找负责卖煎饼的！”王兰兰说。

“负责卖煎饼的？我们超市从没卖过煎饼，更没有负责卖煎饼的领导。”“美女”脸上有了点笑意，却是讥笑意。

“找负责卖食品的也行。”赵玉花赶紧补上一句。

“那你们就乘电梯上八楼，到办公区，再到食品科找刘经理。”

“好，好！谢谢，谢谢！”她们一边说着，一边离开。

乘电梯，上了八楼，找到了食品科。

门开着，往里一看，有两女一男坐在电脑前。她们估计，刘经理一定是那个男的，便敲了下门，得到允许后，径直走到那男的面前，赵玉花问：“请问，你是刘经理吗？”

“我是刘经理，到我这边来吧。”旁边的一位瘦小的女士说。

来到刘经理办公桌前，赵玉花就迫不及待地说：“刘经理，你好！我们是张家湾的，想到咱们超市里来卖我们生产的煎饼。我们的煎饼是根据老祖宗留传下来的《煎饼谱》开发制作的，是对咱县古老煎饼文化的传承和发扬。我们的煎饼品种多……”赵玉花涨红着脸，像小学生在老师面前背书一样，磕磕巴巴地背着邱媛媛的弟弟写的“张家湾煎饼——天下第一好煎饼”的宣传词。

刘经理听得云山雾罩，苦笑着站起身来，拿了一个纸杯走到自动饮水机前接了一杯水，递给赵玉花，说：“别急，别急，喝口水，坐到沙发上慢慢说。”

赵玉花慌忙接过水杯，坐在沙发上，喝了口水，又继续说。说完，把宣传单恭恭敬敬地递过去，又把带来的样品展示给她看。王兰兰拿出自带的托盘和食品夹子，从各种样品里取出一些，送给三个人品尝。

刘经理仔细地看了宣传单，又把各种煎饼都尝了一点，看了看两位同事，说：“在超市也有卖煎饼的，但卖这种煎饼的没有。”

“这么说，这里能卖我们的煎饼？”赵玉花喜出望外地问。

“不。”刘经理摇了摇头，说，“你们的煎饼要进超市还有老远的路呢！”

“啊？”两人都拉长了脸。

“能够看出，你们从原料到加工再到包装，的确下了不少功夫，但是我们经营的是食品，是吃的东西，所以要求得特别严格。你们的手工作坊环境、卫生条件怎么样？”刘经理问道。

“我们有食品卫生许可证。”赵玉花说。

“我们烙煎饼之前，都把手洗得干干净净的。”王兰兰补充说。

“我的大姐姐，这还远远不够。卫生许可证是对食品生产卫生最基础的要求，要进大型超市还有更严格的要求。”刘经理说着，从办公桌的抽屉里拿出一张表，递给赵玉花：“这是食品作坊的环境卫生及食品工人个人卫生具体要求一览表，凡是进我们超市的食品，我们都要派人按表中的要求对生产作坊进行逐项检查，合格后，发进驻超市食品卫生许可证，他的食品才有了进超市的资格。另外，你看你们产品的外包装上，没有生产日期，没有保质期，没有营养成分表，也没有食用方法，只有一个生产厂家，还没有详细地址、联系电话和二维码，让你们说，这样的产品，能进超市吗?”

赵玉花和王兰兰你看看我，我看看你，说不出话来。

“这样吧，你们先把样品拿回去，按我说的尽快改进，都改好了，就打电话给我，我派人先检查验收生产卫生，再商量进超市的事。”

“那好，那好，只是这食品保质期和食品营养成分我们不会确定呀。”赵玉花说。

“这两项，你们去质量技术监督局，找食品科，他们能帮助你们解决。这是我办公室的电话号码，你们收好。”刘经理说。

刘经理把她们送出门，说：“回去尽快改，我看好你们的产品。”

告别刘经理，她们又马不停蹄地来到质量监督局，找到食品科。这次倒很顺利，工作人员递给她们一个单子，让到财务科交化验费，然后有人采集了样品拿去化验，让她们一个小时后来拿结果。

两人找了个阴凉地坐下等结果。王兰兰看了看赵玉花，苦笑着说：“我的娘呀，不就是卖个煎饼吗，我愿卖，你愿买，不就行了，怎么还有这么多麻烦事呢?”

“这怨咱粗心了，开始就应该想到。这些是必须的，你看咱们在超市买的食品，哪一种都少不了这些。”赵玉花说着，从包里拿出刘经理给的食品作坊的环境卫生及食品工人个人卫生具体要求一览表，看后对王兰兰说，“咱们的环境卫生基本上符合要求，为了防止苍蝇进入，咱们要在帆布篷的下面再罩上一层尼龙纱。另外，操作台的表面再铺上一层镀光铁皮。食品工作人员个人卫生这一块要改进的就多了，你看，咱只想到工作时要戴口罩，没想到要穿隔离服，戴布帽，戴食品操作手套。你再看，咱们只知道操作前洗手就可以了，可人家要求洗手要按七步走……”

时间到了，她们拿了单子，又去买尼龙纱、铺操作台的铁皮和工作时穿戴的东西，然后火速回到办公室，找到邱媛媛，让她弟弟帮忙设计食品说明书，说急用。邱媛媛把有关资料用微信发过去，她弟弟说，晚上加班赶出来，不耽误明天用。

这时候，陈慧芳、李三妹也回来了，说她们联系得也不很顺利。她们先去了比较有名的饭店——德盛楼，找到经理，经理还尝了样品，也说从来没吃过这么好吃的煎饼，但是，这里是比较高档的酒楼，用的饭食很少，还从来没用过煎饼，所以爱莫能助。接着她们又去了微山湖快餐，又找到那里的经理，经理说，他们店每天倒用些煎饼，但是，用的都是普通煎饼，因为来这里吃饭的，吃煎饼的一般消费不高，消费高的一般不吃煎饼。

“什么？你说什么？你再说一遍！”赵玉花好像发现了什么。

“吃煎饼的一般消费不高，消费高的一般不吃煎饼。怎么了？”

“你看，你们去的这两个地方不用我们的煎饼，原因都是‘消费高的一般不吃煎饼’，假如我们能让消费高的也吃煎饼，问题不就解决了？”赵玉花若有所思地说。

“人家不吃，咱能有什么办法？”李三妹说。

“我在想，《煎饼谱》中不是大部分种类的煎饼都有配菜吗，如果将配菜和煎饼绑在一起，合为一种地方特色菜，比如‘干巴鱼炒辣椒+张家湾煎饼·三碰头’‘雪里蕻炒肉丝+张家湾煎饼·蛋黄脆’‘辣子鸡+张家湾煎饼·芝麻酥’，说不定消费高的也会争着吃呢。”赵玉花说。

“你这个想法太奇特了，这些菜真是太有地方特色了。当下，吃地方特色菜已成为一种时尚，特别是有钱人。饭店、酒楼绝对乐意推出这样的地方特色菜。”陈慧芳说。

“我听说，饭店、酒楼要推出新菜，当家的是厨师长——对了，德盛楼的厨师长是俺姥姥那村的，是我姥爷远房的侄子，我得叫舅舅。听说他每天晚上都回家，不过，回来得很晚，要不，咱今晚找他说说。”邱媛媛说。

“我觉得光说不行，咱干脆把‘干巴鱼炒辣椒+张家湾煎饼·三碰头’‘雪里蕻炒肉丝+张家湾煎饼·蛋黄脆’两个菜做成，送到他家里，让他回来尝尝。我相信，他一定会十分中意。”陈慧芳说。

“对！只有亲口尝了，才知道咱的美味——现在我就去买材料。”邱媛媛骑上电动车，头也没回，就进城去了。剩下的四人先给小院罩尼龙纱，给操作台铺上镀光铁皮，然后打扫卫生，为超市的验收做准备。

个把小时以后，邱媛媛回来了。择菜，洗菜，切菜，炒菜，几个人又是一阵忙碌，等两个菜做好，太阳都快落山了。邱媛媛把菜装进饭盒，带上煎饼和宣传单，骑上电动车，又火急地走了。

又过了一个多小时，邱媛媛回来了，还没进门，就高兴地喊：“好消息，好消息，厨师长同意用我们的煎饼了！”

原来，今天厨师长家中有事，没去上班，正要吃晚饭，邱媛媛刚好到了。邱媛媛没说来意，直接把两个特色菜摆在了远房舅舅的餐桌上。厨师长一头雾水，忙问缘故。邱媛媛说：“舅舅，你是德盛楼的厨师长，可以说吃遍了天下的美味。今天，外甥女‘孔夫子面前念三字经’，带来了我们张家湾的两样特色菜，想让你尝尝、评评。”

厨师长听了，笑着说：“你这小鬼头，不知葫芦里又装的什么药！好，那我就不客气了。”先扯了半块“三碰头”，夹了两筷子干巴鱼炒辣椒，卷上，刚嚼了两口，就脸色大悦，连声称赞：“好！好！这煎饼，配上干巴鱼炒辣椒，绝配！”吃完半块“三碰头”，又扯了半块“蛋黄脆”，卷上几筷子雪里蕻炒肉丝，吃了几口，又赞道：“好！好！很有特色，很有特色！”问这煎饼和配菜的来历，邱媛媛先把宣传单给厨师长看，又把她们发现、开发这一遗产的过程说了一遍，最后才道出来意。

厨师长看了，听了，异常高兴：“真没想到，张家湾的老祖宗还留下了这么宝贵的东西。德盛楼的特色菜不少，但具有本地地方特色的菜不多，你们的这两样菜，有历史，有文化，有特色，味绝佳，假如进了德盛楼，一定能成为招牌菜。”当下就决定，“三碰头”“蛋黄脆”各要三十斤，明天一早就送过去，并签订长期供应合同，每天都要一百斤。

“太好了，张家湾的煎饼进德盛楼了！”喜悦挂在了每个人的脸上。

“给万家乐超市打电话，让他们明天来验收卫生。”赵玉花说。

“我的姐姐呀，你看都几点了，你没休息就觉得人家也没休息？”王兰兰说。

赵玉花拿起手机一看，都快晚上十一点了，只好说："那就明天一早再打吧。"

第二天一早，赵玉花就给刘经理打电话，说她们已经准备好了，可以派人来验收了。刘经理让她们在家等着，现在就派人过去。

不多会儿，邱媛媛来了，说她弟弟给四个品种的煎饼都写好了食品说明书，通过微信发到她的手机里了，问怎么打印。赵玉花说，本来直接打印到食品外包装上最好，可是现在来不及了，只好暂时打印在纸上，再贴到外包装上。让邱媛媛快找打印社，打印出来。邱媛媛跨上电动车，就去镇上打印去了。

赵玉花给李三妹打电话，让她租车给德盛楼送煎饼，并安排带上公司公章和身份证，让她全权代表公司和德盛楼签订长期供应合同。又给陈慧芳、王兰兰打电话，让她们吃了早饭快到作坊去，说超市检查验收的快要到了。她也简单地弄了点吃的，胡乱地吃了几口，就去了作坊。

到了作坊，见那二人已经到了，正拖地，刷磨，擦操作台。赵玉花也加入其中，直弄得"瓜是瓜，瓠是瓠"（极言整洁，条理），到处一尘不染，才停了下来。这时，邱媛媛回来了，大家围上来看打印出来的食品说明书。真是不看不知道，一看吓一跳，说明书项目还真全——食品名称、配料、生产日期（空）、保质期、生产许可证号、食品卫生许可证号、储存方法、食用方法、公司名称、公司地址、公司电话、销售热线、营养成分表，还有二维码。赵玉花指着说明书说："可千万别小看这张纸，它把我们和我们的公司、我们的产品牢牢地拴在了一起，一损俱损，一荣俱荣。"那三个也都认同地点了点头。

大家七手八脚地给包装好的产品贴好说明书，然后穿上隔离衣，戴上布帽、口罩，按七步法洗了手，戴上食品操作手套。全副武装之后，呵，英姿飒爽，倍儿精神！四个人你看看我，我看看你，禁不住笑起来。

又一会儿，两位检查验收人员到了，看了一遍以后，对卫生还是很满意的，只是遗憾生产规模太小，说如果产品能在万家乐超市打响，恐怕十盘鏊子同时烙也不够卖的。接着就给她们发放了进驻超市食品卫生许可证，并告诉说，现在就可以派人跟着他们的车回超市，找刘经理商量产品进超市的事宜。

检验人员的一句“如果产品能在万家乐超市打响，恐怕十盘鏊子同时烙也不够卖的”的话，提醒了赵玉花，现在应该为扩大生产做准备了。于是她让检验人员稍等片刻，告诉陈慧芳，微信通知群里的姐妹们，愿意来公司参加工作的，赶快在自家学烙煎饼，公司派陈慧芳、李三妹提供指导，一星期后评比，取前十五名入职，有愿意入股的也可以入股。然后和王兰兰搭上检验人员的便车，去找刘经理。

刘经理告诉她们，领导已经批准张家湾煎饼进入万家乐超市。总经理对此很重视，说支持开发地方特色食品，是超市义不容辞的责任。为了扩大影响，建议举办两天商品展介活动，超市免费提供展台，布展则由她们负责。说着就领她们去看展台。

她们跟着刘经理来到了一楼电梯旁，见有一个高出地面的平台，面积二十多平方米，平台后边放着两个多层的立柜，前边是一张长三米多、宽一米多的桌子，左边摆着大彩电、VCD 和音响设备，右边是两张展板，平台对面是电梯围栏。

刘经理说：

“别看地方不大，可是位置很好，正好在一楼的电梯旁边，凡是来超市的人，都要从这里经过。

“一般在这里办展介是要收费的，两天一万元。但你们是经总经理特批的，不收费。

“你们一定要好好利用这次机会，把各种类、各规格的样品全带来，把张家湾煎饼的特色充分展示出来。

“你们明天就布置，后天就开展，后天正好是星期六，来超市购物的人更多。

“你们好好设计一下，看怎样充分利用展柜、展板、电视以及前面的电梯围栏，让它们都为你们的煎饼说话——我还有事情，就先走一步了。”

别看刘经理身材瘦小，可说起话来，跟打机关枪似的，根本不容别人插嘴。

送走刘经理，她们才如梦初醒：哎呀呀，这也太出人意料了吧？张家湾煎饼不仅能进超市，还能办展介，而且还活动两天！赵玉花先打电话把这好消息告诉邱媛媛，并让她带上宣传材料赶紧来超市，筹备布展。再打电话把这好消息告诉陈慧芳、李三妹，并叮嘱她们赶紧教会那些正在学烙煎饼的姐妹们，公司急等着用人呢！等邱媛媛赶到了，心情也平静下来了，三个人便商量起布展的事情。

第二天，经过五人一天的紧张劳动，展台终于布置好了。星期六早上超市一开门，便以质朴、大方又不失时尚的面貌呈现在人们的面前了。

后边的展柜上，摆的是所有食材样品和四类六种箱装、盒装、袋装的煎饼样品。前边的展桌上，铺上了枣红色的桌布，正中间摆放着用玻璃罩罩上的《张家湾煎饼谱》，两边分别摆了三个大托盘，每个大托盘里，都盛着满满一盘不同种类切成很小块的煎饼，旁边放着个食品镊子。每个大托盘周围，又放着几个小托盘，每个小托盘的旁边都有装满牙签的牙签盒。展桌的两头，一头放着一盆干巴鱼炒辣椒，一头放着一盆精肉炒雪里蕻，每个盆里都插着四双筷子。两块展板都有文有图，介绍了张家湾煎饼的悠久历史、繁复的工艺和独特的风味。特别突出地介绍它既是主食，又可作礼品、休闲食品、零食的特征。左边的大彩电，滚动播放着县电视台制作的专题片《张家湾煎饼——天下第一好煎饼》和邱媛媛录制的煎饼制作过程的视频。展台前的电梯围栏上悬挂着大横幅，上面写着“传统食品——张家湾煎饼展介”，红底白字，格外醒目。

同样吸人眼球的还有五位娘们儿，她们个个本来就漂亮，今天，又化了淡妆，更显得好看、可人：她们全都头戴朱布圆帽，上身着白底蓝花短袖褂，下身穿蓝色牛仔裤，束腰，手上戴着雪白的手套，显得既干练、洒脱，又质朴、实在。她们个个笑容可掬，亲切、热情地给消费者讲解张家湾煎饼的历史、发掘利用的过程和意义，引导观看各种食材、各类煎饼的配料和各种规格的样品，手端小托盘，边让参观者品尝各种各样的煎饼，边讲解各类煎饼的独特之处。

刘经理说的一点不假，这里是顾客逛超市的必经之地，不多会儿，就聚集了好多人。人们看、问、尝、评，一时间熙熙攘攘，人声鼎沸。中老年人看好“三碰头”“蛋黄脆”，特别是品尝了“三碰头”卷干巴鱼炒辣椒和“蛋黄脆”卷精肉炒雪里蕻之后，都说真是绝配，是有生以来吃的最解馋、最美味、最回味无穷的食品。而青少年更钟情于“芝麻酥”和“核桃酥”，觉得煎饼作为休闲食品、零食，不仅别致、奇特、时尚，还有历史的厚重感、遗产的传承感。还有不少人想买些回去，赵玉花表示歉意，说她们的煎饼还没正式进入超市的销售渠道，还不能卖。

顾客来来去去，五个娘们儿迎迎送送，宣传单发出了一沓又一沓，各种各样的小块煎饼用了一托盘又一托盘，干巴鱼炒辣椒和精肉炒雪里蕻每天各用光两盆。两天以来，有多少消费者在这里驻足过，品尝过，称赞过，她们无法统计，但是，通过两天的展介，已经有好多人了解、认识、接受并有意向购买张家湾煎饼了。

展介后的第二天，超市就跟她们签订了每天不少于三百斤的定购合同，一个星期后开始供货，并说如果行情好，还会增加。

这样，每天德盛楼要供一百斤，万家乐要供三百斤，网售七八十斤，还有零售的，总共每天要生产近五百斤煎饼。现在的一盘电动磨、两盘鏊子显然是不行的。另外，不光烙煎饼用人，叠煎饼、包装也用人，五个人又是领导，又是工人，又是采购员，又是销售员，就是有三头六臂也干不了这么多活，招聘员工势在必行。因此她们决定，再上一盘电磨，五盘鏊子，招聘十五名员工。新招的员工愿意入股的，可以交两万元股金，除每月领工资外，年终按股分红。

邱媛媛急忙在网上定购电磨、电鏊子，陈慧芳急忙在微信群里发招聘通知。电磨、电鏊子第三天就安装、调试好了，群里报名的也超过了二十五人。第四天，报名的都来参加烙煎饼比赛，选出十五名烙得好的入职，其中十二人愿意入股。赵玉花告诉没被录用的姐妹们，大家回家抓紧练习，用不了多久，公司规模还会扩大，大家都有机会。即使实在学不会也没什么，到时候，添磨、叠煎饼、包装都需要人。

磨一多，鏊子一多，人员一多，作坊里可热闹了。靠西边一溜，摆着大盆、小缸，两位妇女正扇簸、淘洗食材。西北角，两盘电动石磨隆隆作响，添磨的一手拿瓢，一手执勺，不失时机地往磨眼里添食材和水。靠北面，一溜七盘电鏊子，鏊子上不时响起滋滋的响声，然后是白气升腾。鏊子前坐着七位烙煎饼的，戴着朱布圆帽、白色口罩、白色手套，身着白色隔离衣，烙、碾、揭，个个动作协调又娴熟。东北角摆着两三张长桌，上边放着一摞一摞的煎饼，一位同样全副武装的妇女正在一页一页地“揭”煎饼。这也是一道不可缺少的工序——烙出来的煎饼，不能叠放在一起太久，过两三个小时，就要一页一页地揭开凉凉，一般要揭两次，才能包装，不然，吃起来就显得“散”。东边一溜是包装操作台，几位同样全副武装的妇女，正麻利地按照不同规格叠、切煎饼，然后再往袋、盒、箱里装。

从淘洗食材到烙，再到包装，一环套一环，环环相扣，有条不紊，秩序井然。

忙碌的日子总是过得快，转眼，一个多月过去了。

这几天，赵玉花不经意发现了一些问题：有的姐妹烙煎饼时不戴口罩，说嫌闷得慌；有的还像在自家烙煎饼一样，不时地撕一块刚揭下的煎饼填在嘴里，咂巴着嘴自言自语：“真香！真香！”明明知道煎饼摊在鏊子上，要煎到中央微黄，周边翘起才能揭，但有的为了及早完成任务，一看青皮就揭下来；明明知道煎饼从鏊子上新揭下来，要放到一旁凉一会儿，跑了热气才能叠放，有的就把这一工序给免了。即便是领导班子成员，也有做得不妥的地方。比如，王兰兰骑电动三轮去超市送煎饼，回来报账时，连自己路上买矿泉水的钱也报上了；李三妹说这几天没钱花了，想向公司借五百元钱。陈慧芳没借给她，她还骂陈慧芳是“梁山伯的娘——死母子”。

赵玉花觉得，这些看起来都是小事，但如果不加重视，就会给公司埋下巨大隐患，甚至毁了公司的前程。为什么会出现这些问题？因为公司缺少制度建设。自公司成立以来，管理主要靠自我管理，自我约束，重要的事情说说，强调强调。这种方式，短时间还可以，时间一长，出现问题是必然的。所以，公司要想良好地运行下去，制定一套完整的规章制度，而且严格落实，已经刻不容缓。

收工之后，赵玉花把领导班子的那四人喊到了办公室，把自己最近发现的问题及想法告诉了大家（当然没提王兰兰、李三妹的事），让大家各自发表意见。大家都说国有国法，家有家规，公司没有规章制度怎么成？可是要制定哪些规章制度呢？她们合计了一下，目前急需的有财务管理制度、劳动制度、卫生制度、收益分配制度及各个生产环节的操作规程等。她们决定由陈慧芳和邱媛媛两人参照网上的有关这些方面的规定，结合公司的具体情况，先写出草稿来，然后领导班子讨论修改，再公布给全体职工讨论修改，最后由股东大会通过后实施。

草稿很快就拿了出来，领导班子讨论时，对财务、劳动、卫生都没什么意见。在讨论收益分配方案的时候，赵玉花提出了邱媛媛的婆婆提供的《煎饼谱》应该作为知识股参加收益分配的建议。大家都说对，因为没有《煎饼谱》，就没有张家湾煎饼公司，更谈不上收益。邱媛媛不以为然，说，不就是提供了一个本子吗，算什么知识股，还参加收益分配，这不是白手拿鱼吗，让人听了笑话。

赵玉花说："这还不只是参加收益分配的问题，这表示我们对知识、对文化的尊重。这对咱们的孩子也是一个很好的教育。"

算多少股呢？赵玉花说，我们都投资了两万元，一百元一股，每人二百股，就和我们一样，算二百股吧。邱媛媛坚决不同意，说太多，让人背后戳脊梁骨，有点意思就行，算五十股吧。大家说这样太少，最后折中了一下，算了一百股。

另外，对各个生产环节的操作规程，赵玉花和王兰兰都觉得有些规定还抠得不细，比如说，规定糊汁摊满鏊子后，要把握火候，至少要用批子碾轧两遍，但没说要碾轧到什么程度。再如，只规定叠煎饼要叠得整齐划一，但忘了规定，叠煎饼的员工还有检查煎饼质量的任务，不能让任何一张不合格的煎饼入袋、入盒、入箱。五人又把规程细抠了一遍，直到认为没有任何问题为止。

然后又让职工们讨论、提意见，再拿到股东大会上通过。下面就是执行的问题了。

赵玉花知道，规章制度制定容易，落实难。不落实，只挂在墙上，那就是一张纸，因此，她在全体职工大会上强调："制度一旦制定，就要严格执行，任何人、任何时候都没有例外，包括我自己。"

真没想到，第二天，赵玉花就在无意中违反了规定。

刚上班不久，赵玉花在办公室里忽然想起一件急事，便匆忙地走进了操作室找陈慧芳。陈慧芳看见她，惊愕地问："你进来怎么没戴口罩和工作帽？"赵玉花这才想起，公司的《卫生管理制度》有规定，操作室不准外人进入，本公司的工作人员进入，必须戴口罩、戴工作帽，否则，少戴一样罚款一百元。赵玉花急忙从操作室里走出来，陈慧芳也跟了出来，悄声对赵玉花说："多亏没人看见，不然……"

"怎么没人看见？你不是看见了吗？"赵玉花说。

"我就当没看见不就行了。"

"那可不行，越是我，越要以身作则——你现在就开张二百元的罚款单，贴到宣传栏里。"赵玉花说着，从口袋里掏出二百元钱来，递给陈慧芳。

陈慧芳一想也对，这样更有教育意义和说服力，于是便到办公室开了罚款单并贴在了宣传栏里。

这件事引起很大反响，大家都明白，在执行规章制度上，公司是动真格的了。因此人人兢兢业业工作，个个按规章制度做事，生产红红火火，管理有条不紊。

这一切都表明，张家湾煎饼初现辉煌，张家湾煎饼股份有限公司初具规模，张家湾的娘们儿们创业初步成功。

三

这几天，公司的好儿位姐妹都喊腰酸脖子疼。是的，烙煎饼、叠煎饼、包煎饼都是坐着干活，一坐就是大半天，根本没有时间活动下筋骨。有的姐妹提议，咱们每天下班后，吃过晚饭，如果能像城里的中老年妇女那样，跳跳广场舞就好了。可是也有人说，农村的娘们儿，顶着一头玉米花粉跳广场舞，不让人笑话？

赵玉花知道了这件事，说："谁说农村娘们儿不能跳广场舞？城里娘们儿是人，农村娘们儿就不是人？顶着一头玉米花粉跳舞又怎么了？怕别人笑话，谁笑话？张家湾的娘们儿们不信这个邪，跳！而且要跳出张家湾的风采来！"于是让邱媛媛在网上买了跳广场舞用的MP3和扩音设备，还给每人买了一套跳舞的行头——白褂子、绿裙子，还有一把红扇子。

广场不难找，煎饼作坊旁边就有一片空地。几个姐妹利用休息时间，先把上边的杂草除去，然后，该铲的铲，该垫的垫，整平了，洒上水，再撒上麦糠，找来碌碡，推着滚了几遍，就成了。

下了班，吃过晚饭，从作坊里扯出电线，安上电灯，连上扩音器，插上

MP3，打开开关，音乐就响起来了。村里人还以为来了放电影的呢，大人孩子都来看。

跳舞的姐妹们也陆陆续续地来了，邱媛媛是第一个到的，因为她是广场舞的教练。她在外地打工时，跟城里人学会了跳广场舞。接着赵玉花、陈慧芳、李三妹也来了。王兰兰还有些不好意思，站在墙角处看了好一会儿，扭捏着不肯上场。邱媛媛看见了，跑过去，扯着胳膊把她拽进场来。还有几个姐妹也和王兰兰一样，有些害羞，见王兰兰被邱媛媛拽进场，也都跟着进了场子。

第一天来了二十八人。张家湾的娘们儿们本来就个个漂亮，下了班，她们又洗了脸，梳了头，抹了点胭脂搽了点粉，有的还搽了点口红，经过这么一打扮，一个个韵味十足。一色的白褂子，绿裤子，手里还拿着红扇子。在场上这么一站，格外引人注目。

邱媛媛站在最前排，随着音乐做动作，其他姐妹们也学着做动作。一开始，姐妹们大多紧张，总是跟不上邱媛媛的节拍。邱媛媛告诉大家，广场舞不要一个动作一个动作地抠，动作大体对，起到活动筋骨、锻炼身体的目的就可以了。大家听了，就不紧张了。放松了，倒学得快了。周围看热闹的孩子，受到感染了，也跑进了场，跟着大人跳起来。说来也怪，有的孩子比大人学得还快，动作还标准。

一个小时很快就过去了，该停止了，可是，大家"跳兴"未尽，纷纷要求延长半个小时。半小时后，还有几个姐妹围着邱媛媛，跟她切磋动作。跳完舞，大家不但没感觉累，反觉得很轻松，仿佛一天的劳累都随着动作消散了。纷纷说，这舞跳得值，以后天天跳。

第一天跳广场舞来了二十八人，为什么还有十二个姐妹没有来？跳完舞，赵玉花就找到了几个没来的，打探原因。她们有的说，人家城里人跳广场舞是闲着没事，咱要照顾老人，照顾孩子，还忙着上班，天天忙得团团转，哪有闲心跳舞呢？有的说，农村妇女生来就是干活的命，天天老人、孩子、男人，鸡鸭鹅狗猪，锅碗瓢盆勺，坡里地里场里，除了劳动，什么休闲呀，娱乐呀，享受呀，跟咱沾不上边。还有的说，中国人中，最苦的是农村人；农村人中，最苦的是女人。如果有下辈子，托生猪狗，也不再作农村女人了……听了她们的话，赵玉花心里十分沉重。她知道，这些姐妹，还没有从旧观念中走出来，在她们看来，休闲娱乐、物质文化享受、追求幸福，都是“闲事”，都是非分的想法。

第二天下了班，她就把这十二位姐妹留下来，喊到办公室里。她告诉大家，现在是新时代了，农村妇女也要活出自己，不光要为老人孩子活，还要为自己活。不光会劳动，还要会休息，会消费，会娱乐，会享受。这样的生活才更有意义。农村妇女跳广场舞，是走出旧观念的表现，是活出自我、享受生活、追求幸福的开始。提高幸福指数，过去没有条件，现在有条件了，咱们为什么不利用？最后，她又介绍了众姐妹跳完广场舞心理和身体的感受，希望大家合理安排时间，尽量来跳舞。

十二个姐妹都说，听了赵玉花的话，明白了很多，表示回家吃过晚饭一定来。

广场舞的动作毕竟比较简单，要比学烙煎饼容易多了。在邱媛媛连说带笑、连喊带骂的指导下，不到一个星期，三十多人都跳得像模像样的了。三十多人，三十多枝花，随着音乐，前走后退，左旋右转，瞻上顾下，左顾右盼，既整齐划一，又潇洒活脱。大红的扇子时而打开，时而闭合，响声清脆明亮，别有一番情趣。姐妹们都非常享受这一过程，个个脸上洋溢着幸福的笑容，目光里透着自信、得意和满足。她们不像一些老太太跳广场舞那样，比画比画就行了，而是把每个动作都做得舒展、优美、大方。

张家湾又多了一道亮丽的风景！这里每天都引来许多人围观，有本村的也有外村的。有的围观者觉得光看不过瘾，也走进队伍，跟着跳起来。

这天，跳舞队伍里又进来一位不速之客，男的，三十多岁，中等身材，三七分发，油光光的，显然是上了发蜡。长脸，前额和下巴都向前突出，眼、鼻子、嘴都陷在坑里。上身里边穿着一件破背心，外边套了件褪了色的蓝西服。脖子上挂着条劣质的红色领带，显然是胡乱系上的，滴里搭拉的。西裤高高地吊着，脚脖子全露在外边。脚蹬一双破布鞋，一只还露着脚趾。此人就是张家湾有名的懒汉张大年。

张大年三岁的时候，娘就因病死了，爹也因为丧妻烦恼而整日酗酒。父亲对他管教得少，他又不好好地上学，迷恋上网打游戏。十六岁那年，他爹得了肝癌，临死的时候，拉着他的手叮嘱他：“好好活着，成家立业，别断了张家这条根!”可是，爹死后，他并没有自立自强，而是跟着一群不三不四的人鬼混，慢慢地养成了好吃懒做、游手好闲、有俩花仨的坏习惯。现在三十多了，也没混上媳妇，他更破罐子破摔，不外出打工，又不好好种地，平时在城里找点零活干，也是三天打鱼，两天晒网。张大年喜欢热闹，村里谁家婚丧嫁娶，红白喜事，他总是不请自到。对他来说，一方面能混个肚里圆，另一方面还能“欢欢眼”，因为婚丧嫁娶、红白喜事，是不乏大姑娘小媳妇的。

张大年跟着娘们儿们跳舞，前几天还算守规矩，虽然一边学着做动作，一边眼睛直勾勾地看着娘们儿们的胸、屁股，有时还嬉皮笑脸地说上几句俏皮话，大家也倒没多在意。因为跳舞的娘们儿们，大部分张大年都叫嫂，村里有俗语，“小叔子嫂，见面胡乱捣”。可是，四五天后，他就不老实了。他利用做动作之际，一会儿摸一把这个娘们儿的胸，一会儿搂一把那个娘们儿的腰，一会儿拍一下这个娘们儿的屁股，一会儿拧一下那个娘们儿的大腿……有人用眼瞪他，他装作没看见；有人打他一巴掌，他朝她拱拱手；有人踢他一脚，他朝她不怀好意地笑笑……

姐妹们把这情况反映给了赵玉花。赵玉花找了他，告诉他，姐妹们不欢迎他，请他离开这里。他却嬉皮笑脸地说：“跳舞的地方是张家湾人共有的，你们能在这里跳我为什么不能?”赵玉花又告诉他，想跳也可以，但要尊重别人。他却说：“我不尊重谁了，不就是无意中碰了一下吗?跳舞的人这么多，谁碰谁一下不是常事?再说了，是她们碰我，不是我碰她们。”赵玉花警告他：“以后要是再敢有非礼的举动，看我们不揍你。”他说：“能挨女人的揍，是最大的享受，‘打是疼，骂是爱，不打不骂不痛快’。”你看这个无赖！以后，他不但没收敛，反而变本加厉。

怎么惩治这个无赖呢，邱媛媛出了一个主意，说给大家听了，大家都说好，就这么办。

这天，音乐一起，姐妹们又跳了起来。张大年在中间，又要故技重演。这时候，邱媛媛猛地从背后用毛巾蒙上他的眼，接着上来两个力气大的姐妹，一边一个架起了他的胳膊，三个人死死地勒住他。其他姐妹围上来，不踢他，不踹他，不挠他，只扭他的软肉，特别扭大腿内侧的软肉。你一把，我一把，甚至四五个人一起扭。一会儿，张大年就喊爹叫娘，叫姑奶奶了，再一会儿，就鬼哭狼嚎，喊叫得没点人腔了。邱媛媛让大家停下来，问张大年，以后还来不来捣乱？他没听清楚，回答慢了一些，邱媛媛一招手，姐妹们上来又是一阵狂扭。他哭着喊着求饶：“姑奶奶，饶了我吧，饶了我吧，我要是再来捣乱，就不是人生父母养的，就遭天打五雷轰。”邱媛媛给姐妹们使了个眼色，大家才住了手。邱媛媛骂了声“还不快滚!”张大年哪里还能走，连滚带爬离开了。

“哈哈哈……”无论是跳舞的，还是围观的，都大笑起来，有的还情不自禁地拍起了巴掌。

后来的四五天里，张大年不但没出现在广场舞场上，就连大街上也没有了他的踪影。有人说，他一直躺在自己的破房子里，下不了床，走不成路，两三天不能下床做饭，饿得嚼生玉米粒子。还有人看见，他的两条大腿，特别是内侧，青一块，紫一块，有的地方都滑皮了。这次，他是真长了记性，从那以后，再也没敢进广场半步。

四

这天下班后，王兰兰来到赵玉花家，告诉了她一件尴尬的事。昨天下午，她来了例假，正蹲在茅房里拾掇，没想到，她公公却一头撞了进来。公公“啊”了一声，双手捂上眼睛，扭头就走，一下子撞在了墙上，头上撞起了个很大的血包。

“你说这是什么事？到现在我的心还突突地跳，我公公都不敢正眼看我。”王兰兰捂着脸说。

“这也怪你公公，进茅房前怎么不先打下招呼，或问一句，或咳嗽一声？”赵玉花说。

“过去都是咳嗽几声，这回不知怎么回事，是太内急了，还是咳嗽了我没听见?”

“也是，老年人内急起来确实很难憋住。”

“玉花姐，说起来也真奇怪，前几年打工回来，也许是在家时间短的缘故吧，对茅房还不怎么在意，可现在一留下来，怎么感觉这么别扭呢？上一次茅房遭一次罪，蹲在里面，臭气熏死人不说，还提心吊胆，要时时竖起耳朵来听动静，出来还要干哕半天。我想，咱就不能改改吗？人家城里的茅房有门，分男女，用抽水马桶，咱们的茅房为什么不能？”

“是的，说真的，生活中，茅房和卧室、厨房一样重要，有时甚至比卧室、厨房还重要。可是在咱农村，几乎家家都重视‘住的’正房，‘吃的’厨房，而轻视‘拉的’茅房。你到各家看看，这几年打工挣的钱，全都用在盖房子上了，盖主房，盖厨房，盖门楼，修院墙，可茅房还是老样子。”赵玉花说。

赵玉花说得不错，的确，在张家湾，似乎家家都对茅房不重视。在院子的西南角，利用拐角的两面墙，再垒上两面墙，地上挖、砌上一个茅坑，上边盖上两片水泥板，中间留半拃宽的一条缝，一家人的茅房就建成了。茅房有门无扇，也无上盖，男女共用。粪便几乎半年才清理一次。春秋天还好一些，一到夏天，臭气呛人，茅坑里长尾巴蛆乱爬，蚊蝇嗡嗡乱飞。特别是晚上，如果你上茅房不带把扇子，蚊子会叮得你满屁股是包。寒天腊月上茅房更遭罪，屁股要在滴水成冰的外边待着，往往回屋半天还冰凉呢。茅房都是蹲式的，年轻人蹲得时间长还麻腿呢，老年人蹲下都是起几起才能起来。

“两个月前，镇里好像喊过要改造厕所，每家还免费送了一个坐式便具，说是某企业捐赠的。前几天，我遇见了村主任，问他咱村的‘厕改’什么时候能动工，村主任说：‘有钱现在就可以动工，可到哪里讨钱去？’”王兰兰说。

“那是上边有号召，说‘厕改’是建设社会主义新农村的一个重要组成部分。可是，你想一想，全镇有多少家庭就有多少茅房，一所茅房的改造，没有六七千块钱是不行的，镇里哪里有这么多钱？”赵玉花说。

“你这一说，我想起来了，前几天，我在网上看到一则新闻，说某镇‘厕改’搞形式主义，便池都弄好了，可是，其他的东西不配套，没有自来水，没建化粪池，没有通风、采暖设备。结果谁家都不敢用，成了摆设，劳民伤财。镇领导想借此出名呢，谁知却成了笑柄。”王兰兰说。

“这新闻我也看了，可见形式主义害死人。”

“看来，镇里、村里是指望不上了。只能是自己掏腰包了。我实在是等不及了，明天我就去买料，回来找人动工。”

“那公司的你那摊子事交给谁？你知道都买什么料？没有图纸你怎么动

工？你也想家里添一个摆设？”

“……”

“茅房的改造，牵扯的事情很多，一家两家单独地改，会受到很多制约，最后也改不理想，而且费工费钱，还耽误工作。其实，我也初步调查了一下咱公司的姐妹们，她们中也有好些人有这样的想法，如果能组织几十家，包工包料给工程队，谈好价格，签订合同，完工后验收合格后付款。这样，又省钱，又不耽误工作。”

“对，这个办法好。现在我就在微信群里说说，让大家自愿报名。”

“你先别急。我想，咱们公司成立也快四五个月了，现在也有了一些盈利，可还没给张家湾的乡亲们做点好事。咱能不能借这个机会，捐出一点钱，给乡亲们提供一些帮助。”赵玉花说。

“捐钱？公司捐钱？捐多少？如果全村有一半的家庭愿意改，就有七八十家，每家补贴一千元，就得七八万。”

“这只是我的想法，钱是公司的，捐不捐，捐多少，得开股东大会，股东们说了算。不过咱们五个要先统一一下思想。”赵玉花说完，就打电话给陈慧芳、邱媛媛和李三妹，通知她们明天上班早去半个小时，有事商量。

大家一早来到了办公室，赵玉花把王兰兰想改茅房的想法和自己的建议告诉了那三个人。对于茅房改造，那三人也都举双手赞成，特别是邱媛媛，激动地说：“改，坚决地改！我也受够了，有时候，我宁愿到村东小树林的隐蔽处解决，也不愿意进家里的茅房。”

“好啊，这真是‘贼不打三年自招’，我说村东小树林怎么这么多大小便，原来是你造作的！”李三妹笑着说。

大家都笑起来。

说到公司拿钱捐助，大家就沉默了。是啊，公司的那几个钱挣得不易呀，早起晚睡，热烤热燎，汗珠子掉到地上摔八瓣，操了多少心，费了多少力，才有了这么点家底，现在要拿出一部分捐出去，确实有些不舍得。

“我同意玉花姐的建议。”陈慧芳打破了沉默，说，“的确，我们的钱挣得不易，可是，没有《煎饼谱》，我们挣谁的钱去？所以，张家湾煎饼不只是咱们几个人的，也不只是咱们公司的，它应该是张家湾的。现在，我们盈利了，拿出一部分给乡亲们，完全是应该的。”

“《煎饼谱》是从邱媛媛婆婆那里发现的，咱们已经给她算了股份，跟其他村民有什么关系?”李三妹说。

“话可不能这样说，《煎饼谱》是整个张家湾村的文化遗产，是张家湾的先辈们智慧的结晶，只不过让邱媛媛的婆婆保存下来罢了，怎么能说跟其他村民没关系呢?”赵玉花说。

“对，前人栽树后人乘凉，《煎饼谱》是张家湾先辈们栽的树，他们的后代受益是应该的。”邱媛媛说。

“理是这个理，可是，咱们辛辛苦苦挣的钱，拿出去真心疼。”王兰兰说。

“要说我们辛辛苦苦挣的钱，该不该捐给众乡亲一些，让我想到给我们讲课的陈老师，七十多岁的老人一站就是个多小时，咱有一点困难就去找他，人家辛不辛苦？可是陈老师问咱要过报酬吗？还有给咱们孩子上兴趣课的那几位老人，这都四五个月了，他们对咱们的孩子付出了多少心血，可从没跟我们提出过任何要求。没有他们，我们能这么一心一意地创业吗?”赵玉花显然想得更深更远。

“另外，我们公司成立以来，乡亲们也帮了不少忙。大家想一想，我们的第一批产品，大部分还不是卖给咱本村的了。我就亲眼看到，村西头的张大爷——就是孙晓梅的老公公，买了咱的煎饼后，说‘这群孩子创业不容易，咱帮不上大忙，买二斤煎饼也算支持吧’。我听了，都感动得哭了。今后，我们公司还要发展壮大，没有乡亲们的支持和帮助，是绝对不行的。所以，不管从哪方面说，我们拿出点钱来，都是应该的。”

赵玉花的一席话，让大家的心里亮堂多了，都说“该拿，该拿”。拿多少呢？陈慧芳有个建议，凡改造茅房的，每家资助一千元。大家都赞成。决议形成了，晚上下了班后召开了股东会。会上赵玉花就为什么要捐助茅房改造做了细致、深入的解释说明，然后无记名投票决定捐助与否。到会股东三十六人，三十二人投赞成票，顺利通过。通过以后，还有几个姐妹不走，说有句话要跟赵玉花说。

赵玉花把她们领进办公室，她们说只有一个建议，就是茅房改造这事，千万别让村长参与，说这人“手太长”，见钱眼开，雁过拔毛，他一参与，准瞎事。赵玉花告诉她们，这件事是乡亲们自发的，跟村里没有任何牵扯，请大家放心。咱们公司也只是牵个头，然后大家的事大家来办——由参加“厕改”的乡亲们推举出五人组成操心小组，全面负责工程的招投标、质量的监督和验收、结算等，公司不再过问。

送走几个姐妹，赵玉花便在微信群里发布关于报名参加茅房改造的通知。通知特别强调：茅房改造，志愿参加，自筹资金，公司资助，公开招标，一切事项均由推举的代表负责。有意者找陈慧芳报名。报名截止时间为明天晚上八点。

第二天，赵玉花又觉得能在微信中看到消息的只是一部分乡亲，便来到村委办公室，想借用村里的大喇叭再发布一下。

村主任在办公室里，赵玉花说明了来意。村主任听了，笑了笑说：“赵玉花呀赵玉花，你这煎饼总经理，现在又操心‘厕改’了，真是管着‘吃的’还管着‘拉的’。这茅房改造的事应该是村委管吧，你也揽得太宽了吧？”

赵玉花说：“茅房改造的确是村委该管的事，可从发便具到现在七八个月过去了，你们怎么没管？”

“这不是没钱吗，上级不拨款，村里又没有钱，叫我怎么管？”

“现在乡亲们想用自筹资金、我们公司资助一些的办法把这件事办了，应该没有什么不好吧？”

“这是好事，谁说不好了？不过，这事必须在村委的领导下办。”

“在村委的领导下怎么办？”

“好办，谁家愿意改茅房就先把钱交到村里，你们的捐助款也交到村里，由村里统一找工程队施工。”

“那恐怕不妥吧。”

“怎么不妥？”

“恐怕乡亲们不愿意。”

“谁不愿意，谁敢不愿意？”

“你看这样行不行，大家的事由大家自己办，让参加茅房改造的乡亲们推举出五人，组成操心小组，全面负责工程的招投标、质量的监督和验收、结算等，咱们都不参与。”

“那还要我这个村主任干什么？要么不改，要改就要在村委的领导下改，想抛开村委，门也没有！”村主任口气硬得很。

“你霸道！”赵玉花也不示弱。

“我就霸道了，你怎么着吧!”

“行，我现在就到镇里去，找镇长评评理。”赵玉花说着就要往外走。

“玉花，玉花，咱好商量嘛，找镇长干什么?”村长一听赵玉花又要去找镇长，一下子软了，他当然还记得上次被镇长骂得狗血喷头的事。

“没什么好商量的，借大喇叭一用，同意就同意，不同意我就去镇政府!”赵玉花却没软。

“你用，你用，你尽管用。”村主任说着便打开了扩音器，还对着麦克风吹了两下，“好着呢，你来说吧。”

到了报名截止的时间，陈慧芳一统计，一共是103家。陈慧芳又给这103家发通知，让他们利用微信推举自己信任的五人为操心小组成员。结果陈老师、教孩子们吹唢呐的张大爷等五人入选。

第三天，操心小组开了个碰头会，选举陈老师当组长，张大爷为副组长，然后便正儿八经地操起心来。

陈老师给他过去的学生、现为省建筑工程设计院的高级设计员打电话，请他帮忙设计图纸。他的这个学生，也是从农村走出去的，现在每年春节还回来跟家人团聚，对农村的茅房改造的迫切性和应该怎样改造有较深的认识，不光欣然同意帮忙，还说不收一分钱的设计费。

两天以后，设计图纸就发来了，下一步就该招标了。

操心小组发了招标通知，要求有投标意向的工程队三天内向操心小组递交工程队的资质文件和标书，然后招投标。

103家的茅房改造，六七十万的造价，对农村的工程队还是很有吸引力的。操心小组三天就收到十二份标书，有本村的，也有外村的。

这天，赵玉花下了班，吃了晚饭，正给儿子辅导作业。有人敲门，赵玉花开门一看，是村西头的一位好姐妹，名叫周玉兰的，现在也在公司上班，身后还跟着一位四十多岁的男子。

赵玉花让他们在客厅沙发上坐下。周玉兰很紧张地指着身边的男子介绍说，此人是她表哥，姓段，是段庄工程队的队长。

段队长看来是见过大世面的人，一点也不紧张，接过周玉兰的话茬说：“今天来拜访赵总，就是想请你帮个忙。”

“我能帮你什么忙?”

“咱张家湾茅房改造，正在招标，我们段庄工程队也递了标书，想让赵总给美言几句，让我们工程队中标。”

“张家湾茅房改造招标，你们工程队投标，按正常流程走就是了。你们工程队如果报价低，承诺质量好，时间短，自然中标，不然，我说有什么用?”

“赵总真会谦虚，你太低估自己的影响力了，只要你发话，操心小组谁敢不听？这里我带来了三万块钱，不成敬意，给你买包茶叶喝。”段队长说着，从口袋里掏出了三沓百元钞票放在茶几上。

“你这是干什么？你这是侮辱我。我赵玉花活了三十七八岁，挣的每一分钱都是干净的。”赵玉花生气了，气得手都有些颤抖了。

“赵总你别生气，这钱怎么就不干净了？操心，拿钱，天经地义。”段队长嬉皮笑脸地说。

“操心，拿钱？你叫我操的是黑心，拿的是肮脏钱！周玉兰，你快让你表哥把钱收回去，不然，我明天就把这些钱交到操心小组那里，就说是你捐献的。”

“……”周玉兰为难地看了看赵玉花，又看了看表哥，不知如何是好。

“好，好，我收起，我收起，就算我没来，就算我没说。”段队长一只手抄起一沓百元大钞，在另一只手上拍了两拍，然后一沓一沓地装进衣袋里，苦笑着说，“‘有钱能使鬼推磨’，在你这里不灵了！佩服，佩服！玉兰，咱们走。”起身走了。

“那是因为我不是鬼，不送!”赵玉花高声说。

周玉兰和段队长走后，赵玉花坐在沙发上久久不能平静，她想到段队长行贿的自如、老练和“操心，拿钱，天经地义”的谬论，想到了姐妹们“千万不要让村主任参与”的嘱咐，想到了假如她接受了这三万元钱，一件好事办砸的后果，甚至还联想到中国很多好事都是这样办砸了的现实……觉得招投标会必须马上开，免得夜长梦多。接着她就给陈老师打电话，让他尽早召开招标会。

招标会组织得非常严谨和透明。评标的共有十人——临时抽出的五名“参改”户代表和五名操心组成员。他们根据各投标工程队的报价、资质、承诺质量、完工时间等各方面综合考虑，各自给工程队打分。亮分后，去掉一个最高分、一个最低分，剩下分数求平均分。待各队平均分都出来后，最高者中标。最后中标的是离张家湾有五里地的王楼工程队。

一个多月之后，103 家的茅房改造完毕，交付使用。陈老师统计了一下，101 家都很满意，只有两家有点小问题，工程队又进行了修整，直到他们满意为止。

赵玉花听了，长出了一口气，说："好事总算没办砸。"

五

暑期过后，随着天气变凉，煎饼的销售又进入了旺季。万家乐超市和德盛楼饭店又都增加了进货量，网上也卖得风生水起，每天都有一二百份订单。活一多，就忙不过来了，公司决定再招八名员工。

让哪些人入职呢？继续采取竞争上岗的办法，招留守的姐妹们，大家没有意见。但是，赵玉花却提出这次要"特招"四个人——双腿截肢的张德礼、"一把手"张玉胜、苦命女人段正菊、懒汉张大年，而且说，既然是"特招"，那就是一定要招进来。为什么？为的是让这几人的家庭脱贫。

对懒汉张大年，前边咱们有所认识了，那就让我们认识下其余的三个人吧。

双腿截肢的张德礼，原来是开货车的。五年前，因车祸失去了双腿，丧失了劳动能力，整日里以轮椅为伴。妻子也因为一时想不开，喝农药自杀了，撇下了个女孩，接新年才八岁。他还有个快七十岁的老母亲。现在家庭唯一的收入，就是依靠年迈的母亲种不到二亩的地。

外号"一把手"的张玉胜，因为小时贪玩攀爬变压器，失去了一只胳膊。残疾，难找对象，无奈娶了个痴呆女。不想，生了两个孩子也都有些痴呆。一家四口全靠他一人种那三亩多地养活。

段正菊是个苦命的女人，她是二十三岁嫁到张家湾的。男人张士臣比她大两岁，又老实又肯干。两人恩恩爱爱，勤劳持家，生了一双儿女，小日子过得很滋润。谁也没想到，张士臣三十岁那年得了肝癌，将家里的所有积蓄都花光了，还欠了亲戚、邻居十几万元的债，也没能扒拉出命来。段正菊又是个负责任的女人，面对这一烂摊子，她没有一走了之，而是勇敢地担当起赡养一个体弱多病的婆婆、抚养一双未成年的儿女、偿还十几万元债务的责任。可是，“屋漏偏逢连夜雨”，丈夫病逝不到两年，婆婆又因为脑梗而卧床，生活不能自理，吃喝拉撒，全靠段正菊照顾。一家的收入也是靠那不到三亩的地。

“特招”的方案在公司领导班子会上一提出，立即遭到邱媛媛的反对。邱媛媛说，我们招的是员工，要的是能干活的，他们要么缺胳膊少腿，要么吊儿郎当，要么家务缠身，能干什么？现在想来咱们公司上班的多了去了，不光咱村的，附近几个村里的留守妇女也都眼巴巴地等着，我们可以尽挑尽拔。咱们是公司，不是慈善机构，招收的员工不能给公司创造效益，这样亏本的事谁做？

李三妹也不同意。她说，这几家是张家湾的特困户，是公认的。但是，除了张大年，三家都吃“低保”，张玉胜和张德礼两家还享受“残疾补助”，这两年政府对他们的帮扶力度越来越大，吃饭穿衣不成问题。再说了，俗语说，“救急不救贫”，如果他们确实有过不去的坎，公司捐点钱给他们也是可以的，可让他们成为公司职工，确实有损公司形象。

王兰兰对两个残疾人入职没表态度，可她认为段正菊根本没有时间来公司上班。她说，段正菊是个好人，也很有能力，只是让家给赘坏了。她现在既要伺候两个孩子，又要忙地里，特别是要侍奉她那个瘫婆婆，端吃端喝，端屎端尿，一会儿也不能离开。她根本不可能像其他职工一样，每天坚持上八小时班。

陈慧芳则说，张德礼、张玉胜、段正菊入职可以考虑，但张大年坚决不能要。就他那德性，进了公司，一定是个祸害。一只老鼠坏了一锅汤，到时候，留也不能留，撵也撵不走，就难收拾了。

针对这几个人的意见，赵玉花谈了自己的想法：

“张德礼和‘一把手’张玉胜，虽然残疾，但只要我们给他们合适的岗位，就肯定能像正常人一样工作，为公司创造效益。张德礼没有双腿，但他有双手，揭煎饼，叠煎饼，包装煎饼，他都能胜任。张玉胜虽然只有一条胳膊，一只手，但听说，普通人能干的活他都能干。况且，煎饼作坊里还真有一项活，只用一只手就能做，就是添磨。他只要认真做，可能比正常人做得还好。

“段正菊确实很忙，确实不能像一般职工那样固定时间上下班。不过，听说她上过中专，学的是会计，过去在外地打工时就给一家公司当过会计。咱们公司自成立以来，账一直是陈慧芳管着。她都是白天上班，晚上做账，天天要加班到很晚。咱们把段正菊招来，让她做陈慧芳的助手，一方面减轻了陈慧芳的工作负担，另一方面，账也管理得更规范。对她可以实行弹性工作制，只要能很好地完成任务，什么时候工作，每天工作几个小时，咱们都不做要求。

“不错，张德礼、张玉胜、段正菊三家都有‘低保’，前两家还同时享受‘残补’。但是，那几个钱，对他们那个千疮百孔的家来说，是杯水车薪。况且，‘低保’也好，‘残补’也好，都是‘输血’，都不能从根本上让他们脱贫。想让他们彻底翻身，就要让他们能依靠自己的力量挣到钱，而且能长久地挣到钱。我们给他们提供工作岗位，给他们创造挣钱的机会，就是让他们家有‘造血’的功能，逐步脱贫。

“要不要张大年来公司上班，我也是很矛盾的。自从那次姐妹们在广场上惩罚了他之后，张大年的事就一直结在我的心里。我常想，张大年确实有一身的坏毛病，村里人都厌恶他，可他毕竟才三十出头，以后的日子还很长。假如他就这样自暴自弃下去，这个人就彻底地完了，多可惜呀！我们应该救救他，我们有责任救救他。怎么救呢？如果我们给他提供个工作机会，彻底地改变他的生活环境，然后动员众姐妹关心、关怀、教育、帮助他，说不定他能认识、改正错误，走向正常的生活。这是件很有意义的事，对他、对张家湾、对社会都有好处。

“不错，目前，不管是本村的还是外村的，想进我们公司的人很多，我们完全可以从中挑选能给公司带来最大效益的人。但是咱们办公司，可不能一心钻到钱眼里。应该看到，我们给某个人提供就业机会，对有的家庭来说，是锦上添花；而对有的家庭来说，则是雪中送炭。我们该怎么办，不用我说，大家也都明白。别说招这几人入职不会给公司带来什么损失，即使有些，也是值得的。”

最后，赵玉花还特别提醒大家，《煎饼谱》中说，张家湾煎饼文化一直有救危济困的传统，我们这样做，也算是对这一传统的发扬光大。

看来，赵玉花真是经过了一番深思熟虑，所以说得有理有据，有板有眼，既明了，又透彻，也说得那四人口服心服。

四人入职的事定下来了，接着便是通知他们准备参加上岗前的培训。五人也分了一下工：陈慧芳通知张德礼，李三妹通知“一把手”张玉胜，王兰兰通知段正菊，赵玉花和邱嫒嫒一起通知张大年。

第二天下了班，赵玉花和邱嫒嫒来到了张大年的家。说是家，其实就有两间起脊土墙的老瓦屋。屋门还是老式的两扇木门，窗子还是老式的木格窗，多年没上漆了，都露着白茬。屋门开着，张大年在屋里。

“张大年，你在屋吗?”邱嫒嫒叫了一声。

“谁呀？我在，屋里来吧。”张大年在里面答道。

赵玉花和邱嫒嫒进了屋，屋地比外边低了半尺，进屋像跳坑似的。两间屋是通堂的，没有隔帘。一些杂物胡乱地堆放着，外间放着一张小饭桌，桌面脏得已看不清正色。其上放着小半碗白煮面条，看来是没吃完剩下的。里间有一张木撑子床，床上只有一张破席。张大年正光着脊背坐在床沿上抽烟。

张大年做梦也想不到这两人来他家，还以为谁又来找他算账呢。慌忙下床，抓起破褂子披在身上，急切地说：“玉花嫂，嫒嫒嫂，那次以后，我可再没……”

“不，不，我们是特地来向你道歉的。”赵玉花打断他的话，说。

“道歉？向我道什么歉?”张大年有点丈二和尚摸不着头脑了。

“那次，我们下手确实重了些。”邱嫒嫒笑着说。

张大年下意识地摸了下大腿的内侧，又立即意识到动作不雅，慌忙收起手说：“不，不，现在好了，现在好了。”

“大年兄弟，我们还是来求你帮忙的。”赵玉花也笑着说。

“什么，求我帮忙？我能帮你们什么忙?”张大年两眼惊恐地看着两个娘们儿，实在想不出她们葫芦里卖的是什么药。

“是这样，我们公司搞网上销售，每天都有一二百单，单单都要打包快递，现在急需一个打包人员。我们商量，觉得你做这工作最合适，这不，就请你来了。”赵玉花解释说。

“什么？让我到你们公司去上班，我没听错吧？我听说你们公司开的工资比在外地打工的都高，很多有技术的人想进都进不去，你们能要我?”张大年简直不敢相信自己的耳朵，他心里有一百个疑问。

“要你，对你是特招，这次我们共特招了四个人。”邱嫒嫒说。

“都是谁?”

“你，张德礼，‘一把手’和段正菊。”赵玉花说。

“噢，我明白了，你们是照顾我——我去，我去，我去……”张大年激动得手都抖了。多少年来，他哪次找活干不是低三下四地求人家，哪一个包工头对他不是冷言冷语，一脸的嫌弃?而当下，公司明明是照顾他，却主动找上门来，说求他帮忙。这么多有技术、有能力的人不招，偏偏招他！听说在她们公司干活，每月能挣两三千元，这样的好事哪里去找，去！可是，他转过来一想，进她们公司，虽然能挣钱，可天天得听她们的。听说，她们对工人要求得特别严，想抽个烟，喝个酒，睡个懒觉，东溜溜西逛逛就都不行了，还是不去吧……去……不去，去……不去……他的思想反复斗争着。后来，他猛地想到了公司那群娘们儿广场上对他下狠手的事，不禁打了个冷战——去了岂不是进了“母老虎堆”?绝不能去！可是以这些为理由拒绝，又说不出口，不如给她们个面子，卖个人情。于是说：“玉花嫂，媛媛嫂，你们的好意我领了。就我这样子，进你们公司，多丢你们公司的人呀，我还是不去了吧。”

“大年兄弟，你怎么一家人竟说两家话。公司如果觉得你会丢公司的人，还让我们来请你?”邱媛媛说。

赵玉花接着说：“大年兄弟，你千万别看不起自己。你怎么了?你也是堂堂的男子汉呀！是的，你身上有一定的缺点，可是人都有缺点，只要改了，就行了。你挺起腰杆来，堂堂正正地进公司，然后努力工作，做出成绩来，不光不会丢公司的人，还会给公司增光添彩……”

张大年有些不耐烦了，打断赵玉花的话：“不，不，两位嫂子，你们就别说了，你们公司我确实不能去，我也确实不想去！我还有事要出去，你们快回吧！”说完，做出要出门的样子。

赵玉花、邱媛媛不得不离开了。临出门，赵玉花还嘱咐他：“你再好好地考虑一下，我们给你三天的时间。”张大年没搭腔。

她们走出张大年的家没多远，邱媛媛就骂开了：“好你个张大年，给脸不要，多少好人想进公司我们都不要，你一个懒汉、二流子，还‘拿堂’(摆架子)，真是扶不上墙的烂泥巴。能架鸡不架鸭子，鸡，一架，就飞起来了；鸭子，再架也飞不起来，还拉你一身屎。玉花嫂，咱不架他，让他穷死、饿死！”

赵玉花却笑着说：“你急什么，‘买卖不成是话没到’，他一时没转过弯来，说明他还有顾虑。”

“他有顾虑，他有什么顾虑？在作坊里打打包，装装箱，风不打头，雨不打脸，一月两三千块，要比他三天打鱼、两天晒网的打零工，挣个仨核桃俩枣强多少？”

“作为一般人都会这样想，可他是张大年。”

“咱公司忙得一人当两个人用，哪有闲工夫想他是张大年还是李大年，干脆不要他，省心。”

“这个‘心’咱可不能省，省了心，说不定就毁了一个人。”

“咱往客屋里拉他，他偏偏往猪圈里跑，咱有什么办法？”

“办法是有的，我的邱经理。不过现在我们还没找到。咱们回去再深入地了解了解，分析分析，一定会找到的……”

她们回到了办公室，陈慧芳、李三妹都在。原来她们也刚刚分别从张德礼、“一把手”家回来。一见赵玉花，李三妹就抢先报告说，“一把手”一听说让他进公司，高兴得蹦起来，说：“别说叫我去添磨，就是去拉磨，我也愿意。”陈慧芳则说，张德礼听说了，激动得泣不成声，说：“我做梦也没想到，这辈子我还能工作，还能挣钱养家。不怕你笑话，多少次，我想跟着孩子的妈妈去了，可是一想，我走了，我母亲、孩子怎么活呀？可是活着又是个累赘。现在好了，我能工作了，能挣钱了，我有希望了，我们家也有希望了……”正说着，王兰兰回来了，她说，段正菊得知特招她进公司后，感动得不知说什么好，特别是听说公司对她实行弹性工作制的时候，感动得哭了很长时间。最后拉着王兰兰的手说：“公司这样看得起我，还这样照顾我，我唯一能做的就是努力工作，绝不辜负姐妹们的期望！”

就剩张大年这一个了，大家又讨论、争论、商量了很长时间，终于找到了突破口。

第二天下了班，赵玉花、邱媛媛又出现在张大年的家里。

张大年正坐在床沿上抽烟，见她们又来了，表现出很不耐烦的样子，说：“两位嫂子，昨天我不是给你们说了吗？我不能进你们的公司，我也不想进你们的公司。”

“今天咱不说进公司的事，我们是来跟你拉拉家常的。”赵玉花说着想找个地方坐下，可是巡视了一圈子也没找到能坐的地方，只好坐在门槛上。邱媛媛也过来，坐在了另一边。

“拉家常，找我拉家常？你们公司有那么多事要做，哪有工夫跟我拉家常？”

“公司的事再多，也没有你的事重要，跟你拉拉家常就是当下最重要的工作。”赵玉花笑着说。

听了这话，张大年的心里觉得一阵温暖。这么多年来，他走到哪里，都是“人嫌狗不咬”的，人们懒得跟他说话，不屑跟他说话，更不要说跟他拉家常了。今天，两位仙女般的嫂子撂下工作、家务专门跑到他家里来跟他拉家常，不能不让他感动。

“大年兄弟，我听说，你小时候吃过很多苦，受过很多罪，是真的吗？”赵玉花问。

“那还有假？很小的时候我不知道，记事以后，挨饿是常事。我爹经常喝酒，喝醉了就拿我出气，经常打得我身上青一块紫一块的。”张大年说。

“你恨你爹吗？”邱媛媛问。

“要说恨还真有点，但凡他有点过日子的来头，我家也不会过成这样。但是，他也不是天天打我、骂我，不喝酒的时候，他还是很疼我的。”

“哪有不疼爱孩子的父母？”邱媛媛说。

“特别是他得病之后，对我更好，甚至走不动了，还挣扎着给我做饭。”

“听说，他临死前还拉着你的手嘱咐你，嘱咐的是什么，你还记得吗？”赵玉花问。

“记得，他说，他对不起我。他说，他死后，要我好好地活下去，千万别走邪路。以后成家立业，娶媳妇生孩子，别断了张家这条根……”张大年说着，脸上现出羞愧的表情。

“‘人之将死，其言也善’，他那是觉得自己一辈子过得不值，可是，后悔也晚了。”赵玉花说。

“当初，你娘去世后，你爹要是能从痛苦中走出来，抖起精神，领着你好好过日子，说不定还死不了呢。”邱媛媛说。

张大年点了点头，表示认同。

“大年兄弟，你爹的路走错了，直到死才醒悟了，这可是个大教训啊！他临死前对你的嘱咐，你觉得落实得怎么样？”赵玉花说。

“我……我……”张大年语塞了。

“让你好好地活，你好好地活了吗？让你别走邪路，你听了吗？让你成家立业，结婚生子，你做到了吗？”邱媛媛对他没客气，直戳他的疼处。

“我……我……”张大年羞愧地低下了头。

“你看你现在过成了什么样子？叫你进公司，就是想让你结束这种人不人、鬼不鬼的生活。让你在新的环境里，找到自信，活出自己，让你爹的愿望变成现实。可越往客屋里拉你，你就越往猪圈里跑，真是死狗拖不到南墙上。你没想想，你再这样下去，对得起你爹，对得起你自己？”邱媛媛的嘴比刀子还厉害。

张大年不说话，只是头低得更深了。

赵玉花接着说：“大年，你媛媛嫂话说得难听些，但道理是对的。人这一辈子说快也快，说慢也慢，好时候也就二三十年，错过了这个时候，后悔也晚了。现在你三十多岁，正是人生最好的时候，咱再也不能自暴自弃，虚度光阴了。俗话说‘浪子回头金不换’，嫂子相信你一定能痛改前非，努力工作，努力挣钱，成为让张家湾的乡亲们看得起的人。用不了多久，就能找到意中人，然后结婚生子。你一定能这样，也一定会这样……”

张大年双手抱着头，像个孩子似的抽泣起来，看来真是触到了他的伤心之处了，鼻涕一把泪一把的。邱媛媛想上前劝阻，被赵玉花拦住了。赵玉花说：“让他哭吧，把委屈、烦恼、悔恨都哭出来。”

过了好大一会儿，张大年才平静了下来，用粗糙的大手抹干了脸上的泪水，站起来对赵玉花、邱媛媛说：“玉花嫂，媛媛嫂，过去，我混蛋，我混账，我破罐子破摔，对不起我爹，也对不起自己。从现在开始，我张大年决心重新做人。请两位嫂子随时监督我，做得不好，该打就打，该骂就骂，我绝无二话！”说着“扑通”跪倒，连着磕了三个头。

赵玉花、邱媛媛慌忙把他拉起来，告诉他：“你进了公司，不光我们两人会关心你、帮助你，公司的姐妹们都会关心你、帮助你，现在你就做一下准备，等通知参加上岗前的培训。”

她们告辞，张大年千恩万谢地送了好远。

为期五天的岗前培训，四个特招的人员特别积极。培训早上八点开始，七点半“一把手”就推着张德礼来到了培训地点。张大年也一改过去日出三竿才起床的习惯，五天一天也没迟到过。鉴于段正菊家的特殊情况，公司允许她可以不去参加，把培训材料带回家自学就可以了。但是，段正菊说：“亲自参加了培训，才能清楚公司的规矩，再忙也不能耽误。”她打电话给自家妹妹，让她来照顾婆婆，她全程参加了培训。

新一批八名职工进场，公司破例举行了全体员工参加的欢迎会。全副武装的员工队伍中，一个坐轮椅的、一个一条胳膊的格外引人注目。张大年穿上崭新的白大褂，带上淡青色的工作帽，显得特别有精神。他兴奋地一会儿扶扶帽子，一会儿整整衣领，一直合不拢嘴。会上，赵玉花代表公司向全体员工提出了一项要求、一项倡议：要求全体员工，对特招人员一视同仁，绝不许歧视。倡议大家伸出援手，奉献爱心，给特招人员提供工作和生活方面的便利；想办法，挤时间，给他们的家庭提供力所能及的帮助。

会后，公司做了表率，在凡是张德礼工作、生活要经过的地方，都增添了无障碍通道，还特地为他设置了跟轮椅一样高的工作台；本来规定添磨工还负责淘食材，考虑到“一把手”张玉胜提桶、端盆、拿笊篱都不方便，便把这一项工作给他免了。员工们热烈响应公司倡议，一两天里，就自发地组成了四个帮助小组，每个小组都有七八个人。她们还统一给小组起了名字：以赵玉花为组长，帮助段正菊家的小组叫“爱菊组”；以陈慧芳为组长，帮助“一把手”家的小组叫“爱手组”；以邱媛媛为组长，帮助张大年的小组叫“爱年组”；以李三妹为组长，帮助张德礼家的小组叫“爱礼组”。张大年和段正菊也都报名参加了，张大年加的是“爱菊组”，段正菊加的是“爱年组”。活宝邱媛媛开玩笑说：“张大年‘爱菊’，段正菊‘爱年’，说不定两人以后会成两口子呢!”张大年听了，直挠头皮。段正菊则追着邱媛媛打，说她没有正形。

公司领导班子还专门开会，研究、讨论对张大年的帮助、教育问题。

大家都觉得，张大年的教育是个很棘手的事。“江山易改，本性难移”，如果不采取一定的措施和手段，很可能“没逮住黄鼠狼，白惹一手骚”。张大年之所以走到今天，主要原因是缺少关爱和管教。小时候，母亲死得早，父亲又酗酒，得到的关爱和管教本来就少。大一些了，父亲又死了，又没娶上媳妇，更没有人关心、关怀和管教他了。于是，自尊、自爱、自信之心便逐步丧失。“扶贫先扶志”，当下首先要做的，就是动员公司的广大姐妹们尊重他，接近他，温暖他，照顾他，让他那颗冰冷的心变暖，重新拾起自尊。“扶志先治懒”，要采取一定的办法，对他严格要求，让他在劳动中获得自尊。邱媛媛还提供了一个信息，说张大年最怕在兄弟媳妇面前丢丑。赵玉花说：“这正说明，他还有些自尊、自爱之心，咱可以以此为突破口，积极做他的工作，让他慢慢找到自信。我相信，‘爱年组’一定能找到好办法。”说完还朝着邱媛媛竖了竖大拇指。

邱媛媛站起来，举手敬礼，高声说：“绝不辜负领导的期望!”

逗得大家笑了好一阵子……

第二天，“爱年组”就有了行动——帮助张大年整理家。那次邱媛媛和赵玉花去张大年家，目睹了张大年家的脏和乱，她觉得，要治张大年的懒，首先要让他学会收拾家。

这天下班后，她叫住了张大年，把这个想法告诉了他。张大年惊恐地半天说不出话来。过了好大一会儿，才满脸羞愧地说：“媛媛嫂，你看……你看我那家……你们就别去了吧，我自己拾掇拾掇就行了……再说了，小组里还有几个是兄弟媳妇，去了，多……”

“不行，这一次，小组必须去。给你拾掇出个样子来，以后你就按照这个样子天天拾掇。”邱媛媛严肃地对他说。

“天天……天天多麻烦呀?”张大年嘟哝着。

“怕麻烦可不行，公司要求员工，不仅在作坊里要卫生、整洁，在家里也同样。你想一想，假如有的顾客看到我们员工家里脏得一塌糊涂，自然就会想到工作作坊里也干净不到哪里去，他还敢买我们的煎饼?”邱媛媛说。

一听说整理家关系到公司的形象、公司的收益，张大年就不再说什么了。他兔子似的跑回了家，自己先忙起来。不多会儿，邱媛媛就带着八个姐妹来到了。

九个妇女一起进了屋，弄得张大年一时手忙脚乱。他想让她们坐，可是，屋里只有一把椅子还折了一条腿，坐哪里呢?他想让她们喝口水，可他就一个大碗还破了一个豁，这么多人给谁用呢?他突然觉得自己过成这样真丢人……

姐妹们在邱嫒嫒的指挥下干起来了，扫屋扫墙的，刷桌子刷椅子的，洗碗洗筷子的，铺床叠被的，收拾杂物的，虽然件数少，但“一个馒头也要上笼蒸”。段正菊则把几件脏不拉几的衣服拾掇出来，端到屋外洗起来。

张大年也忙碌着：他给这个递把扫帚，给那个送个杆子，给那个端盆水……同时也感叹着：我的老天爷，我这是哪辈子修的福，能有这么多女人帮忙？女人呀，原来是这样的细心、精心，有耐心……

张大年屋里的东西本来就不多，女人们干起活来，熟练又卖力，没用一个小时，那两间原来又乱又脏的屋子就被收拾得瓜是瓜，瓠是瓠了。段正菊也将几件脏衣服洗好晾在两树之间的铁条上了。张大年感动得不知说什么好，一直挠头，让原来油光发亮的头发失去了光泽。

待一切收拾停当，邱嫒嫒对张大年说：“你看，都收拾好了，每天你上班之前，早起一会儿，就按现在的样子收拾，只能比这好，不能比这差。你记下没有？”

“记下了，记下了。”张大年慌忙诚恳地答应。

“另外，咱们公司的员工中，段正菊的家离这里最近，公司就派她每天七点半来检查。好也就罢了，假如差了，你就别去上班了，在家收拾，什么时候收拾好了，什么时候再上班，上班之后还要在工前会上做检讨。”邱嫒嫒接着说。

这一下子，张大年感觉到压力了——每天都有人检查，检查的要是个嫂子还好说，却偏偏是段正菊。段正菊死的男人比他小，段正菊叫他“大伯哥”，他是最怕在段正菊面前出丑的。收拾不好还不让上班，还要在大会上做检讨，这是没给他留一点退路。他知道这是公司要根治他的晚起、疲沓、邋遢的毛病，是应该接受的。可是他又怕哪天万一不小心“睡过了站”，或者收拾得不合格，被段正菊抓住了，不能去上班不说，还要在四五十个女人面前做检讨，其中还有十几个是兄弟媳妇，多丢人现眼呀！他犹豫了一下，看了看邱嫒嫒，又看了看大伙，讷讷地说：“嫒嫒嫂，我……我……”

“这点小事还能难住一个大男人？大年哥只要一注意，每天一定会比我们收拾得更干净、利落，大家说是不是？”段正菊说。

“对，这点小事，难不住大年兄弟。”

“对，大年哥一定能做好。”

“是，大年兄弟一定能坚持。”

“……”

大家七嘴八舌地迎合。

张大年还能说什么，伸着脖子，咽了几口唾沫。

“现在我宣布，‘爱年组’第一次活动到此圆满结束！大家各自回家休息。”邱媛媛笑着高声宣布。

送走了众姐妹，张大年坐在床沿上合算了一下明天早上起床的时间。没进公司之前，十点前没起过床。进了公司，每天八点上班，也都是七点半起，上个厕所，刷刷牙，洗把脸，下碗挂面一吃，什么也不收拾，还紧巴的。现在还要收拾床铺，扫屋地，刷锅洗碗，还要把东西摆放整齐、条理，这些都要在七点半之前完成，看来，今后每天六点半就必须起床。早点比晚点好，一定要在段正菊来检查之前一切都弄停当……

第二天早上六点半，手机铃声响了，张大年一个激灵醒来，虽然身子还软，头还蒙，眼皮还涩，但他不敢怠慢，赶紧折身起床穿衣，连懒腰也没来得及伸，便忙开了。待一切都收拾好，换上工作服，戴上工作帽，一看手机，七点二十了。他点上一支烟，面朝外坐在门槛上等段正菊。

不多会儿，远远看见段正菊走来了。她穿着十分合体的白大褂，戴着淡青色的帽子，更显得素净、好看。张大年紧张地站起来，想迎上前去，又怕兄弟媳妇说自己没有“大驾”，往前走了几步又退了回来。本来紧张得两手心都是汗，却把两只手插在工作服的衣兜里，故意做出无所谓的样子。等段正菊走得很近了，才拿着腔说：“正菊来了。”

“来了，大年哥，你都收拾好了吧？”

“好了，你看看吧。”

段正菊屋里屋外看了一遍，朝张大年竖起了大拇指，说：“我就说大年哥能比我们收拾得更干净、利索吧，果不其然！”

张大年受到了兄弟媳妇的夸奖，心里美滋滋的，可嘴里却说：“你过奖了，你过奖了。”

“好了，上班去吧。我还要向媛媛嫂子汇报，让他表扬你呢。”段正菊说。

“你就别寒碜我了，收拾自己的家表扬什么？”

“该表扬，因为你今天开了个好头，今后可要天天坚持呦。”

“明白，明白。”

他们两个一前一后地向煎饼作坊走去。段正菊在前，不说话；张大年在后，想说又不知从何说起。他们来到作坊门前，还不到上班的时间，门还没开。好多人都在那里等着呢。

邱嫒嫒看见他们，老远就嚷道：“段正菊，张大年收拾得怎么样？”很多人的目光一下子先投给了段正菊，又投给了张大年。

“收拾得干净、利索，好极了！”段正菊答。

“好！我提议，姐妹们为张大年的表现鼓掌！”邱嫒嫒说着，便带头鼓起掌来。

“哗啦啦——”掌声一片，有的娘们儿还朝张大年竖起了大拇指。

张大年有些不好意思了。他想举手挠挠头，可刚举起来便想到，头上戴着工作帽呢。他又突然想起，电视上有这样的镜头，大家为某人鼓掌，某人便向大家拱手表示感谢。他就学着某人的样子，抱拳，高举。也许是因为第一次做，动作不标准，甚至还有些滑稽，惹得大家一阵哄笑。

“丁零零——”作坊门上的电铃响了，门开了，上班时间到了。大家鱼贯而入，各自忙活开了。

张大年的工作是给网售的煎饼装箱，打包，贴投递单子。这是个很需要有责任心的活。顾客要的是哪个品种，要多少，投递给谁，投递到哪里等，哪一项出了差错，都会影响公司的形象和声誉。又因为是网上销售的最后一道工序，还负责着产品质量的最后一次检查。

刚开始，把这项工作交给张大年，李三妹、王兰兰都不同意，她们说，把这么重要的岗位交给吊儿郎当、不靠谱的张大年，很难让人放心，万一出了事，就难收拾了。陈慧芳也持怀疑态度。邱嫒嫒这次倒和赵玉花站在一边，她们认为要让张大年拾起自尊，就应该相信他，往他肩上压担子，让他知道别人看得起他、信任他，让他在担当中找到自信。为了保险，最后定的是先试用他两个星期，而这两个星期中，还要让段正菊为他保驾护航——待他一切工作都做完，让段正菊再对着发货单核对一遍，才能发货。

任职前，赵玉花和邱嫒嫒还把张大年喊到了办公室，再一次强调了他的工作对公司形象和声誉的意义，再一次给他交代工作程序和注意事项。并勉励他说，相信他一定能很好地完成工作，不辜负公司对他的期望。

张大年知道公司把这么重要的岗位交给他，是看得起他、重用他，因此工作起来特别地用心、卖力。你看他，按照工作程序，先给一些包装箱里铺上两层食品包装纸，放在一旁备用。然后洗了手，戴上食品操作手套，拿起一份一式两页的订货单，先找到品种，检查质量，再称好重量，然后选出合适的纸箱子，把煎饼放进去，裹上包装纸，把订单放到表面，待段正菊核对完再集中打包。一单一单，他不厌其烦地重复着。开始他还笨手笨脚的，三五天后就熟练了，每天都完成一二百单。看着这一箱箱的煎饼经自己的手发往全国各地，他心里也不免产生自豪和得意。他喜欢这份工作，觉得很有意义，能挣钱养活自己不说，还能给公司扬名，给张家湾扬名。所以工作起来，精神抖擞，情绪高涨，浑身充满着力气，动作麻利、流畅。

他也喜欢公司的生活环境，从总经理到一般员工都对他很和蔼，很亲切，很尊重。和他打招呼，要么喊他“大年哥”，要么喊他“大年兄弟”，直接叫他“大年”的都很少。大家都很关心他，陈慧芳看到他鞋露脚指头了，便把她老公八成新的运动鞋拿来送给了他。段正菊见他天天早饭都是白水煮挂面，便买了四五袋豆奶粉、黑芝麻糊送给他。在邱嫒嫒的发动下，“爱年组”的成员每人捐献了二百元钱，给他添置了十几样必需的生活用具……最让他高兴的是，他和其他员工一样，都是公司的主人，公司的活就是自己的活，公司的事就是自己的事，可以有话就说，有意见就提。工作的第十一天，他就给公司提出了一个建议：将包装箱里的衬纸——食品包装纸，由原来的三层改为两层。理由是煎饼不同于其他食品，装箱后还要适当地透气。装箱时不用衬纸裹不行，但裹得过于严实又容易变质，三层太厚，一层太薄，两层正好。公司经过试验，证实他的建议很对，便采纳了他的建议，还在大会上表扬他，发给了他二百元奖金，号召全体员工向他学习呢。这更增强了他的自信心，为公司操心的热情更高涨了。

张大年得到了大家这么多的帮助，心里就像点起了一把火，“投桃报李”“人家敬咱一尺，咱敬人家一丈”的朴素心理让他也向别人伸出了援手。在作坊里，有时他的活完成了，便主动地去帮张德礼揭煎饼、叠煎饼；帮“一把手”添磨，送糊汁；帮姐妹们淘食材，帮邱嫒嫒的男人张德标装车、卸车……“爱菊组”帮助段正菊家没采取大呼隆的办法，而是把她家的活分了分，分别有人负责。有人帮助照顾婆婆，有人帮助照顾孩子，有人帮助种责任田，张大年则主动承担了段正菊家的大活、重活、女人干不了的活。

这天下了班，赵玉花喊住了张大年，对他说："前天，我去段正菊家，发现了一项大活急需干，我暂不告诉你，想看看你眼里有没有'活'。这一两天里，你抽时间到她家看看，找到后，看能用休班的时间给她干完吗。"

"好，好，我尽快去看看，我相信我能找到。"张大年信心满满地说。

第二天下了班，张大年来到了段正菊的家。一进门他就大声喊："家里有人吗?"答他话的首先是被拴在树上的大黄狗的狂咬，然后是堂屋客厅里坐在轮椅上的段正菊的婆婆："谁呀？正菊不在家。"

"是我，大娘，张大年。"张大年急忙自报姓名。

"你——是你——你来干什么?"老太太虽然半身不遂，可头脑还是清醒的，一听是张大年，马上警觉起来。

大黄狗也一直狂咬不停。

"我来看看，你家有什么重活，想来帮帮忙。"张大年恐怕老太太听不清，大声地说。

"我家没有什么重活，就是有也不稀罕你帮忙，你快走吧!"老太太也提高了嗓门说。大黄狗则一边叫着，一边打着仰站往张大年在的方向扑，把绳索挣得一蹦一蹦的。

"你快走吧，小心狗挣断绳子咬你!"老太太又高声说。

张大年不敢再停留了——老太太不欢迎他是意料之中的事，可以理解。可大黄狗要是挣断绳子，麻烦就大了。他转头往外走，谁想刚出门，迎头遇上了段正菊。

"大年哥，你这是——"

"我……你也知道……我们'爱菊组'把你家的重活、大活、女人不能干的活分给我了……我来想看看，你家现在有什么活要我干……"别看张大年平时油嘴滑舌的，可一旦站在兄弟媳妇面前，特别是段正菊面前，就拘束、紧张得连话也说不连贯了。

"玉花嫂给我说了，谢谢你了。现在我家还没有什么大活、重活，什么时候有，我会告诉你的。"段正菊说。

"不，不，玉花嫂说了，前几天她来你家了，看到了一项，不过她没告诉我是什么活，让我来看看，说看我眼里‘有活’吗。你家的狗一个劲地咬，我刚进去就出来了。”张大年慌忙解释。

“既然是这样，那你就再进来看看吧。”段正菊说着做了个让张大年进家的手势。

张大年刚跨进大门，大黄狗又咬了起来。

“大黄，来客人了，别咬了。”段正菊对着大黄说了一声。大黄听了虽不咬了，但直坐在那里耷拉着舌头喘粗气，还是虎视眈眈地盯着张大年。

“谁来了？”堂屋轮椅上的老太太问道。

“是我，娘。”

“还有谁？”

“还有张大年哥。”

“他不是刚走吗？怎么又来了？”

“刚出门就遇见我了——他是俺公司派到咱家帮忙的。”

“我刚才就给他说了，咱不稀罕他帮忙，快让他走吧。”老太太固执得很。

“知道了——大年哥，老太太年纪大了，认死理，你别在意。我说没有大活你不信，那你就看看吧。”

“没事，没事，我不在意，我不在意——我看看，我看看。”

张大年在院子里转了一圈，看门楼好好的，看房子好好的，看院墙好好的，看猪圈墙也好好的。而院内的东西也都拾掇得井井有条，哪有什么活该干呢？正当他失落地想离开的时候，猪的“哼哼”声引着他走近猪圈。哇——猪圈里满是泥水和猪粪，已经分不清哪是坑，哪是沿了。两头不大不小的猪，正在泥水里乱拱，只见身子不见腿。噢，大活原来在这里——眼看着就要秋种了，要赶紧把这坑粪出（把粪从粪坑里挖出来，称“出”）出来，晾上，好拉到地里做底肥。

“谁说我眼里没‘活’，这‘活’不是被我发现了吗？”张大年心里一阵窃喜，手指猪圈高声喊道：“正菊，玉花嫂说得一点不错，你家还真有一件重活、累活、女人干不了的活，我还真找到了。”

“噢，你是说出这坑粪。我已经给孩子舅舅打过电话了，他说忙过这几天就来出。”段正菊走过来说。

“不！不！不要再麻烦亲戚了，那么远的路还要他往这里跑，这活就包给我了。”张大年急切地说，生怕这活跑了。

“不，不，这活这么脏，这么累，怎么能让你干呢？孩子舅舅比你有力气，过去都用大半天时间才能出完。”

“没事，没事，我不怕。别看我瘦，保证半天也能出完。”

“大年哥，你的好意我领了，可这活确实不能让你干。”段正菊还是推托。

“为什么？只许你给我帮忙，不许我给你帮忙，世上哪有这样的道理？再说了，这活是公司总经理让我干的，有话你跟她说去，这活我干定了。”张大年有些急眼了，把总经理抬出来了。

段正菊见是这样，也只好应允了。

送走了张大年，段正菊进了堂屋。

“张大年走了？”老太太问。

“走了。”

“他不是好人，少跟他交往。”

“我知道。他是公司派来看看给咱家出粪的。”

“这粪咱不让他出！”

“这是公司派给他的任务，咱当不了家。”段正菊不想跟老太太多费口舌，只好这样说。

老太太就没再说什么。

又过了两天，张大年休班。太阳还没出来，他就扛着铁锨站在段正菊家门前等着了。

段正菊起来开门，见张大年正在门口，又吃惊又感动，责怪地说：“你来了好长时间了吧？怎么不喊一声？”

张大年连忙说：“刚到，刚到。大清早的，大呼小叫地，影响不好。”

张大年一进大门，大黄狗就朝着他咬。段正菊喝了几声，大黄狗蜷着尾巴趴下了，不咬了，可还时不时警觉地瞅上张大年一眼。

“正菊，谁来了？”堂屋里还没起床的老太太虽然身体瘫痪，可耳朵灵着呢！

“公司派张大年哥给咱出粪来了。”

“哼，出粪，出粪……”老太太还是愤愤地。

张大年走近猪圈，再次打量这坑粪，用铁锨铲了铲。我的爹呀，这一猪圈又臭又稀的烂泥，用铁锨铲都铲不上来，只能用水桶一桶一桶往外提，什么时候才能提完？脸上不免现出了难色。

段正菊发现了，便给他竖下台的梯子，说："你看，这圈里全是泥水，要不，过几天等水干了再出吧。"

张大年心里是有点想打退堂鼓，可一想到他在"爱菊组"娘们儿们面前说过的大话，又想到公司总经理赵玉花对他的期待、鼓励，便来了勇气，说："不，出，就今天出！这水十天八天干不了，现在不出，秋种就用不上了。正菊，你给我找个破旧水桶来。"说着，便脱下褂子，搭在猪圈墙上，只穿背心。脱了鞋子，卷起裤管，拿起铁锨，赤脚踏进烂泥里。

段正菊找来了个喂猪用的水桶，递给张大年。张大年开始还用铁锨将烂泥铲进桶里，然后往外提。一会儿，他便发现，这样太麻烦，不如干脆直接用手往桶里挖，虽然脏，但效率高。段正菊过来想帮忙，他说："你就别再沾手了，你快伺候孩子、老太太起床，洗刷，吃早饭。这确实不是女人干的活。"段正菊只好进屋伺候婆婆、孩子去了。

张大年一桶接一桶地往外提着这又脏又臭的泥水。这水桶不是很大，但装满烂泥也有四五十斤。连续提个十桶八桶的，没有什么，但是，要一气提几百桶、上千桶，而且还要弯腰撅腚地用手挖，就有些吃不消了。他活了三十多岁，什么时候干过这么脏、这么累的活？什么时候连续干过这么长时间的活？他开始感觉手疼，便洗了手再改用铁锨挖。后来，又觉得腰酸，不得不提到半路放下歇一歇。再后来，便觉得浑身又酸又疼，头上直冒虚汗，脚步也有些不稳了，有几次险些滑倒，只好停下来，暂作休息。这时候，他脑子里产生了"干不了，丢下走吧"的想法，而且还十分强烈，甚至还找到了不能干下去的理由。可正当要喊段正菊把这个想法告诉她的时候，恰巧段正菊从厨屋里走出来，高声对他说："大年哥，累了吧，别干了，快洗洗，吃饭了。"声音甜甜的、柔柔的、润润的。

张大年听了，头皮一阵酥麻，刚到嘴边的话又咽了下去，换成了："不，不，待会我回家吃。"

"那哪能成？给俺干活，却回自家吃饭，即便是你不说什么，外人听说了还不骂死我？再说了，你回家还要现做，得耽误多少工夫。我给你下了点面条，马上就好了，你快来洗洗，我给你端饭去。"段正菊说着，拿了脸盆、香皂、毛巾放在了自来水水池旁边，然后又进了厨房。

张大年不好再推托了，只好来到水池旁，先洗腿、脚，再洗手、脸。

段正菊从厨房里搬出了张小菜桌，拿出个小板凳，然后端出来一盘小菜和一大碗西红柿鸡蛋面。说："时间太短，来不及炒菜，快来吃吧，别凉了。"

张大年不好意思地搓着手来到饭桌前，坐下，操起筷子。忽然想到段正菊的婆婆、孩子，便又放下筷子，对段正菊说："快叫孩子、大娘出来一块吃。"

"我们都吃完了，这是专为你做的，你就快吃吧。"段正菊督促道。

张大年这才注意了眼前这碗香喷喷的面——不清不浑的汤上面飘着亮晶晶的油星，汤下面红的是西红柿，黄的是炒鸡蛋，白的是面条，真是色香俱佳。他用筷子一抄面条，哇——下面还卧着两个荷包蛋。他挑起面条，吃上一口，啧啧！真是正宗的手擀面，不薄不厚，不粗不细，不软不硬，既顺滑又筋道。张大年真不敢相信，面条还能做得这么好吃！

"正菊，你这面条做得真好，真香！"张大年称赞说。

"好吃你就多吃点，锅里还有，吃了这碗我再给你盛。"段正菊笑着对他说。

"正菊，正菊，快来，我要喝水。"堂屋里轮椅上的老太太声音异样地喊，很明显，她不想让段正菊跟张大年说过多的话。

"来了——大年哥，你吃，吃完自己到厨房锅里盛。"段正菊一边说，一边进屋伺候婆婆去了。

段正菊一走，张大年不拘束了，他操起筷子，风卷残云，一会儿，一大碗面条、两个荷包蛋下肚了。觉得还不很饱，自己又到厨房里盛了半碗吃了。

吃完了饭，张大年还陶醉在饭香里。他觉得段正菊对他太好了，太体贴了，给这样的女人干活，累死也心甘呀！他又觉得自己饭前的想法是多么可笑、可悲、可耻——撂下走了，能对得起人家段正菊，能对得起人家的面条子？再说了，公司的嫂子们、兄弟媳妇们，特别是公司总经理那样看得起他，抬举他，可他却让活吓跑了，成了架不起来的"鸭子"，以后在她们面前哪还能抬起头来，谁还信任他……说什么也要干到底，再累也要干到底！张大年下定了决心。说来也奇怪，这个时候，他觉得腿不那么软了，腰也不那么酸了，手也不那么疼了。他往手上吐了两口唾沫，抓起铁锨又跳进了猪圈。

好在猪圈里的烂泥饭前提得差不多了，剩下的是粪坑里的硬泥，可以用铁锨铲了，这样，要比用水桶提省很多力气。开始，张大年可以一锨一锨地挖了直接往猪圈外扔，后来，越挖越深了，只好先从坑里铲了扔到粪坑沿上，待成堆后，再爬上来，倒个二把，扔到猪圈外。段正菊见了，慌忙找了张铁锨也进了猪圈，来倒二把——张大年从坑里铲了，扣在她的锨上，她再扔到猪圈外。

“男女搭配，干活不累。”和段正菊这样年轻漂亮的女人一起干活，张大年非但没觉得累，还觉得是一种愉悦，一种享受。他特别兴奋、激动，所以动作非常利落。他也流汗，而且是流大汗，但是胳膊不酸腿不软。他也隐隐觉得手疼，可是他不愿意停下来看看，因为他怕一停下来，就打乱了和段正菊这样协调配合的节奏。

“大年哥，累了吧，上来喝口水再干吧!”段正菊停下来，一边说一边把毛巾递给了张大年。

张大年也停下来，接过毛巾擦了一把汗。

“大年哥，你的手流血了?”段正菊惊叫了一声。

张大年这才张开手看，呀，可不，两手掌上大大小小的泡，有的拧破了，流血了。哎呦，还真疼!张大年生怕被段正菊发现了，赶紧攥着锨柄，轻描淡写地说：“没事，没事，是刚才不小心碰了一下。”

“别干了，上来洗洗包包吧。”段正菊再劝。

“不，快干完了，干完再说吧。”张大年忍着疼痛又铲起一锨泥，扣在了段正菊的锨上。段正菊没办法，只好又干起来。

活都干完了，张大年的两手都是血，把铁锨柄都涂红了。

段正菊慌忙让张大年先用清水冲，再用温开水洗，然后把他领进堂屋，让他坐下，又找来了消炎粉、红药水、纱布，给他涂抹包扎，还非常负疚地连声说对不起。

“大年的手怎么了?”坐在轮椅上的老太太问。

“给咱出粪拧出了一手泡，有的都破了，流血了。”段正菊告诉她。

“这孩子这回没惜力，我都看见了。”看来老太太对张大年有些改观了。

包扎完，段正菊让张大年先休息一会儿，她去做午饭。张大年说什么也不在她家吃了，说好容易有个休班，他还有别的事要做。段正菊不能强留，便送他出门。轮椅上的老太太还笑着对张大年说："大年，累你了。"大黄狗非但没咬，还朝他摇了摇尾巴。

张大年回到家里，才觉得身子像散了架，胳膊、腿都酸疼得抬不起来，特别是两只手，火辣辣的，简直没地方放。他和衣躺在床上，身子一动也不想动，可脑子却没闲着。他像过电影一样回忆在段正菊家发生的一切，特别是段正菊对他的关心，老太太态度的转变以及大黄狗的前后表现。他觉得又一次得到了别人的尊重，又一次让人看得起，他很满足，甚至有些得意。他知道，这一切都是由劳动获得的。劳动虽然累点、脏点、苦点，但得到的却是别人的好评、夸奖、尊重、爱戴，值得！另外，他觉得在段正菊家干活的时间过得特别快，不知不觉半天就过去了。听段正菊说话，看段正菊做事，心里特别舒坦、享受、滋润，直到现在，段正菊的样子还在他眼前晃动……

第二天"工前会"上，赵玉花在全体员工面前大大地表扬了张大年一番，夸张大年"浪子回头金不换"，帮助段正菊家出粪，手上磨得全是血泡。还让张大年到台上把包扎的手给大家看。员工们听了、看了都叫好，纷纷给张大年竖大拇指。邱媛媛则开玩笑说："张大年，你自己一个人，家里又没有什么活，干脆给段正菊家当'长工'得了，她家有活你就干，有饭你就吃。大家说怎么样?"

员工们都拍着巴掌表示赞成。

这话还真让邱媛媛说着了，从那以后，张大年还真成了段正菊家的"长工"了。每天下了班，他哪里都不去，径直到段正菊家，看见活就干，扫屋地扫院子，喂猪垫猪圈，刷锅洗碗，烧锅燎灶，接孩子放学，伺候老太太……遇到休班，便帮助段正菊种责任田。弄得"爱菊组"的姐妹们都有意见了。遇上饭点，也不"作假"，就在段正菊家吃，可吃饭也不闲着，一会儿给孩子盛碗粥，一会儿给老太太卷个煎饼。

张大年哪里还有半点懒汉的影子！

这样，段正菊得到了很大的解脱，甚至一星期有三四天能跟其他员工一样上下班了。她特别感激张大年，平时对他也是关心备至，缝缝补补，洗洗刷刷，从不厌烦。因为要天天去张大年家检查，两人常常一起去上班，路上说说笑笑，亲亲密密。

邱媛媛看了，做着鬼脸对赵玉花说："这俩，有戏！"

赵玉花的脸上露出欣慰的笑容，说："这不正是咱巴望的吗？"

留下来，成立煎饼公司，搞茅房改造，跳广场舞，扶持三家贫困户，成功地改造了张大年。张家湾的娘们儿们在不到一年的时间里就有这么多举动，演绎出这么多有趣且令人深思的故事，虽不惊天动地，但也可圈可点。

以后的时间，她们又会有怎样的举动，又会演绎出怎样的故事呢？让我们拭目以待吧！

（2018 年秋写于银川）

编　二

滕州九记（散文九篇）

莲青山四境

莲青山，位于滕州东郭镇的北部，一百多平方公里的区域内，绵亘起伏着99座山峰，山连山，岭连岭。山上林木茂密，好鸟相鸣；花草遍地，蜂飞蝶舞；怪石嶙峋，形态各异；沟深壑险，溪水淙淙。而大山深处，还藏着皇城遗迹、明王陵遗址、大寺遗址等古迹，又给莲青山增添了文化内涵和神秘色彩。

莲青山可谓五步一景、十步一境。美景接踵显现，让人应接不暇；佳境层出不穷，让人流连忘返。而依我的游山的体验，有四境最使人心惊魄动，那就是皇城遗址旁缅古，明王陵遗址前听风，摩天岭上远眺，情人谷中观水。

一、 皇城遗址旁缅古

从天街拾级而上，来不及思考“仁者乐山”之深意，顾不上品“三足鼎立”之局势，不暇看“万象更新”之景象，便径直来到山深处的皇城遗迹。

据史考证，春秋时期，周国的国君周敬王之女文静公主与大将耶律元达相爱并私定终身。而周敬王与耶律元达有隙，就是不赐婚。为了纯真的爱情，文静公主不恋权贵、不畏父威，和耶律氏带领重兵出走到莲青山，看到这里险峻优美，便定居在这里，按皇宫的格局营建了这座皇城。现在，昔日的皇城已成一片废墟，但内、外城两道城墙的墙基尚有残存，平坦而又宽敞的点将台还赫然在目。点将台以北有御桥，为一孔拱桥，桥两面嵌“龙头龟”三对，通体为砖体结构，因年久失修而倒塌，现当地政府已修葺一新。御桥以北，从前殿到后殿的五道门的遗迹依稀可见，大殿的基础还裸露于地表。断砖、残瓦散存于地，破损的石墩、石柱底盘夹杂在其中。

专家们根据遗迹的残存，绘出了皇城的复原图。这是一座气势恢宏、布局讲究的城堡，按南北一条中轴线依山势自南向北建有三宫门、点将台、御桥、五朝门、前殿、大殿、后殿等建筑。这些建筑的两侧又对称地建有东西营房、东西御林军房、东西宫等辅助设施。围绕这些建筑的是内外两道城墙。城墙外围三面环山，山头上设有哨所。城内御桥前，又有一小山头作屏风，构成“三山夹一头”之势，易守难攻，真可谓“一夫当关，万夫莫开”。

面对着这一片废墟和复原图，我们的面前就不由地呈现出皇城昔日的繁盛景象：楼台殿阁，金碧辉煌；雕梁画栋，相映生辉；斗拱飞檐，气势宏伟；花天藻井，擒龙拎凤……五步一岗，十步一哨，关口要隘，旌旗猎猎，兵卒执戟，令语互答；城墙高筑，垛口林立，滚木坠石，劲弓强弩。点将台上，帅旗高悬，主帅威风凛凛，叱咤风云，将士金戈铁马，威武雄壮；练兵场上，士兵们飒爽英姿，龙腾虎跃，刀来剑往，杀声震天。

在这深山老林中，在那样的历史条件下，竟能建成如此辉煌的建筑，筑起铜墙铁壁似的堡垒，我们不能不为古人的胆略和才智而折服。

皇城又是爱情的产物，是争取自由幸福行为的结果。皇城再一次向世人表明，纯真的爱情是任何力量也阻挡不了的，无论是强权还是父威；纯真的爱情又是天长地久的，与青山同在，与绿水长存。

二、 明王陵前听风

收起了幽幽的缅古情愫，我们又来到了明王陵遗址前。

明王陵在天烛峰下，依山为穴，凿石为圹。为双墓室，墓室长二十多米，宽、深都十多米。科考界考定是明王朝分封的府治在兖州的鲁王世子第十或第十一位鲁王的墓穴。现已被挖掘一空，沙土填埋深半。墓前有一片平地，植满松柏，遮天蔽日，青翠欲滴，给王陵平添了几分肃穆。树下有看山人支起的简易石桌、石凳，供游人坐下来休憩。

树下，透过树叶的间隙落在地上的光影，斑驳陆离，如梦如幻。远处，苍松翠柏掩映下的巨石，如睡狮，如蹲猿，如卧虎，如伏豹，都静静地趴在那里，似乎在等待着什么的发生。

忽然，从西南方向的树间传来了“飒飒”“飒飒”的响声，如春蚕咀嚼着桑叶，如情人窃窃私语。松柏的叶动了，细枝动了，似乎是受到了一只无形大手的轻抚、慢捋。“飒飒”“飒飒”，那样的轻盈、细柔，轻盈得让人不敢喘气，细柔得让人不敢言声。一会儿，树冠摇晃起来了，地上斑驳陆离的光影也随之跳跃起来，树间的声响也变成“唰唰——”“唰唰——”，若微浪拍打着细沙，若清泉流过石板之上，若大部队夜间急行……树冠摇晃得时快时慢，那声响也跟着乍骤乍歇。不知过了多久，忽然树冠摆动起来，树身也摇晃起来，松针、柏壳簌簌落下，地上的光影忽左忽右，流光浮彩，只听树间“哗哗——”“哗哗——”，像万马在草原上奔驰，像千军在战场上厮杀，像波涛撞击着巨礁……似乎有排山倒海之势，雷霆万钧之力。此时，你的心中便不由地澎湃着威武雄壮，荡漾着满志踌躇。

陵前听风，听的是天籁。天籁有声，让人赏心悦耳；天籁有情，让人魂颤魄动。

三、 摩天岭上远眺

顺着石级，继续上行，峰回路转，几经周折，终于登上了莲青山的主峰——摩天岭。

有民谣：“摩天岭，岭摩天，摩顶离天三尺三。莫道上苍多造化，人到此处自成仙。”当然，“摩顶离天三尺三”是夸张的说法，其实，摩天岭海拔603米，是鲁南第二高峰。说“上苍多造化”，却是实情。摩天岭上天造地设的景象确实很美。山峰挺拔，岩石奇秀，整个山峰被树林覆盖，一片郁郁葱葱。山顶有一块直径百米的巨石，像莲花一样绽开，四周青松流翠，据说，莲青山由此而得名。岩石上有晋朝书法家王羲之题写的“仙爱青峰岭”五个遒劲有力的大字。顶峰东侧，有一块巨石，形似老僧，坐于石崖之上，当地人称之为“半仙石”。传说，古时莲青山爱仙峰有两个僧人，一老一小，居于山中，靠采集药材维持生计。一天，采得一棵千年老参，没舍得卖，放在了寺庙的神像后。一次，老僧离寺采药时，小僧偷偷地将参煮了吃了，结果化仙而去。待老僧返回，见人参、小僧都不见了，锅里还剩了一些煮人参的汤，便喝了，竟化成了“半仙石”留在山上。“人到此处自成仙”，这倒一点不假，特别是远眺，此感觉更确。

站在极顶放眼望去，方圆几十里的景象尽收眼底。近处，群山如聚，形如蘑菇的，状如馒头的，势如奔马的，态如屏风的……都屈于主峰的脚下。看情态，低眉顺眼、俯首弓背的有之，心有块垒、耿耿于怀的有之，气盛胆壮、怒目而视的也有之……看色彩，被森林覆盖的，一片葱绿；岩石裸露的，一片花白；更多是青白相间，斑斑斓斓。东北—西南走向的通天大峡谷，从谷底到两岸，都郁郁葱葱，碧海绿涛。西北—东南走向的峡谷色彩不一，北段苍翠，中段洁白，南段郁绿。这是因为，北段是红草沟，生长着大面积的芦苇；中段是槐香谷，那里主要的树木是刺槐，现在正值槐花盛开；南段是情人谷，多松柏、杂树。

把目光再放远，只见条条道路如银带似的飘落，把广袤的大地分割成大大小小的块块，村村落落镶嵌其中。村落上空，炊烟袅袅升腾，如丝如线。图样不一的农田，有的铺绿毡翠，有的镶金嵌银，有的黄澄澄的一片，有的白花花的一围。其间点缀着几个黑点，那是辛勤劳作的农夫。西南一隅有明镜一面，那是马河水库，在太阳的照耀下，银光闪闪，水上扁舟点点。再远，隐隐约约的有一白线，那是西流的龙河。

忽然山风吹来，衣带随之飘动，真有成仙之感。其实何止如此，“山高我为峰”的豪迈，“一览众山小”的气概，“天地有大美”的感慨也会油然而生；开怀畅快、气豪胆壮、宠辱偕忘、喜气洋洋的情愫也会欣然而降。

四、情人谷中观水

从摩天岭下来，经芦苇莽莽的红草沟，过花香四溢的槐香谷，便来到了情意绵绵的情人谷。情人谷是观水的好地方，况且昨天又下了一场大雨，也正是观水的好时候。

情人谷名称的由来很有神奇色彩。据说春秋时期，郑国的一位皇姑爱上了小邾国的一位大臣。大臣因反对战争得罪了主战派，全家遭斩，大臣落难躲藏在莲青山。皇姑得知后，便从京城骑千里马来到莲青山，与情郎相会于“元媒山”（莲青山的一个山头），结成恩爱夫妻。因夫妻俩常在此谷嬉戏，故称为“情人谷”。

一进情人谷，便听到“叮咚”“叮咚”的泉水声，循声看去，见有细流从石罅中流出，落入石下水汪发出声响。据说莲青山上泉水众多，仅有名的就有几十个。黄老鸹山下有一饮马泉，常年不干。传说那匹皇姑从京城里骑来的千里马，饮此泉的水后，精神抖擞，行驰如飞。又说瓦峪东山根有一泉，泉水甘甜、冰泽，故称“凉泉子”。说这泉通东海。相传很久以前，莲青山下是一片大海，东海龙王的三女儿与当地的一青年农夫相爱，私自结成了夫妻。龙王一气之下，把这里的海水退干，但念父女之情，留下了凉泉子，好让女儿能回东海走娘家。

一边回想着美丽的传说，一边往下走，但见谷底已有了一条小溪，溪水不大，但清澈无比，在乱石间跌跌撞撞。流水的响声也不断发生着变化，一会儿如碎银落盆，一会儿如玉珏相碰，一会儿如笙管扬声。越往下走溪水越大，流势也不一。时而撞击山石，水波腾突，飞珠溅玉；时而流过沙滩，细波浅浪，温温顺顺；时而漫过硕石，白银铺展，态如扇开；时而跌入浅沟，淙淙匆匆，形如走蛇……再往前走，溪水进入了一片池塘，塘里倒影重波，山色水光，滉漾夺目。水中游鱼如梭，速来速往；憨态可掬的山蟹，挥动着六跪二螯缓慢地游动；寸多长的小虾，将蜷缩的身子一张，“吱溜”窜出老远……都像是嬉戏在空中，没有一点依托。忽闻前方水声大作，循声望去，原来溪水遇上了悬崖，水流从十几米的高处直落下来，声响如雷。虽没有“银河落九天”的壮观，却也有“银帘倒挂”的气势。那飞瀑，亮丽得如孟冬的白雪，浮动得如飘闪的轻纱。瀑下有潭，水流落入潭中，溅起尺多高的水花，像朵朵硕大的盛开的白牡丹。站在瀑前，顿觉水汽扑面，不时有飞来的水珠、水沫，上头，沾脸，钻怀。

水流从潭中流出，再往前走，溪面越来越宽，溪流也愈流愈缓，不知不觉已经到了山脚下，溪流便迫不及待地一头栽进了情人湖里。

波光潋滟的情人湖，像一位温柔的少女依偎着莲青山，湖面光亮如镜，水中倒映着蓝天、白云、怪石、绿树，形成了山中有湖、湖中有山的奇观。忽而山风乍起，湖面上荡起层层涟漪，如美人的绿裙轻撩，似少妇的笑靥初泛，婀娜妩媚，楚楚动人。

一路走来，一路读水，脑子里忽然产生了一个奇怪的想法——“情人谷”是否能解释为由石和水的情缘而命名的呢？你看，石，傲岸、坚韧，多像血气方刚的小伙；水，柔韧、纯洁，多像青春靓丽的少女。在这谷中，石水相存相生，相依相伴，石用坚韧的臂膀给水提供了强有力的依靠，水用柔软的双臂给石以含情脉脉的抚慰和缠绵，这不正是一对情人吗？游人读水的过程也是一个认识石水相亲相爱的过程：泉和石若聚若离，彼此牵挂，是“初恋”；成溪之后，碰碰撞撞，缠缠绵绵是“热恋”；石崖飞瀑，澎湃奔放，是“狂恋”，是爱得死去活来；而石映湖中，你中有我，我中有你，是“有情人终成眷属”，地久天长。

啊！这流绿滴翠的莲青山，这给人带来无限遐想的莲青山，怎能不让人魂牵梦绕、流连忘返呢？

荆河三段

素有“江北水乡”之称的滕州，大自然不只赐予了它一个碧水连天的微山湖，还赐予了它好几条风光旖旎的河流。正是这些河流和微山湖一起让滕州大地鲜亮，灵动，机敏，睿智。其中横穿城区的荆河是这些河流的突出代表，也是美丽滕州的一道靓丽的风景。

荆河古称“南梁水”，因发源于荆泉，又称“荆水”。后来，因为离其不远的漷河暴溢，夺荆而流，这样一来，漷河的上游便成了荆河的上游，漷河的发源地——邹城的凤凰山，便成了荆河的发源地。荆河在滕州流经东郭、东沙河、洪绪、级索、滨湖等乡镇，在微山县的蒋坑村南入昭阳湖，全长81公里。

自古以来，荆河就以风光优美而著称。清澈的水流，黄黄的沙滩，绿绿的小渚，延绵的堤岸，蓊郁的杨柳……组成一幅赏心悦目的画卷。前人曾留下“柳影青如黛”“荆流漾浅沙”等优美的诗句。随着时间的推移，荆河也发生着变化，特别是近几年来，滕州政府投巨资对其进行了大规模的改造，清淤、整堤、绿化美化，沿岸营建文化设施、人文景观，使荆河成了生态景观优美、娱乐休闲特色鲜明、历史文化底蕴丰厚、时代创新特点突出的群众休闲区。所以，今日的荆河风光，已经不像过去那样“一以贯之”了，它也变得多元化了。有段历史，有段现代；有段传统，有段时尚；有段自然，有段人文；有段质朴，有段华贵……所以，观赏今日的荆河风光，就像观赏一幅由多人创作的巨幅长卷，虽然主题一致，但各段手法不一，风格各异，产生的美感也不尽相同。

现在，就让我们分段观赏这幅长卷吧。

一、 荆沟至龙泉大桥段

这一段的荆水是在广袤的田畴间流淌的。

河水顺河道而下，淙淙匆匆。一时水面宽阔，似流非流的，碧碧的、油油的，似一面巨大的、铺开的、微带褶皱的绿色绸缎。几只白鹅浮在水面上，时而嬉戏追逐，时而引颈高歌。忽而一只将头栽到水中，下半个身子仍在水面之上，两只红掌还不停地挣摆；忽而一只潜入水底，过了好长时间，才从很远的地方浮出。还有几只灰色的鸭子，憩息在绿草如茵的小渚上，有的蹲伏微睡，有的扭头剔毛理翅。碧波、绿草、白鹅、灰鸭，色彩斑斓；流水、浮鹅、歇鸭，动静相间，如诗如画。一时水面变窄，水流渐快渐急，流痕道道，浪花朵朵，响声哗哗。水流的两旁是茵茵水草，齐刷刷的，平展展的，如铺开的绿毡碧毯。一时水面如扇，逆光望去，粼光闪烁，让人怀疑这水里是不是掺了金拌了银。一时扇面收起，水流便像几条巨龙，时而并肩前行，时而分道扬镳，顺光望去，水光苍郁、灰沉，让人怀疑这水里是不是调进了墨，融入了黛。

两岸的植被不一，一段白杨参天，一段垂柳如烟，一段泡桐蓊郁，一段刺槐凌云。树下总有那么一两群山羊，在那里安静地啃草，牧羊人手摇着鞭子，用欢快的口哨述说着心中的自在。几对情侣，或偎依呢喃，或促膝窃窃，或拥抱缠绵。全然不顾树上小鸟的七嘴八舌和水中鱼儿妒忌的目光。

不时地，一座低矮的漫水桥架在水流之上，水面顿时变窄，水流倏而钻进桥洞，如游鱼脱兔，线条特别流畅。而桥的另一边，则飞雪溅玉，哗哗作响。桥上，几个村姑正在那里浣洗衣物。她们一边把衣物放在石板上手揉脚踏，一边嘻嘻哈哈地说笑。说笑声与流水声相应和，和两岸树上的鸟鸣声相交映。洗好的衣物便晾晒在岸坡的绿草地上，草地就缤纷起来了，一块白，一块红，一块蓝，一块紫，斑斓夺目。小桥不远，几个孩子在河中游泳，一个个一丝不挂。追逐着，跑跳着，打闹着，溅起朵朵水花。还不时地向洗衣的姑娘们扔石块，弄鬼脸，惹得姑娘们笑骂声不断。

这是一段乡村的荆河，自然的荆河，原汁原味的荆河。这里没有粉饰造作，没有人工斧凿。它率真、纯正、质朴、亲切，也很哲学。身处这里，定会悦心悦意，陶然忘机，抛尘去累，心境澄明。

二、 龙泉大桥至茂源大桥段

荆水进城了，首先迎接它的是龙泉路上的车水马龙和龙泉路西的橡胶坝。被橡胶坝一拦，坝东就形成了一片人工湖。流水来到这里歇了下脚，势变了，态变了，色彩也变了，变得深沉、含蓄、内敛、温存。无风时，一平如镜，水波不兴；一阵清风拂过水面，水波泛起，似少女的绿裙轻撩，如少妇的笑靥初泛。水流停过了，歇过了，攒足了劲，爬上了橡胶坝，又猛跌下来。这一跌，跌出了千堆雪、万壑雷，跌出了荆河的威和壮。河水经过又一次的洗礼，继续西流，不知不觉地承载了现代、时尚和文化。

河东的堤岸，现在已经改造成生态景观优美、防洪能力完善、文化休闲特色鲜明的多功能绿色走廊。走廊地势起伏连绵，其上植满了观赏花木，高低参差，错落有致。从乡下来这里安家不久的家槐，粗壮的身躯挑着几条鲜嫩的新枝，似乎在向人们诉说它已经习惯了这里的生活。簇簇青竹，透着翠，焕着绿，蓬松着“个”字形的叶子，正向比它矮一截子的冬青、黄杨挤眉弄眼。偶尔也有几棵苍松翠柏，似锥似剑，直刺蓝天。还有一些不知名的树木，叶色有碧绿的，有翠绿的，有黄绿的，有深紫的，有绛紫的，有红紫的，色彩斑斓。树冠有球形的，有伞形的，有方形的，形态各异。一条青石铺就的小径蜿蜒在树下，平整如砥。走在小路上，观赏着两边高低参差、色调不一的花木，呼吸着带有淡淡绿色植物气味的空气，顿时觉得身心舒畅。每隔不多远便有一片平地，有的摆上了石桌石凳，桌上画有棋盘；有的建有花池，池中花儿盛开，红的火热，白的亮丽，黄的温馨，紫的深邃；有的建有小亭，朱柱黄瓦，飞檐高翘，亭下设座，供人歇脚。

如果说东岸是以生态建设为主调的绿色走廊，那么，这一段的西岸，则是滕州历史文化和人文景观的港湾。颇具文化色彩的龙泉广场就坐落在这里。广场的西面有高耸巍峨的龙泉宝塔，她像一位阅尽滕州五六百年春色的老人，俯视着荆河，俯视着北面庞大的、宏伟的、错落有致的建筑群——古色古香的滕州博物馆，精巧典雅的鲁班纪念馆，庄重恢宏的墨子纪念馆，巍峨壮观的汉画像石馆，外朴内秀的王学仲艺术馆。这些建筑，恰似一颗颗闪闪的明珠，给荆河平添了几分历史的厚重，文化的内涵。游览完这些场馆，你再到荆河岸上走走，便会觉得，荆河流走的是岁月，留下的是文化。正是荆河，养育了一代又一代的滕州人，这些人中不乏像科圣墨子、工匠的祖师爷鲁班、艺术大师王学仲这样的社会精英，正是他们为滕州、中国乃至世界做出了巨大贡献，正是这一代又一代的滕州人，创造了滕州悠久的历史和灿烂的文化，才有了造型优美、纹饰华丽、古朴典雅、庄重大方的滕侯鼎等历史文物，才有了线刻明快、浮雕浑厚、生动形象、异彩纷呈的汉画像石。而这些又都给荆河，增了光，添了彩。

这是一段富有文化底蕴和人文精神的荆河，是一段充满着现代文明气息的荆河。它时尚、华贵、有文化又不失理性，既有历史的厚重感，又有时代的创新精神。走在这一段荆河岸上，经受着历史文化的陶冶，接受着现代文明的洗礼，自然景观向你展示着天然之美，人文景观又引发你更深、更广的思索。

三、 荆河桥至善国大桥段

过了茂源大桥，荆水就不紧不慢地向南流着，似风韵犹存的少妇，款款宽宽，既不失矜持，又显得有些随意。过了荆河桥，南行不到 200 米，忽然转头向西，甩了个弯。这一弯，弯出了一河一湖，弯出了一堤垂柳，弯出了一处公园，弯出了雄桥一座，也弯出了荆水的婉约与柔美。

由南北走向折为东西走向，取弦筑堤，便得南湖北河，南湖中荷叶田田，碧盘滚珠；荷箭高挺，绿茎举起微红一点。北河中流水淙淙，波光微泛。河南岸的滩涂上，芦苇一片，芦苇丛中，好鸟相鸣，叽叽啾啾——是萍水相逢的相互寒暄，还是他乡遇知的亲切交谈？是新婚燕尔的枕边私语，还是老夫老妻的絮絮叨叨……人们不得而知。不时地还“哧楞”一声飞出一只，拽着长长的叫声，落在长堤的垂柳上。接着另一只也应和着飞出，落在同一根树枝上。长堤上的垂柳，是亭亭的留着披肩发的女郎，风姿绰约。树下有三两个垂钓的老者，悠然自得地手执鱼竿，神情并不怎么专注。显然，他们的目的在“钓”，而不在“鱼”，他们是要用钓竿送走寂寞，钓上轻松自在，钓上闲情逸致吧。

花砖铺就的堤岸小道上，人们络绎不绝，有并肩踱步的白发翁妪，有牵手缓行的青春爱侣，也有微微发福正在遛狗的少妇……个个脸上写着轻松、闲适。

河的南岸还有一个小公园，名曰“河滨公园”。依地势而建，高高低低，园中用彩石铺成的小径，也随着地势或上或下，弯曲蜿蜒。园中一处碧草青青，一处姹紫嫣红，一处绿树吐翠，一处藤蔓遮空。最高台上有一雕塑，名为“欢庆”，造型是舞动的彩绸。虽为钢铁所铸，却飘飘柔柔，动感极强。

此段的西（北）岸是著名的“荆河文化休闲长廊”，一条木质栈道和栅栏，沿河岸径直向南再向西。石砌的堤岸壁上，隔一段就竖起一块巨大的石雕。石雕图文并茂地介绍了滕州古代名人事迹及贡献，有被后人尊为“科圣”的墨子，被后人尊为土木工匠始祖的鲁班，车的发明者奚仲，将滕国治理为善国的滕文公，自荐说楚的毛遂，轻财重士的孟尝君，被司马迁称为“汉家儒宗”的叔孙通，凿壁偷光的匡衡等。是纪念馆、博物馆内容的外现和补充。伴着淙淙西去的流水，徜徉在长长的栈道上，观赏着这极具意蕴的石雕，真是情也幽幽，意也悠悠。

再往西便是善国大桥，桥上车鸣人喧，熙熙攘攘，似乎提醒人们，喧嚣和繁忙离这里并不多远。

这是一段休闲的荆河，河水里流淌着缠绵、婉约、闲情逸致；河岸上洋溢着闲适、安逸、心平气和。管子曰：“仓廪实而知礼节，衣食足而知荣辱。”而在这里，我想到的是，对于老百姓来说，“仓廪实才有闲情，衣食足才生逸致”。粼粼荆河水也折射出了太平盛世给百姓带来的福祉。

荆河还在静静地往西流淌，画面还在向我们一段一段地展开，如果有兴趣，就跟着水流，继续一段段地往下观赏吧。

龙山掠影

距滕州城区北约10公里处，有山，名曰“龙山”。此山巍巍莽莽，绵亘百里，横断了云际和原野，远远望去，恰似一条昂首的巨龙横卧在大地上。山上奇峰怪石，交错陈杂；灵泉秀水，随处可见；茂林繁花，漫山遍崖。

龙山的山峰、山石，千姿百态，奇形怪状。全山十六座山峰，各具情态：有的单峰耸立，如利剑直刺长空；有的巍峨峭然，如蘑菇云腾空而起；有的陡壁悬崖，如斧劈刀削；有的半截悬空，如铁马飞奔……而巨石呢，如睡狮，如蹲猿，如卧虎，如伏豹，如佛，如人，如金鸡，如天狗……你看那“仙女石”——在一片乱石中央，一块细而高的石块崛然而立，从远处看，活像一位身材苗条的仙女，驾着祥云，翩然而落。你再看那“泼猴望月”——一块巨石上又垒以一块大石，大石上圆下方，中间有脖，远望酷似一猴蹲在巨石上，正举首望月。一些小石，或如静卧绿草地的狡兔，或如牧羊人鞭下的羊群，或如展翅欲飞的苍鹰，或如缩脖弓背的田鼠……形态各异，形象逼真。

攀缘着这一座座奇峰，赏玩着这千姿百态的怪石，我们不能不为大自然这别具匠心的造化之功而赞叹。

龙山亦称“灵山”，其“灵”性的表现之一，就是在“泉”“水”上。龙山上有数不清的山泉。一到雨季，这些山泉，有的从奇峰之上飞泻而下，有的从幽洞深处叮咚流出，有的在巨石的罅隙中咕嘟冒出……然后汇成条小溪。溪水顺山势而下，时而急时而缓，时而快时而慢，流水的调子也不断地改变。流至山腰又汇成一条大溪，大溪再蜿蜒而下，注入山脚下的龙河。山溪连着龙河，远远望去，宛如一条洁白的飘带，在微风的吹拂下，从山上垂挂下来，半截飘落在原野上。

在众多的山泉中，圣井泉和龙湫泉最为著名。圣井泉处在主峰山顶，一片杂石中央，有一凹处，泉水依稀流出。据说此泉很有灵性，若有人以秽物触之，即干涸。人如自责其过，水便又复出，故又名为“灵泉”。龙湫泉在龙山的东部，一块较平坦的地上有一水池，池水清澈见底，游鱼碎石历历可见，泉眼就在水中央。此泉也很有灵性，据说古时有一年，滕地大旱，庄稼枯死，滕县的县令苦其黎民百姓，便带一班人马来此设坛求雨。祭祀完毕，打轿回衙，不到半道，大雨便倾盆而下。

如果说奇峰怪石给我们带来的是压迫、挑逗、刺激，那么，灵泉秀水给我们带来的则是轻松、欢快、惬意。如果说没有奇峰怪石，就显现不出龙山的雄壮、阳刚，那么，没有灵泉秀水，也就失去了它的温柔和秀美。

在龙山高低起伏、绵延近百公里的地域里，森林覆盖率达95%以上。树木多为刺槐，又有松柏、榆杨、椿等。树龄十几年、几十年，有的甚至上百年。龙山石属于花岗岩，石质坚硬，但是，这些树木硬是用生命与坚硬抗衡，争得了属于自己的一片空间。你看它们，有的根扎在石隙中，“咬定青山不放松”；有的跻身于巨石之间，试与巨石比高下；有的身挂悬崖上，敢给峭壁显身影……你再看看它们的干，高直挺拔，直刺天空的有之；粗矮无尖，枝叶着地者有之；斜逸歪扭，形如走蛇者有之；伤痕累累，貌似丧家之犬者有之……但无论根扎何处，无论干形如何，棵棵却都枝繁叶茂，郁郁葱葱。每一棵树似乎都在诉说着一个动人的故事，每一棵树似乎都在诠释着生命的意义。

要到龙山赏花，请到初夏和深秋来。初夏时节，满山的刺槐开花了，一嘟噜一串的，遮了枝，盖了叶，满树的雪白或紫红。空气里弥漫着幽香，甜甜的，软软的，似情人的呢喃，又似新婚夫妻的缠绵。成群结队的蜜蜂徜徉其间，嗡嗡嘤嘤。树下就有放蜂人的帐篷，随时都能买到纯正的槐花蜜。这槐花蜜清热败火，滋肺养心，是保健的绝好食品。一到深秋时节，山菊花竞相开放，漫山遍野一片金黄，那么鲜艳，那么耀眼。秋风一起，花儿摇动，浓郁的菊香沁人肺腑。偶尔有那么一两棵枫树，那枫叶经霜后鲜红鲜红的，恰似一树熊熊燃烧的火焰。巨石旁、石崖边，还零星地散布些紫地丁，几片紫色的叶子中间，拔起一梗，顶着一朵喇叭形的小花，那么娇贵，那么精巧。秋天的龙山是花的海洋，黄的菊花，红的枫叶，紫的地丁，相互映衬，相互点缀，真让人目不暇接。

“哎——走遍了千山和万水，都没俺的龙山美。看一遍奇石添一份情，喝一口泉水心里醉……”牧羊人的山歌唱出了龙山人的心声。

附：龙山的传说

龙山，不仅风光秀丽，还有着很多美丽的传说，现择其四，以飨看官。

一、 开山取宝

传说，龙山是一座宝山，山的内部蕴藏着很多宝藏。金子、银子、珍珠、翡翠、玉石、玛瑙应有尽有。特别让人惊奇的是，还有一盘碾，碾盘是金子的，碾滚是银子的，碾道里还套着一匹金马驹子，日夜不停地拉着碾滚轧金豆子。所以，在夜深人静的时候，如果把耳朵贴到山前的岩石上屏息细听，就能听到从山内部传出来的“咯嘣——咯嘣——咯嘣”响声。

要开山取宝，须有开山的钥匙。据说这钥匙就藏在山上，不过很难找到，因为它五百年才现身一次，而且形体不一，可能是一棵树，一棵草，一块石头……

据说，在很久很久以前，还真发生过一次开山取宝的故事。

龙山脚下有个龙山村，村里有个叫张小六的。这孩子命苦，六岁时，父亲在山上开石头，被巨石砸死了。八岁时，母亲又得病去世了，他成了孤儿。乡亲们见他可怜，都纷纷向他伸出了援手，有的给他送吃的，有的给他送穿的，有的给他送用的，没让这个没爹没娘的孩子流落街头。后来，张小六跟全村的人都熟了，到谁家就在谁家吃住，也帮这家干点力所能及的活。乡亲们都拿他当自己的孩子看待，有点好吃的、好喝的，还常常给他留着。张小六也是一个知道感恩的孩子，乡亲们对他的好，他都点点滴滴记在了心里。到了十二岁，他见许多乡亲们的羊圈在家里没人放，就主动当了全村的羊倌，替乡亲们放羊。每天的一大早，他就带上一顿的干粮，跑到大街上，吆喝大家把羊送出来，等到羊齐了，就赶着羊上山吃草。待到太阳落山，他又把羊从山上赶下来，再到大街上，吆喝大家把羊领回去。当然，乡亲们也不是让他白帮忙，商量好羊毛全由他剪了卖。羊下的崽，养大了，卖的钱，一半归他。

日复一日，年复一年，不知不觉就过了五年，现在的张小六已经十七岁了，成棒小伙了。

这一天，张小六又把羊赶到山上的向阳坡吃草，便坐在一块大石头上整理鞭梢。忽然，一阵绝望的“呦——呦——呦——”的鸣叫声从远处传来。张小六站起来一看，只见一只饿狼正追着一头幼年梅花鹿。幼鹿慌不择路，竟跑到龙山最高的悬崖上了，无路可选，一下子跳下了悬崖。饿狼追得太急，也没能收住脚步，也跟着掉下了悬崖。

张小六被刚才的一幕惊呆了。等到他缓过神来，才感觉太恐怖了，要不是饿狼也掉下悬崖，说不定自己和羊也要遭殃。这时，他又担心起那头幼鹿了。他想，那悬崖有几丈高，掉下去即使摔不死，也会腿断腰折，倘若幼鹿和饿狼都摔死了，也就罢了。倘若两个都没摔死，幼鹿会不会有危险呢？他急忙找到一根粗木棍，绕远道下到了悬崖底。让他惊奇的是，饿狼正好摔在了一块大石头上，脑浆迸裂，幼鹿却侥幸地挂在了一棵小树上。他费了九牛二虎之力才把幼鹿取下来。

幼鹿“呦——呦——”叫着，声音很低，已经不能站立了，眼睛里流露出乞求的目光。张小六急忙抱起幼鹿绕道回去，找到羊群，把小鹿放在一丛草中，又去找给小鹿敷伤的药草。等到太阳落山，便背着药草，抱着幼鹿，赶着羊群下了山。

回到家里，张小六仔细地查看了幼鹿的伤情。幼鹿的一条腿断了，身上也有多处被树枝划伤了，但都不是致命伤。他先烧了一盆盐水给幼鹿清洗伤口，然后把药草捣成膏状，敷在幼鹿伤口上。又按照给羊接骨的办法，给幼鹿接好了骨，用两片木片把伤腿夹起来，用长布条捆绑好。一边忙，嘴里还一边念叨：“小鹿，小鹿，不要害怕，你要相信我，我是不错的骨科大夫，曾多次给摔伤的羊接骨——接骨是有点疼，但是一会儿就过去了，我们的小鹿是最坚强的，不会哭鼻子的——好了，好了，马上就好了——”小鹿好像听懂了他的话，一动不动任他摆布。一切都拾掇完了，张小六又抱来一些干草，在床前给小鹿铺了一个窝，把幼鹿放到干草上。又割来了嫩草，端来了盐水。直到幼鹿吃了几口青草，喝了点盐水，眯上了眼睛，张小六这才觉得自己的肚子确实饿了。

这一夜，张小六醒了好几回，每次醒来，他都要点亮油灯，披衣下床，照料一番幼鹿。第二天，天刚刚亮，他就起来了，看到幼鹿的精神比昨天好多了，心情放松了许多。他又割来了一些鲜草，打了半盆水，放到了幼鹿身边，然后对它说：“小鹿，小鹿，吃的、喝的我都给你准备好了，我要放羊去了。你在家不要害怕，我到太阳落山就回来。今天，我要从山上给你带来你最爱吃的草，还要带个罐子，给你带来你最爱喝的山泉水。”小鹿好像听懂了他的话，对着他“呦——呦——”地叫了两声。张小六这才拿上皮鞭，带上罐子，关上门，到大街上吆喝乡亲们送羊。

这一天，张小六觉得特别漫长，他一直担心家里的幼鹿，怕它有什么闪失。他拔了好多能敷伤的药草，在大石头上捣成膏状，用布包起来。又拔了一捆羊爱吃的青草，灌了一罐子山泉水。等到太阳一下山，他就迫不及待地怀揣草药、背背青草、手提罐子赶羊下山，把羊送给乡亲们，一路小跑地回到家中。

开门一看，幼鹿神态自然地躺在干草窝里，身边的青草也吃了不少，水也喝了不少。见他回来了，又“呦——呦——”地叫了两声。张小六走到幼鹿跟前，蹲下来，用手拍拍幼鹿的脖子说：“小鹿，小鹿，对不起，把你自己留在了家里，你一定很孤独，很寂寞吧？好了，我回来了，你我都有伴了！”说着从怀里拿出膏子，又给小鹿敷了一遍药。然后清理了小鹿的粪便，重新铺了一些干草。这才把从山上带下来的青草和山泉水放在了小鹿的身边，说：“吃吧，这是我特地从山上给你割来的，羊爱吃，你也一定爱吃。喝吧，你看这山泉水多清，都能照出人影来。我喝过了，还有点甜味呢！”。看着小鹿悠闲地吃草、喝水的样子，张小六心里甭提多高兴了。

就这样，张小六每天都从山上带来幼鹿最爱吃的青草、最爱喝的山泉水，每天都给它敷药，给它说很多的话。一个月过去了，幼鹿的伤口全愈合了，也长膘了。两个月过去了，幼鹿的伤腿解下了夹板，蹄子可以着地了，长高了，身体也长长了。三个月过后，幼鹿的伤腿全好了，能在院子里蹦蹦跳跳地撒欢了，而且长成大鹿了。

一天晚上，张小六吃过晚饭，见幼鹿正在院子里悠闲地散步，便走到它的身旁，俯下身来，拍了拍它的脖子说："小鹿，小鹿，你的伤好了，你该回家了。说真心话，我也舍不得你走，但是，你的家在龙山上，那里有你的爸爸、妈妈、兄弟姐妹，它们一定都特别想念你，都盼望着你赶快回到它们的身边。我想，你也一样。明天，我就送你回家，你同意吗?"幼鹿又"呦——呦——"地叫了两声，似乎是说同意了。

第二天早晨，张小六赶着羊群上山，幼鹿也随着羊群上了山。来到向阳坡，张小六把羊撒下让它们随便找草吃，然后俯下身子，拍了拍幼鹿的脖子说："小鹿，小鹿，你走吧，找你爸妈去吧!"幼鹿向他打了个响鼻，昂起头，朝天"呦——呦——"地叫了两声，然后向坡上跑去。跑了十几步，回过头来，又朝着张小六"呦——呦——"地叫了两声，跑上坡，消失在树林子里了。张小六望着小鹿的背影，禁不住泪水充满了眼眶。

送走小鹿之后，张小六十分地失落，惆怅。在山上放羊的时候还好些，每每回到家中，便满脑子里都是幼鹿。他忘不了小鹿可爱的眼神——求助的眼神，满足的眼神，赞许的眼神，留恋的眼神；他忘不了小鹿活泼的样子——吃草的样子，喝水的样子，在院子里蹦蹦跳跳的样子，抬头朝天"呦——呦——"叫的样子，吧嗒着嘴扯他衣襟的样子……他每天都巴望着能看到幼鹿，可是一天天过去了，幼鹿始终也没有来。

一天晚上，张小六半睡半醒，朦胧中感觉到幼鹿来到了他的床前，竟然张嘴说话了。她告诉张小六，龙山顶上奶奶庙的大殿前，长着一棵灰灰菜。那棵灰灰菜，就是人们所说的五百年才现身一次的开山钥匙。不过，现在还不能用，还要让它再长一百天，长到一丈二尺高——少一天也不行，短一寸也不行。到时候，你刨倒它，扛上它，到龙山的向阳面一放，山就会一下子裂成两半，山里面的宝物就会全现出来，任你挑选。不过，山只能开半个时辰，到时就会合上，所以，取宝的时候，千万不要贪心。幼鹿说完，对着他又"呦——呦——"地叫了两声，跑出了屋门。

张小六一个激灵醒来，回想刚才是梦非梦的情景，惊愕不已。他披衣下床，走到院子里，哪里有小鹿的影子？怀疑自己是想小鹿想迷了，产生了幻觉，便又回屋睡觉去了。

第二天，他照旧上山放羊，突然感觉还是应该到奶奶庙的大殿前看看。于是，他让羊随便吃草，一人爬上山顶，来到了奶奶庙前。走进庙门，他惊呆了，果然见大殿前门右边长着一棵一尺多高的灰灰菜，红茎绿叶，格外水灵。这时他才相信，幼鹿的话是真的。

从那以后，张小六每隔一两天就来到奶奶庙里，给灰灰菜浇浇水，施施肥，捉捉虫，打打岔。看着灰灰菜一天天长高，红茎一天天变粗，心里不知有多高兴。他盘算着，真到山开的那一天，他要把全村的乡亲们都叫上，一起取宝。这样，全村的父老乡亲就都能过上吃不愁、穿不愁的日子了……

谁也没想到，半路上却出了幺蛾子——张小六经常来庙里照料那棵灰灰菜，让庙里的老和尚起了疑心。这天，张小六正给灰灰菜浇水，老和尚来了，问张小六为什么这么关心这棵草？张小六想，开山取宝的事，他迟早都会让大家知道，现在就告诉老和尚，让他平时照看着灰灰菜，岂不更好。于是就把事情的经过和到时候让乡亲们一起取宝的想法全都告诉了老和尚。还特别嘱咐老和尚："算上今天，灰灰菜还要长五十一天，还要再长一尺二寸。"老和尚听了，惊得张着大嘴半天说不出话来。过了好一会儿，才向张小六保证，一定细心地照看这开山的钥匙，不会让它受一点伤害。他还提醒张小六，为了开山钥匙的万无一失，这个秘密千万不要再跟别人说了。张小六一想，他说得也不无道理——到了开山的那一天再通知乡亲们也不迟，就答应了他。

没想到，这老和尚是个贪婪之徒，当他听到张小六准备把找到了开山钥匙的秘密告诉给乡亲们，到时也让他们来取宝的时候，心中暗想，到了那一天，村里几百人一哄而上，他拼上老命能抢几件宝贝？于是，一个看似聪明其实愚蠢的想法，就在他的脑子里产生了——他要撇开张小六和乡亲们，提前开山取宝。

他每天都不动声色地精心看管着开山钥匙，每天都数着指头算日子，每天都盼望着灰灰菜快快长，快快长到一丈二尺高。

到了第五十天，老和尚搬来梯子，拿来尺子一量，灰灰菜的主茎是一丈一尺九。心想，只差一天，只缺一寸，差一差二不算差，最坏的结果不过是山开的时间短一些，到时候，我手脚麻利一些就行了。

他焦急地等到了夜深人静，便砍倒了灰灰菜，扛起来来到了山的向阳面。往地上一放，只听“轰”的一声巨响，山裂成了两半。一道巨光从里面照上来，照得半个天通亮。老和尚定眼一看，惊呆了——原来山被那棵灰灰菜撑开了，灰灰菜就顶着裂开的两半山，不让其合拢。他再往下一看，果真像传说的一样，金银财宝，堆积如山，应有尽有，西南角，果然有匹金马驹子在轧金豆子。老和尚想，这一山宝物，恐怕只有金马驹子最值钱，即使别的不要，一匹金马驹子也够自己享受后半辈子了。他不顾一切地跳下去，抓着金马驹子的笼头就往外拉。费了九牛二虎的力量还是没拉出来。原来，金马驹子还在套上，他便手忙脚乱地解套绳。忽听到“嘣拉”一声巨响，老和尚抬头一看，顶着两半山的灰灰菜拱了起来，已经裂开了，两半山慢慢合拢了。老和尚一看大事不好，丢下金马驹子就往上爬，没爬几步，又是“轰”的一声巨响，山合拢了。老和尚被关在里面了。

这天晚上，熟睡中的张小六被轰隆声惊醒。他披衣下床，来到院子里，只见龙山上光亮冲天，一会儿，随着一声巨响，亮光消失了。他突然意识到大事不好，可能是老和尚提前开山了。他飞奔到山顶，跑进奶奶庙，那棵高高的灰灰菜不见了，老和尚也不见了踪影。他确定，山是开了，一会儿就又合上了，可是，老和尚呢？宝贝取到取不到倒没什么，可千万别伤着老和尚呀。

“老和尚，你在哪里？老和尚，你在哪里——”张小六呼喊着下了山……

后来，有人说，从那以后，当夜深人静的时候，你要是再把耳朵贴到山前的大石头上屏息静听，不仅能听到金马驹子拉碾滚轧金豆子的“咯嘣，咯嘣”声，还能隐约听到老和尚“救命呀，我要出去”的求救声。

二、 老牛窟

在龙山的向阳面，有个山洞，俗名“老牛窟”。洞口的旁边有一块石头，很像一人席地而坐，胸挺头抬，凝视远方，像在等待着什么。山洞不大，面积也就有十几平方米。洞也不高，最高处也就有一米五六，个子稍高一点的，走进去必须弓着腰。山洞里冬暖夏凉，空气湿润。所以，在附近劳作的农人、樵夫常到洞里休息。“山不在高，有仙则灵”，看官，你可别小看这个小洞，这小洞里可是住过神仙的。

据说在很久很久以前的一天，龙山南面的顾堆石村的谭士林，套着牛在山的南坡犁地。天到中午，人和牛都累了，他便给牛卸了套，让它在附近的草地里吃草。他呢，走向附近的老牛窟，想在里面休息一会儿。

他走进老牛窟，见有两人正坐在石几旁边下围棋。左边的头戴道士帽，身着青衣白袍，鹤发童颜，仙风道骨，身旁还放着一把宝剑。右边的秃顶发稀，额高颧突，衣冠不整，袒胸露乳，赤着双脚，身上还背着个酒葫芦。石几上，一副棋盘，两罐棋子，一边还放着一壶茶水，三个茶碗。

谭士林好生奇怪——周围十里八里的人，没有他不认识的，可这两人，是从来也没见过的。这是哪方人士？来这里干什么？不过，他见他们下棋特别专注，就没惊动他们，只是向他们拱了拱手，算是打个招呼，便站在一旁观棋。那两人也向他点点头表示回礼。

两人一边下棋，一边喝茶。谭士林站在那里也觉得有些口渴，见旁边还有一只茶杯，便自己也倒了一杯。端起茶杯，他就闻到了一股浓浓的清香，这清香是他这半辈子从不曾闻过的。茶水入口，便觉得满口芬芳。待一杯茶下肚，更觉得五脏六腑都得到了滋润，无一处不舒适，无一处不熨帖。他也不管礼貌不礼貌了，接连喝了三杯。那茶壶也奇怪，茶水尽倒尽有。

谭士林一边观棋，一边瞧着窟外。他看见山坡上的树木、野草、庄稼一会儿绿了，一会儿黄了，一会儿又绿又黄了；花儿一会儿开了，一会儿谢了，一会儿又开又谢了；山前的那条小河，一会儿哗哗流，一会儿凝结不动；天上时而晴空万里，太阳刺眼，时而乌云密布，电闪雷鸣；空中时而暴雨倾盆，时而大雪纷纷。几次三番，他都没在意。一盘棋下完，那两人又讨论起此盘棋的得失，谭士林也听不太懂，便走出老牛窟。

一出洞窟，他惊呆了，怎么山也不是刚才的山了，岭也不是刚才的岭了，坡也不是刚才的坡了，路也不是刚才的路了。他朝着自己的土地走去，怎么土地的两头都垒上了石坝？他的耕牛不见了，木犁不见了，牛套也不见了。

他摸索着回到村子里。村子也不是原来的样子了——房屋多了几倍，原来的茅草屋、茅草棚都变成了瓦屋瓦房。街道变宽了，沿街还有了很多店铺。他找不到自己的家了，街上没有他认识的人，也没有人认识他。他跟村里人打听，是否听说有个叫谭士林的？孩子们说不知道，青中年人也说不知道，他们说："士字辈在顾堆石的谭家是很高的辈分，现在的年轻人都该叫祖老爷了。"后来，一个白发苍苍的老头对他说，他好像听他的老辈人说过，很久以前有个叫谭士林的，去龙山的南坡犁地，不知什么原因失踪了，一村人找了很长时间也没找到。谭士林听了，喜出望外，忙对他说："对，对，那个失踪的人就是我。他们没找对地方，我就在老牛窟里看了一会儿下棋的。你看，我这不是回来了吗?"老头听了，气得胡子撅得老高，说："你这个人是不是疯了，一二百年过去了，你还活着？还这么年轻？你是不是专来找便宜的?"老头扭头走了，把谭士林撂在了那里。谭士林又找别人去说，没有一个人相信他的话，都说他是个疯子，在说胡话。

谭士林没了办法，突然想到老牛窟里的那两个下棋的人，他们可以作证，于是便又回到老牛窟。可是，老牛窟里哪里还有下棋人，就连石儿石凳也不见了，他很失望。

不过，他相信，那两个下棋人一定还会回来。便坐在窟前的空地上等。一天过去了，两个下棋人没回来；十天过去了，还是没回来；一年过去了，还是没回来；十年过去了，还是没回来……他就在那里等啊，等啊，天长日久，就变成了一块石头。

看官，你可知那两个下棋者是谁？乃八仙中的两位，一位是吕洞宾，一位是铁拐李。据说，两人结伴云游，来到龙山，见龙山风光秀丽，不同于别山，就在这里小住了几天，就住在老牛窟里，谁想正好让谭士林遇上了。那谭士林喝了神仙的茶水，也沾了仙气。"仙界才一天，人间几百年"，他在仙界看了一盘棋，人间便已经过了一二百年了。

三、 无梁殿

龙山的主峰——圣泉峰上，现在还保留着一处较大院落的遗迹，残垣断壁中散布着香炉、碾盘、石臼等用器。院落的北部有三间宽大的石头宫殿，里面供奉着玉皇大帝。这大殿是全用巨大的石块建成的，无梁，无椽，无檩，人称“无梁殿”。据传，在营建此殿时，还有一个动人的传说。

说的是居住在龙山附近的香客们，要在龙山顶峰上建供奉玉皇大帝的大殿，要全用石块，其他材料一点也不用。一是为了就地取材，省工省钱；二是为了向上天表示至诚——处处都实（石）。地基、四墙都垒好了，到该上屋顶的时候，工匠们却犯了难——如果用一块石头作屋盖，哪里去找这么大的一块石头，即使有，也没有办法把它抬上去。如果用一块块的石头连成一片作屋盖，石头又怎么能连在一起呢？

正当那些能工巧匠们一筹莫展、抓耳挠腮的时候，从山下来了一位腰扎板带、脚蹬铲鞋、鹤发童颜、目光炯炯的老者。老者一言不发，围着殿墙左转了三圈，右转了三圈。领工的正为无计可施心烦意乱，见老者来回倒去地在他面前晃悠，没有好气地嚷道：“这里有你什么事，该上哪里发财去哪里发财去！”老者听了，不急不气，只是高声说道：“土拥脖子了，老无用了；土拥脖子了，老无用了。”说完，便扬长而去了。

众工匠都觉得老者的举止怪异，越琢磨越觉得“土拥脖子”是话里有话。待到大悟之后，众人都欢跳起来。抬筐的抬筐，操扁担的操扁担，肩担人抬，运土埋墙。一直埋到顶，堆成拱形，然后在拱土上砌石块，砌完以后，将屋内的土掏出，无梁殿就这样建成了。

事后，人们猜测，那位点化“土拥脖子”的老者，就是鲁班祖师爷。

四、二月二，围仓囤，炒黄豆

在龙山附近的村庄里，每到农历的二月初二的清晨，家家都要在门前地上用青灰（草木灰）勾画出粮囤的图案，称为“围仓囤”，家家还要炒黄豆。据传，这个习俗的来历也有一个动人的传说。

说的是武则天当了皇帝，惹恼了天上的玉皇大帝，为了惩罚武则天，传谕四海龙王，三年内不得向人间降雨。第一年大地干裂，万物枯死，庄稼绝收，老百姓靠上一年的余底，勉强度过。第二年又是赤地千里，颗粒未收，老百姓已经断粮，靠树皮、草根、观音土苦熬。第三年一开春，更是饿殍遍地，人吃人了。同情民苦的东海龙王二太子——青龙，不忍心老百姓渴死、饿死，违抗了玉帝的旨意，在二月二这天给人间普降一场大雨。玉帝得知后勃然大怒，下令把青龙贬下凡间，压在龙山下受罪。山上立碑道："青龙降雨犯天规，当受人间千秋罪。要想重返灵霄阁，除非金豆开花时。"

龙山附近的老百姓看青龙因为他们而遭罪，很是不安。人们为了营救青龙，每年的二月初二便家家户户炒黄豆，以应验"金豆开花"，并在院子里设案焚香，供上炒开花的"金豆"。玉皇大帝见百姓对青龙如此爱戴，便免去了他的罪，又把他召回了天庭，继续为人间兴云降雨。

这样，民间就形成了这样的习俗，每年二月初二，用青灰围仓囤，暗示青龙能让自家五谷满仓。炒黄豆，则是感念青龙的相救之恩。

“荆泉送来一湾绿”
——荆河公园

在滕州城区善国南路西侧，荆河的北岸，坐落着滕州市区最大的公共游乐场所——荆河公园。此园始建于1985年，是利用荆河裁弯后的水面和陆地建成的。可以说，荆河公园是荆河的产物，而荆河又是荆泉的产物，因此，王牧天老师在他的赞美荆河公园的诗中称其为“荆泉送来一湾绿”。

公园总面积为225亩，而光水域面积就占140亩。“以水为主题、以湖为中心”是荆河公园的一大特点。围水成湖，聚土为岛，湖上架桥，湖边设廊，沿湖铺路，路旁植花草树木、设游乐场所。人们的游园活动都是在水边或水上进行，游园的过程，就是“亲水”的过程。这恐怕是设计者的独出心裁吧。公园以古典园林风格为基调，充分利用水、花木、建筑物等营造一种古朴、端庄、典雅、矜持的氛围，这是公园的第二大特点。这正和滕州淳朴的民风、里仁善政的历史传统相契合，这恐怕也是设计者的匠心独运吧。

近几年来，滕州市政府投巨资对公园进行了大规模的改造，让这里的水更清了，路更平了，风光更旖旎了，设施更人性化了。如今的荆河公园，一湖碧水，如眼如镜；拱桥座座，如带如虹；条条曲径，如肠如砥；无边花木，如锦如缎……在这里，人们可以在湖边散步，到湖中荡舟，临观鱼廊观鱼，登观荆阁远眺，在牡丹岛的曲径上徜徉，在玉带桥的最高处临风……

荆河公园的出入口有多处，但正门应该还是东门。东门临善国路，为仿古建筑，歇山式屋面，青砖、白缝、黄琉璃瓦，显得端庄、典雅。中间门楣上高悬着“荆河公园”四个鎏金大字，为滕州籍的大书法家王学仲先生所书。字体洒脱、飘逸又不失庄重。进门过堂，下十几个台阶，迎面是座假山。虽然规模不大，但重峦叠嶂，巍峨多姿。奇峰怪石、峭壁悬崖、崎岖山路、浅涵深洞一应俱全，具体而微。

傍假山过一小桥，便到了牡丹岛。岛上花木繁盛，高低参差，错落有致。白杨高耸，绿竹吐翠，樱树涂紫，丹枫染红。中间建一凉亭，名曰“牡丹亭”，朱柱彩檐，四角高翘，亭下设座，供人憩息。以牡丹亭为中心，向四方辐射的几条小道，把整个小岛分为若干“瓣”，小岛便更像一朵盛开的牡丹花了。岛中还有一泊，一泓碧水，倒映着岸上的树木花草。一石砌的水道与大湖沟通，水道上架一小桥。形成了湖中有岛，岛中有泊，泊中有影，湖泊相通，小桥流水的奇观。

从牡丹岛西出，经九曲桥上岸，再向西过一拱桥，迎面是一座土山。山上树木茂盛，郁郁葱葱，沿石阶登上山顶，便来到了荆河公园的另一个主景点——观荆阁。此阁为三层六角重檐阁，拱椽担梁，钩心斗角，凌空高耸，巍峨壮观。底部壁上嵌有本邑书法家王学仲、马世晓、刘静文、袁少松等人书法作品的石刻，录写的大多是历代志士仁人、文人墨客过访滕州时留下的诗赋。其中，王学仲先生撰文并书写的《滕州怀古文》特别值得一说。“滕州为名，肇自黄帝。历夏殷周，蝇蝇继继。春秋大书，侪于侯位。会盟征伐，苍蝇赴骥。封建瓦解，郡县创制。……”作者用简约、充满赞美之情的语言，高度概括地介绍了滕州的悠久历史、灿烂文化、锦绣山河、淳朴民风以及滕地养育出来的杰出人物，表达了一个老艺术家对桑梓的无限热爱和眷恋，拳拳之心溢于言表。全篇以四言句为主，既有《诗经》的遗风，又有汉赋的流韵。字体古朴、端庄，稚拙中见苍劲，规矩中见洒脱。作者之所以运用这种字体，恐怕是在生兹养兹的土地面前，有意地表现其稚拙，以示对大地母亲的谦恭和尊崇。

沿阁内楼梯登临顶层，凭栏远眺，附近景物尽收眼底。南望荆河流水汤汤，岸柳成行。雄伟的善国大桥横跨其上，桥上车辆行人，来往如梭。北瞰公园全景，如诗如画。湖面如一面未磨平的镜子，其上游船悠悠，飘飘荡荡。玉带桥真如一条浅灰色的玉带，系在澄湖的腰间，有“长桥卧波，未云何龙？复道行空，不霁何虹”的意境。岸边楼台水榭，红墙黄瓦，点缀着碧湖多姿的梦；花草树木，团团簇簇，绿为主调，间有杂色，酝酿着碧湖多彩的情。

下观荆阁，再从土山北坡下来，往北十几米就是玉带桥。玉带桥为五孔拱桥，两边是石栏杆，其上石刻拙细。站在最高处，临风近距离地观湖，是最惬意的事。你看那湖水，就那样温顺地绿着，波澜不兴；就那样谦和地碧着，流水无声。水中贮着浅浅淡淡的天蓝，洋溢着空灵、宁静、纯洁和恬适。小家碧玉似的小巧精敏，庄户主妇似的恭顺谦卑。湖中飘荡着的几只小船，非手摇即脚蹬，没有豪华游轮的财大气粗，没有冲锋舟的横行霸道、质朴、矜持、老成，正与湖水的情调相吻合。

从玉带桥上下来，沿湖岸往西南走二三百米，便来到了观鱼廊。廊就建在湖岸上，全长60多米，起脊翘檐，梁上画彩。或为丹芍一株，或为墨竹一簇，或为红梅一枝，或为兰花一盆……虽不精致，倒还耐看。凭栏下看，只见红鲤青鲢结队成群，一会儿倏而远去，一会儿折头又回；一会儿浮在水面，一会儿沉在水底；一会儿结伍前行，一会儿分散而去……投之以食，则骤然云集，你争我夺。得者摇头晃脑，沾沾自喜；没得者欲罢不能，翘首以待。

由观鱼廊沿湖岸西行再往北是动物园，再往北是儿童游乐城，也各具特色。

荆河公园是人民的公园，是人民休闲娱乐、锻炼身体、陶冶性情的场所。每当清晨，晨练的人们就披着晨辉云集在这里，这便又添一景。假山前的空地，是腰鼓队活动的场所。指挥者是一位年近古稀但精神矍铄的老者，他双手持钹，击出节奏。几十个腰间挂鼓的妇女，便随着节拍一边击鼓，一边扭腰转臂，左踩右蹬，前弓后仰，上跃下跳。鼓棒上的红绸子也随着动作上下左右飘动。鼓声点点，敲出了她们的欢快；红绸飘飘，飘出了她们的激情。沿湖大跑的、小跑的，急走的、慢走的，来往如梭。牡丹岛上聚集着上百人在做“保健操”，随着音乐的节拍，一会儿双掌拍体，一会儿振臂高呼，一会儿晃腰踢腿，一会儿前俯后仰……老干部活动中心前边，是善舞者的场所。鹤发童颜的翁妪、体态微胖的少妇、青春靓丽的少男少女，都在那里牵手搂腰，随着音乐翩翩起舞。一会儿交际，一会儿探戈，一会儿华尔兹。

观鱼廊的早晨是戏曲的早晨，几位老者自己组织的演唱队，天天早晨在这里自娱自乐。掌鼓板的、拉胡琴的、吹笛吹笙的、摇铃敲梆的、弹琵琶三弦的，各司其职。爱唱戏的、爱听戏的便自动聚集过来。会唱的你来段“二黄”，他来段“西皮”；你唱段豫剧，他唱段柳琴；你吼两声山东梆子，他吼两声秦腔……有的宛转悠扬，有的粗犷雄壮，有的嗓音圆润如莺，有的音调高亢如锣。乐声在湖面上回荡，余音不绝。前来听戏的呢，会听的或随乐击拍，或低声应和，或点头赞许，或若有所思。不会听的也就是看看人，凑凑热闹。就连湖中的鱼儿也受到了唱声的吸引，一群群、一队队，头都齐刷刷地朝着唱戏的。

另外还有打太极拳的、舞剑的、遛鸟的、练嗓的……每人都有自己的一片天地，每人都有自己的一份乐趣。

“荆泉送来一湾绿”，是的，这湾绿是滕州市区的一颗闪闪发光的碧珠，是一片繁华中的幽境，是万丈红尘中的一片绿洲。

荷花·湖色·遗迹
——滕州微山湖红荷湿地公园览胜

滕州微山湖红荷湿地公园是观赏胜地，是旅游胜地，她“胜”在何处？我以为，一是荷花，二是湖色，三是遗迹。

这里处处是水域，处处有荷花。但观赏荷花最佳的有两处，一是荷花观赏区，一是红荷湾。

荷花观赏区的荷花品种繁多，据说有100余种，有土生土长的，也有从国内外引进的。

每到夏季，荷花盛开，争奇斗艳，让人目不暇接。“微山湖红荷”玲珑剔透，“西湖红莲”颐指气使，“印度睡莲”体态臃腴，“佛琴娜莉斯莲”弱不禁风，“千瓣莲”一往情深，“红台莲”火辣激情……每种荷花都有自己的形态容貌，都有自己的风韵情调。出水高的白荷、红荷，莲叶翕翕田田，碧盘滚珠；荷箭高高挺起，摇红举白；花开得坦露、直率、妖娆、撩人，如时尚靓丽的现代女郎。漂浮在水面上的睡莲，荷叶油绿，如镜如盘；花儿或红或紫，花片小而密集，开得含蓄、矜持、典雅、含情脉脉，似温文尔雅的大家闺秀。荷有的连成一片，绿色盈眼；有的独树一帜，形影孑然。连成一片者，花多气盛，咄咄逼人；独树一帜者，超然洒脱，我行我素……

红荷湾又名红荷渡，是一个狭长的湖湾，全长2980米，两侧秀木繁茂，湾中荷花密集。这里生长的全是野生的微山湖红荷，一片片莲叶绿得醉人，一朵朵荷花艳得可爱。这粉红点缀下的碧绿，一直向西延伸着，直到天边。连连绵绵，铺天盖地，让人震撼，让人心悸魄动。看了这里的红荷，你才明白，杨万里的诗句“接天莲叶无穷碧，映日荷花别样红”是怎样的一种意境，你才感觉到，微山湖红荷作为湿地主人应有的舍我其谁的霸气。

乘一只小船驶进荷塘，置身于这粉红点缀的碧绿中。清风乍起，层层碧浪随风起伏，缕缕清香沁人肺腑。红花绿叶包围着你，陶醉着你，融化着你，此时的你，定会如梦如幻，似神似仙，仿佛也变成了一片莲叶，一朵荷花。“呼啦啦——”一群白鹭从荷塘中飞起，在蓝天下打了个旋，又落在了不远的地方。“微山湖吔，好风光，荷花满湖菱满塘……”一声甜润柔美的歌声传来，噢，原来对面驶来一只采莲船。船上的采莲姑娘十七八岁，容貌姣好，红扑扑的脸蛋与粉红的荷花相映生辉。这时你也许会有这样的想法，这哪里是什么姑娘采莲，分明是荷花仙子在绿色的舞台上曼舞轻歌……

啊，红荷湿地，你这充满荷色、荷香、荷风、荷韵的湿地！

若说微山湖的湖色，用“波光潋滟”形容，行，但不好；用“烟波浩渺”形容，行，但还不好。若用“朝晖夕阴，气象万千”来形容比较合适。的确，微山湖的湖色可以说是一年三百六十五天，天天有不同；一天二十四小时，时时有变化。但不管哪天，最美的湖色都是在清晨和傍晚。

清晨，当第一缕曙光来到湖面的时候，微山湖还在被一层薄薄的雾气笼罩着。一切都在朦胧之中，一切都在梦幻里，一切都是那样的安详、静谧。雾气轻盈地罩着湖面，湖水一平如镜，波澜不兴；雾气轻盈地罩着红荷，红荷像一群披着轻纱的少女，露着欲说还休的娇羞；雾气轻盈地罩着芦苇，芦苇像睡眼惺松的小伙，还在回忆着那绿色的梦。

遥远的天边，太阳露出了半边笑脸，半天的彩霞便翩然而起了。一阵清风过后，湖上的雾气消散得无影无踪。一竿长篙插在水中，划破了平静的水面，也划破了长天的岑寂，一只小船正悠然地驶向太阳。船头的横木上一字儿蹲着七八只鱼鹰，有的清醒，有的惺松；有的扭脖剔毛理翅，有的缩头眯眼默不作声。撑船的是位老者，鹤发童颜。

“大爷，遛鹰呢？”

“对，遛鹰也遛人。哈哈哈……”老人撑着小船远去了，湖面上留下了他爽朗的笑声。

“呜——”随着一声粗浑而高亢的汽笛声，一艘拖轮船披着阳光从东方驶来。拖轮高高的，身后拖着十几艘装满货物的驳船，远远望去，恰似一条乌龙在湖中游动。拖轮近了，看清了，跑船的是一对年轻夫妇。男的在驾驶室里驾驶，女的在甲板上梳洗打扮。舱门大开着，舱内装饰豪华，音响设备正播放着流行歌曲，节奏欢快悠扬……

夕阳将要浸入西边的独山湾里，橘红色的晚霞就片片断断、丝丝缕缕地任意挥洒开了。远处的山，近处的水，湖面上浮动的船只都笼罩在这橘红色的霞光里。几只野鸭，鸣叫着，扇动着翅膀，飞向了天边，逐渐融入了那彩霞中，让人联想到“落霞与孤鹜齐飞”的诗句。

太阳落山了，晚霞消失了，天色暗淡了。外出的船只相继返回码头，一簇一对地错落地泊在静水上。这时，东家的船头上、西家的船尾上相继升起袅袅炊烟，似清还白，时断时续。无风时，缕缕直升云端；有风时，团团零乱成结。炊烟起处传来阵阵鱼米的香气。

入夜了，远方的船亮起了点点灯火，暗蓝的天空中闪烁着明亮的星星。浓浓的夜色模糊了天水的界限，好像是天上的星星在湖里，湖里的渔火在天上……

啊，红荷湿地，你这湖色如诗、如赋、如歌、如画的湿地！

风景区内，不仅自然景观让你流连忘返，历史文化景观也会让你叹为观止。北有凤凰山的玉虚宫、百寿石坊、莲花山古墓群，东有郁郎亭、焦花女墓，南有乾隆问诊处、咸丰帝师故居、严子陵垂钓处、老一辈革命家渡湖处、铁道游击队湖上战场旧址等遗迹。处处都有引人入胜的风景，处处都有感人至深的故事。这里不能一一述说，只好择其一二。

焦花女墓在风景区东部的北焦村前。相传在西汉文帝年间，湖畔有位贤惠媳妇名焦花女，少寡，奉婆母，至孝。婆母病重，思食燎麦。时值隆冬，哪里会有？焦花女于西南岗麦田中焚香痛哭，祈求麦子快快成熟，哭着哭着便睡着了。醒来只见眼前一片小麦已经籽粒饱满，恰是燎食的时候。忙取之燎以奉婆母，婆母立即病愈。汉文帝知后，御批褒奖。敕令焦花女所住之村命名为焦村，西南岗为燎麦岗。焦花女死后，葬于焦村前，筑大坟以示纪念。大坟历经千年，至今仍存。

严子陵垂钓处在景区南端的钓鱼岛上。严子陵，又叫严光，生于西汉末年。少时曾与东汉光武帝刘秀同游，相许日后同甘共苦。刘秀建立东汉之后，邀严子陵来洛阳相询治国之策。谈至深夜，同床而眠，严子陵的睡相不好，足压刘秀之腹。司天监看天相说“客星犯帝星，于国不利”，建议诛之。严子陵闻讯，仓皇出逃，隐居在微山湖畔的严村，常与文友吟风啸月，时伴村童湖中垂钓。今钓鱼岛就是严子陵常来的地方。若干年后，刘秀相思甚苦，后经多方打探，方得严光消息。忙驱车来请，不想故人已逝，只留坟冢一座。刘秀不胜感伤，便望冢遥祭。祭奠处后来成村，名曰望冢村，后来又改为望庄村。

乾隆问诊处在景区南部的盘龙岛上。据传说，乾隆南巡，船经微山湖。误食带毒的湖鲜，突发腹疾，上呕下泻，腹痛难忍，太医束手。龙船东来，敕令湖东府县选送地方名医。望皀（今大坞镇望皀村）的郎中杨黻有幸得把龙脉，三剂回春。龙颜大悦，亲题御匾“义同梓里”相赐。今于清天子问诊处建御诊阁，以记其事。

老一辈革命家渡湖处在景区南部的五柳渡。五柳渡，因渡口长满柳树而得名。抗日战争时期，这里是华东通向延安的秘密渡口和通道。1942 年前后，老一辈革命家刘少奇、陈毅、朱瑞等，在运河支队和铁道游击队的护送下，在此渡口拴马暂歇，然后乘船过湖，赴延安开会。陈毅元帅过微山湖时留下了脍炙人口的诗篇：“横越江淮七百里，微山湖色慰征途。鲁南峰影嵯峨甚，残月扁舟入画图。”

抗日战争时期，在微山湖广阔的水面上，在莽莽的芦苇荡中，在“无穷碧”的荷花塘里，出没着一支英勇的抗日队伍——铁道游击队。他们巧借熟悉的地理环境，同日寇进行巧妙地周旋，打得日寇晕头转向，闻风丧胆。他们以微山湖为屏障，在这里休整养伤，以便更好地在“八百里铁道线上”，“扒火车，搞机枪，撞火车，炸桥梁”。在战斗的余暇，他们“弹起了心爱的土琵琶，唱起那动人的歌谣”，抒发对家乡的热爱，对日寇的愤恨和蔑视，畅想美好的未来。他们在微山湖上的战绩可歌可泣，他们在微山湖上的故事久讲不衰。

啊，红荷湿地，你这具有悠久历史文化和民族精神的湿地！

落凤山墨韵

由滕州市区乘车，沿枣滕公路向东南前行，过了木石镇罗汉山的笃山口，往东南一望，一幅壮美的图画便展现在我的面前：蔚蓝的天幕下飘着朵朵白云，白云下面，是南北走向的群山，芊芊莽莽，郁郁葱葱，起起伏伏，延绵数十里。如彩凤展翅，似巨龙走川。万绿丛中，偶尔有一些红点、黄点、白点在阳光下闪烁，那是农家的房舍，像彩凤翅上的华斑，像巨龙身上的彩鳞。我知道，这如诗如画的地方，就是战国时期伟大的思想家、教育家、政治活动家、科学家墨子的诞生地——落凤山。

这山为什么叫落凤山呢？有个神奇的传说。相传战国时期，墨子的父母就居住在落凤山的西侧。墨子出生之前，其母曾做了一个奇怪的梦，梦见一只五彩凤凰从天边飞来，在她的头顶上盘旋了一阵，又连叫了几声，落入室中。突然，一阵轰鸣，震耳欲聋，红光四射，耀眼炫目。墨母惊醒坐起，只觉得腹痛难忍，不多时便产下了一男婴，这便是后来的墨子。人们都认为墨子是凤凰转世，墨子的父母便给他取名为“翟”（翟，凤凰的别称）。因为此山曾落过凤凰，所以就叫落凤山。

还没到山脚下，我就被落凤山的绿震撼了：这漫山遍崖的绿呀，这扯天盖地的绿呀，这延绵近百里、横断了云际和原野的绿呀！绿得严实，从山脚到山顶；绿得透彻，从山谷到山坡。绿得浓，让人觉得化不开；绿得醇，让人觉得微微醉；绿得酽，让人觉得不忍饮。

登上落凤山，就是走进了森林。这里的石不奇，水不秀，没有花红柳绿，没有蝶飞蜂舞。但是这里有树，山沟里，山坡上，山顶上全是高低错落的树，青翠欲滴的树。你看那柏树，高耸挺拔，蓬蓬勃勃，一棵棵、一排排、一层层；你看那刺槐，蓊蓊郁郁，一株株、一行行、一片片。还有杨树、榆树和一些不知名的树，粗的细的，高的低的，叶连叶，枝连枝，树接树，遮天蔽日。无怪有人说，在落凤山上，“日晒三日不露面，雨天五里不撑伞”。要问这里的树木为什么这样茂盛，这样郁绿？又有一个动人的传说。说早年墨子与其弟子常在此山读书习文，一年遇大旱，山上草木枯萎，墨子就率领弟子挑山泉浇灌，从此，荒山披绿，草木葱茏。原来，这里的树木都曾受过科圣甘露的滋润，能不茂盛苍翠吗？

地上，柏针、柏壳、槐夹、槐叶，还有不知名的树的叶子，铺了厚厚的一层，踏上去，软绵绵、暄乎乎的。我徜徉在树下，深深地吸了几口气，顿时觉得心旷神怡，精神抖擞，旅途劳顿消失殆尽。这里的空气有点甜，有点香。甜是因为这里是天然氧吧，富含负离子；香可能是因为柏树、槐树都散发香味吧。我环顾左右，发现这里的石头大都角浑棱圆，上平侧滑，没有张牙舞爪、锋芒毕露，没有横行霸道、盛气凌人。一层层的，半隐半露的，显得特别温顺。我想，也许是它们也接受了墨子的“兼爱”“非攻”的思想，变得如此谦和和内敛。我还发现，这里特别干净，干净得纤尘不染。树木干净，岩石干净，沙土干净，空气干净，甚至连枯枝腐叶都干净。我想，大概是因为它们都经过了“墨绿”的沐浴、淘滤和洗礼……

起风了，松涛响了起来。林间的小鸟唧唧啾啾地叫着。“扑楞楞——”浑身锦毛的山鸡，拖着怪怪的叫声，飞走了。不远处，一只草黄色的野兔在傍地觅食……一切都是那样自然、安详、和谐。

我从高处上走下来，来到了另一个景点——化石沟。化石沟又叫“化瘿沟”，是两座山头之间的一条山谷。两山头环抱，脚下有一片平地，其上有玄帝庙、墨子塑像、圣水井、通海池等景观。

圣水井，当地群众亦称其为“一步两井”。确实，平地上有水井两口，一东一西，仅有一步之隔，井深水清，终年不涸。传说这两口井都是墨子率弟子挖掘的。说当年墨子正准备率领弟子周游列国，宣传他的救民主张。有一天，忽见大批难民来到了这里，其中有不少是患有粗脖子病（中医称为瘿病）的。墨子便取消了外出游说的计划，让弟子们拿出衣服、粮食等来赈济难民，但对粗脖子病却一筹莫展。后来附近村子里的一个老汉告诉他，本村的有一个新娶的媳妇，也患粗脖子病，后来喝了东山上的泉水，脖子里的瘿竟化掉了。墨子听了十分高兴，便让弟子们接山泉水给那些有瘿病的人喝。可是那年正逢大旱，泉水太少，墨子便率领弟子在山脚下日夜挖井。先挖了一口，井水苦涩难喝，于是又在这口井的一步之隔处挖了另一口。这口井水清冽甘甜，墨子便让患有瘿病的难民饮此井水，竟奇迹般的都化掉了脖子上的累赘。这两口井便保留了下来。人们铭记墨子的功德，将这两口井称为“圣水井”，将“化石沟”称为“化瘿沟”。现在，附近的老百姓虽然不再吃这两口井的水了，但是，人们对科圣的感恩之情、怀念之情，依然那么深厚、真挚。你看，圣水井的栏杆上系满了红色的布条，墨子塑像前摆着几束野花，不就是最好的证明吗？

“一步两井”附近有一水池，名为“通海池”。面积不过10平方米，池水清澈，终年不干。传说是当年墨子率弟子们挑水浇树时开掘的。他们引山泉水入池，一来能储存泉水，二来从池中取水也方便。据当地人说，此池虽与东海相隔千里，却一脉相通。池中的鱼虾，出可以至东海畅游浩瀚，入可以回池塘享其静谧。何以为证？据说池中有时可见白虾游动，以手捧出，白虾便立即变成了红虾，这种虾只有东海里才有，可见与东海相通。怎么会这样呢？传说是这样解释的：当年大旱，山泉水也少，流入池中的水，根本满足不了墨子及弟子们挑水的需要，眼看着山上的树都将活活地干死，墨子及弟子们只能望池兴叹。后来，东海龙王听说了，决定助墨子一臂之力，就派虾兵蟹将从地下打洞，从东海直打到化石沟，把海水引入了池。从此，池中的水尽用尽有，墨子及其弟子再也不为没水犯愁了。

啊，落凤山，到处流传着墨子的故事，到处弥漫着墨子的气息，到处充满着墨子的情调，到处洋溢着墨子的韵味……

千山四叹

千山在滕州市南部的柴胡店镇境内，距市区约20公里，与薛城区的陶庄镇相连。千山又名千山头、青山头，又叫奚仲山，该山属蒙山、尼山的合并脉列。由抱犊崮、鸡冠崮、梁山等组成的由东向西延伸的山系和由龙山、莲青山、黄连山等组成的由北向南延伸的山系在此碰接，千百个山峰到此终止，所以叫千山头。古时，此山植被很好，满山都是苍松翠柏，一片郁郁葱葱，所以又叫青山头。又因为我国古代伟大的发明家、夏禹时的车正——奚仲在此发明了车，死后又葬于山下，故又叫奚仲山。

自古以来，千山就闻名遐迩，一是因为这里的风景优美，让人流连忘返；二是因为这里是道教的圣地，山上道观遍布，来此朝拜上香许愿的很多；三是因为这里有奚仲的坟地，还有为纪念奚仲而修建的车服祠，前来祭祀、缅怀先贤的络绎不绝。古人曾写诗这样赞颂千山：

千山松柏苍欲滴，霞映幽涧水自流。

道观峻起仙境地，玉皇顶上云悠悠。

远瞻东海八百里，近观微湖五百舟。

古时的千山风光可见一斑。但是随着斗转星移，千山因为种种原因（主要是人类活动的原因）发生了巨大的变化。如今的千山，“苍欲滴”的松柏已经不多了，“水自流”的幽涧也少见了，遍布“峻起”的道观，也只剩下遗址了……这当然是令人痛心遗憾的事，但这并不意味着千山胜景已不复存在了。我认为，千山的元气还没有大伤，它的风骨还在，余韵还在，文化还在，魅力还在。到千山来还可以看石，看花，看遗址；听风，听雨，听鸟鸣。这反倒会引发我们更深入的思考，也会给我们更多的教育和启迪。

走进千山，你会发现，这里的石头没有什么特别之处，但是因为植被不好（特别是西坡），很多石头裸露在外，反倒形成了景观。你看，那一块块、一片片石头卧伏在那里，远远望去，如天上的白云朵朵，又如地上的绵羊群群。偶尔，石间有那么一两棵高挺的柏树，似驾祥云而欲离去的道士，又似驱赶羊群的牧人。这里的石头大都面平，棱浑，边圆，表面十分光滑细腻，像是被人打磨过一样。要么半露半隐地散落着，要么一层一层地垒砌着，是那样温顺和规矩。最让人称奇的是那片被称作“迷宫岩”的石群，大大小小、形态相差无几的上千块石头摆放在面积近亩的山坡上，石与石之间似连非连，似断非断。像千军万马驻扎的营盘，像指挥若定的将军布排的阵势。人走进去，不管到了哪个方位，都觉得似曾来过，看看哪块石头，都似曾相识。在石间行走，走着走着，不知不觉又回到了起点，仿佛进了迷宫。

千山的树不多，但花却不少，特别是东坡。如果你到初夏来，正值荆棵和芙棵开花。芙棵和荆棵都是低矮丛生的植物，单看一株，平常而又平常，但是当它们连成一片的时候，那景观就不同寻常了。芙棵有半米来高，多枝杈，叶圆且阔。花是紫红色的，宝塔状，由一个个小小的颗粒垒攒而成，被层层的绿叶高举着。万绿丛中，紫红点点，似碧波上点燃的盏盏小灯笼，又炫目又富有诗意。荆棵叶细条状，开灰白色的小花，成串，亦高举着，反倒把叶子给遮掩了。一片一片的，似云出谷，似霞落坡，又耀眼又令人震撼。还有一些不知名的小花，夹杂在两种植物之间，红的热烈，黄的温馨，紫的深沉，白的亮丽，在阳光的照耀下，一闪一闪的，似零金碎银撒落在了山坡上。五颜六色的蝴蝶在花间翩翩起舞，一会儿在花前盘旋，一会儿又飞进花丛不见了。忙碌的蜜蜂，嗡嗡嘤嘤，时而在花前忽上忽下、忽左忽右，时而钻入了花心。空气中弥漫着花的清香，软软的，细细的，甜甜的，醇醇的，如丝如缕，似断非断……

看着这裸露着的岩石和低矮的山花，我不禁有所感叹：想古时，青山头上苍松翠柏，重绿叠翠；古木参天，遮天蔽日；漫山葱郁，一望无际。那是怎样的一种景象呀！据当地的老人说，仙人桥的东首南侧有一株千年古柏，树高15米，树冠如盖，遮阴达半亩之广，树围需四个成人手拉手才能搂过来。只可惜，这些现在都荡然无存了。据我所见，现在，整个青山头，没有一棵碗口粗的树，没有一片成规模的林。这对大自然母亲是多大的伤害呀。可是，大自然母亲是宽容的，是大度的，她不因人类的无知而恼怒，也不因为人类的愚蠢而计较。“苍欲滴”的树美被人类破坏了，她又给了我们丛木的花美，裸露的岩石美。千山，总是把美的一面展现在游人的面前。感谢你，宽宏大量的自然；感谢你，宽宏大量的千山。

古时，千山曾是鲁南地区最大的道教圣地。据史载，最鼎盛的时候（清乾隆年间），山上有道观30多座，主要的道观有：玉皇顶、三清宫、元都观、北岳庙、老宫、清华阁等。

玉皇顶在千山顶峰的西侧，又叫玉皇大帝庙，大殿三间，坐北朝南。现在殿顶已不复存在，只有石砌的四壁尚存。从玉皇顶往下百多米，有三清宫遗址，现在只剩下堆堆碎石了。从三清宫再往下30米，便是元都观遗址，一片废墟中依稀可以看出大门应该是朝西。从元都观逆溪而上约300米，便到了北岳庙遗址，尚存一些建筑轮廓。在千山的东坡，有清华阁（亦称吕祖阁），这应该是千山上现今保存得最好的观阁了。该阁为二层石砌阁楼式建筑，主阁三间，配房两间。主阁高约10米，全用石块砌成，虽阁顶已无，只存四壁，但仍不失雄伟。阁内壁上有块石记文，介绍了建阁的原因、过程及阁貌等。记文用“阁头起白云之尘雾，楼角敛凤岭之彩霞”来描写阁的形貌，可想当年有多么壮观。

从千山的西面往北行3里，便到了老宫遗址。据说此观始建于隋末唐初，至今已有1400年的历史。始建北宫（龙泉观）、中宫（玉真观），乾隆年间又建南宫（云真观），后又仿北京白云观，重建中宫，成了十八进四合院的建筑群。想当年，一定是殿宇楼阁，鳞次栉比；房馆堂舍，秩次俨然；晨钟暮鼓，不绝于耳；青烟缕缕，袅袅升腾；真人道士，出入其间；善男信女，来往如织。此外，千山及附近还有吕祖堂、观音庙、仰止阁、紫竹庵等古迹遗址。

看了这些古迹遗址，我禁不住又有感叹：如果千山上的古迹都得以完好的保存，或者能保存大部分，这样的文化景观，恐怕全国都为数不多，现在千山岂不成为闻名全国的旅游胜地？别的暂且不论，单从经济方面来说，岂不成了当地永久的摇钱树！但是“如果”毕竟是假设，不是现实，现实是：这些“宝贝”都已经成了一片废墟了。这些古迹的毁坏，我们不排除有自然的原因，但据当地的群众说，最主要的还是人为的原因，千山上的建筑群大都是在1953年和1966年的两次“破四旧”运动中拆除的。这不能不说是一件令人惋惜、痛心的事。

千山的西南有一座海拔不足百米的小山，其形如卧狮，名曰狮子山。狮子山的西边有一座更低矮的小山，其形如半球，名曰绣球山。两山紧紧相连，故有“狮子滚绣球”之说。绣球山虽小，却是造车的鼻祖、夏禹的车正奚仲和孔门七十二贤之一的冉有（冉求）的葬地。此山植被尚好，山顶上，在苍松翠柏的掩映下，两个巨大的封土堆簇在那里，形成了一山两头的景观。据说，南为奚墓，北为冉墓。封土堆前，残存着两个碑座，碑身已经破碎，仅存的残块上有“公为奚冉二墓修筑”的字样。墓前还有两处面积近10平方米的平石，光滑如砥，四周皆是泥土。当地人说，这是因为奚仲发明了车，对人类的贡献巨大，前来祭祀、拜奠的人很多，人们在他的墓前长时间驻足，走时就带走了一些泥土，天长日久，便把这里的泥土都带走了，露出了平石。也有的说，玉帝见人们在奚仲墓前长时间不去，有的甚至长跪不起，一遇雨天，衣裤、鞋袜皆泥泞，便派大力神除去了这里的泥土。

在千山脚下，狮子山之阳，古时建有车服祠，专门用来供人们前来祭祀、拜谒奚仲这位伟大的发明家。据说，车服祠的规模宏伟，有三进院落组成，有前大殿、后寝殿、后花园、膳房、厢房等建筑。古人在一首《谒车服祠》里这样描绘当时的景象：“初阅车服祠/云峦楚楚长/岩跟追雁塔/溪角架虹梁/好鸟巢危树/孤猿叫断岗/雨过闻幽磬/云开见上方……”山峦绵绵，清流潺潺，古塔峙立，虹梁高架。山上道观磬响，幽径苔滑；谷中岩隙泉涌，猿鸣阵阵……这是多么让人神往的景象啊。可惜现在连遗址也没有了，原址上栽满了杨树。

车服祠虽不复存在了，但后人对奚仲的功德却永远牢记在心，并且代代相传。直到现在，每逢年节，特别是农历九月十二的山庙大会，邹、滕、峄、沛等县的成千上万的人们，都来此祭奠、缅怀这位先贤。

看了奚仲墓和其上栽满杨树的车服祠遗址，我不禁又有感慨：奚仲墓前的墓碑是破碎了，车服祠现在连遗迹也不复存在了，但是，奚仲却永远在人民的心中。这是因为，人民心中早已树起了一座无形的丰碑，这丰碑上将永远刻着为人民谋福祉的人的名字，这是什么力量也抹不去的。“有的人活着，他已经死了；有的人死了，他还活着……”

写到最后，我不得不痛心地告诉大家，让人魂牵梦绕的千山，现在正遭受着毁灭性的破坏。

在东坡，几处大型的采石场正在吞噬着它。高崖上，劈山的工人正抡着大锤，拼命地敲砸着钢钎打眼，准备放炮。几处的山坡都已被劈成了近百米高的悬崖，茬子白花花的，直刺人们的眼睛。悬崖上端，为数不多的植被被掀在一边，尽管它们的根还紧紧地抓住岩石的罅隙不放。采石场上，运石车突突地冒着黑烟来往穿梭，几米高的扬尘紧随其后。被传输带高高拱起的碎石机，“哐当，哐当”地无节奏地响着，股股白烟升腾着，升腾着……千山像被残忍地砍去了一只臂膀，剁去了一只脚，伤口还裸露着，流着血，蜷伏在那里，瑟瑟发抖。

西边山脚下，一座无任何除尘设备的小水泥厂正在繁忙地生产。机器声隆隆作响，四五个不高的烟囱，冒着滚滚的黄烟。空气中弥漫着刺鼻的水泥和煤焦混合的气味。水泥厂附近的千山西坡、狮子山、绣球山都被这种烟、气笼罩着，树叶上、野草上、岩石上都落了一层厚厚的灰尘，碧草变成了灰草，翠柏变成了灰柏。据当地人介绍，狮子山上的柏树，栽了已有 20 年了，现在树干才有人的胳膊那么粗，这几年根本就不见长，有的枝叶已经开始枯死。当地人还说，这座小水泥厂在这里安家已经十几年了，已经“吃”掉了好几个山坡了。我禁不住又生感叹了。

多灾多难的千山啊！

前文中我说，目前，千山的风骨还在，余韵还在，文化还在，魅力还在。可是，照这样下去，这些还能存在多久？前文中我还说，大自然是宽容大度的，千山也是宽容大度的，人类虽然无知、愚蠢地毁坏她，她还是千方百计地把美的一面呈现给人们。可是当更加无知、愚蠢、短视的人们把她的臂膀都劈掉的时候，把她的脊梁都砸断的时候，把她的元气都大伤的时候，她还能那样大度宽容吗？即使能，她又拿什么呈现给我们呢？

（2005 年 5 月写于滕州）

滕国故城与滕文公

滕州为什么称“滕”？滕州称滕是从什么时候开始的？要回答这些问题，需要上溯到黄帝时期。

据史载，黄帝有二十四子，其中有十四人因赐土得姓，其第十子封地为“滕”，得“滕”姓。那么，封地为什么称“滕”呢？《说文解字》中说：“滕，水超涌也。”可能是因为此地当年湿润多雨，水盛泉多，取泉水腾涌之意。黄帝所封的滕地，疆域广大，经尧、舜、禹至商末灭亡。周灭商后，武王封其异母弟叔绣于滕，爵为侯，仍沿用“滕”这个国号。但此时的滕国，经历了瓜剖豆分，疆土已经很小了，故称“滕小国”。但就是这样一个小国，在春秋战国诸侯攻伐争霸的混战局面中，却存在了近七百年，历三十一世（一说三十二世）。特别是春秋中期的国君滕文公，更是雄才大略，执政期间，实施孟子的“政在得民”的政治主张，“施善政”“施善教”，政绩“卓然于泗上十二诸侯之上”。当时的滕国被称为“善国”，滕文公也被誉为贤君，写下了滕国历史上的最辉煌的一页。

时光荏苒，沧海桑田，两千多年过去了，滕国故城遗址还在，滕文公的美名犹存。现在，就让我们一起走进滕国故城遗址，去观赏它的旖旎风光，领略它的深厚的文化内涵；让我们一起走近滕文公，了解他的善言善行，认识他的思想精髓。

滕国故城

滕国故城在滕州市区西南约五公里（今姜屯镇滕城村）处，“周围二十里，内有子城”。现在，外城城墙大部分已无迹象，只有个别地方地势略隆起，传说为外城墙遗迹。西滕城村中偏西，有一条壕堑（俗称“西海子”），据传是昔日的护城河遗迹。外城内东西两端，各有洼沼一片，俗称“东西城壕”，相传是滕王开挖的城内湖。引水种藕，沿岸植柳，有“两湖荷花，一城芙蓉”之称。在外城内东南隅有一片高地突起，相传是上宫馆遗迹，是孟子来滕讲学的地方。内城在外城的中央，周长10余华里，城墙的轮廓清晰，现在其上刺槐参天，绿叶成荫。

内城的东北隅有一高台，称文公台，亦称灵台，传为滕文公所建。《孟子·梁惠王上》载：“文王以民力为台为沼，为民欢乐之。谓其台曰灵台，谓其沼曰灵沼。”滕文公效法文王，故建此台，专为祭祀、游乐或观测天文之用。据文公台上的碑碣记，几千年来，台上先后建有滕王阁、文公祠、真武庙、文昌阁等建筑。明代“重修玄帝碑”的碑文中这样描绘重修玄帝碑后文公台上的景象：“松柏蓊郁，殿陛森森”“钟鼓楼设，殿宇耸峻”“骏奔在庙，趋俟在庭，香烟缭蕊，恍恍雾云”“士女徙已月殿，文人徜徉蟾宫。”可以想象，往昔的文公台上定然是柏槐耸翠，殿宇翔丹，碑碣林立，青烟缭绕。台前车水马龙，台上游人如织。无怪古人把文公台誉为古滕八大景之一。但是，随着岁月的流逝，文公台上的古迹，经过风吹雨打、日剥月蚀、人为的破坏，到20世纪80年代，已经破败不堪、面目全非。为了弘扬善国美德，淬励人民精神，滕州市政府于1991年对文公台进行了重修，2006年又进行了改造。现在，展现在我们面前的是一个既雄伟瑰丽又具有丰富文化内涵的文公台。

主建筑滕文公楼建在七米高的灵台石基上，坐北朝南，是一座歇山式双重檐屋顶的仿古建筑。楼阁飞檐，青砖碧瓦，朱柱彩梁，雕门绣窗，既恢宏气派又端庄古朴。著名书法家武中奇先生书写的“滕文公楼”巨额悬挂其上，字间蕴涵着凝重、高雅。下方又有本邑书法家王学仲先生题写的“为善兴滕”的巨额，大气洒脱，神韵飞动。文公楼一层正厅，安放着铜铸滕文公坐像，既儒雅和善又不失君主的威严。一侧站太师然友，鼻高口阔，一脸的深谋远虑；另一侧站左相毕战，脑宽颧突，眉宇间透着睿智。二楼展厅设有滕国故城模型沙盘，展板上介绍了有关滕国故城的历史文献、图片资料。主楼两侧为厢廊，墙壁上的石刻记载了与滕国有关的十大名人。厢廊末端对称地建有双檐顶廊亭，亦门亦亭，颇具特色。

从厢廊亭门走出，下几个石阶来到文公台的中间平台，东侧有“功德石”，西侧有“壮观石”。这两块貌似寻常的石头，各有一段动人的故事。

据《滕县志》载，明嘉靖年间，滕籍人氏张守蒙在四川任监察御史，其人为官清廉，却被贬降黜河南。当地百姓感其恩德，在他临行之时，纷纷为之送来礼物。张守蒙坚决不收，百姓则长跪请求。面对百姓的一片赤诚，张守蒙十分感动，指着身边的一块石头说：“我在此为官多年，看中了这块石头，乡亲们若是定要送我东西，就将这块石头送我吧。”于是，当地的百姓就千里迢迢将那块石头从四川送到了他的家乡滕县。其实，这块石头乃普通之石，无任何稀奇珍贵之处，张守蒙之所以要它，是为了委婉地拒收百姓的礼物。因此，也就留下了一段“以石却馈”的传世佳话，那块石头也就有了“功德石”之名。可惜那块石头在“文革”期间被破坏了，眼前的这块，是根据百姓回忆复制的。

西侧的石头上刻有诗仙李白手书的“壮观”二字，字体飘逸、豁达。据说李白曾在济宁太白楼居住多年，一日来滕观赏唐王李世民的三弟李元婴在文公台上营建的滕王阁，当地的官员盛情款待他。酒后，李白见滕王阁殿陛森森、金碧辉煌，蔚为大观，于是豪性大发，提笔书就“壮观”二字，后人将其刻在石上。细看“壮”字，你会发现，右旁“士”上多出一点。有人猜测，这可能是李白此时胸中豪情翻涌，书定了二字意犹未尽，便在“壮”字上又重重地加上了一点。但从书法艺术的角度去看，正是这一点，才使得两个字协调、匀称，相得益彰。因为“壮”字比繁体的“观”字笔画少，分量轻，不加一点就给人上轻下重的感觉。这正应验了“写家手下无错字”的说法。

文公台东侧，有新建的碑林，陈列着“唐王室诠造像碑”“唐兴国寺碑”“唐梁山耶娘碑”“宋太祖赵匡胤圣谕碑”“苏轼《滕县时同年西园》诗碑”等30余块碑碣、墓志。其中“唐观音侍女碑”虽年代久远，残不可读，但只凭碑额上雕刻的盘绕着的双龙、莲花观音像和残文“父母”二字，便可见当时石刻艺术的高超。值得一观的还有“宋太祖赵匡胤圣谕碑”，传该碑为宋代大书法家黄庭坚书写，字体遒劲、干练，力透纸背。碑文为宋太祖的圣谕“尔俸尔禄，民膏民脂。下民易虐，上天难欺”。据说这几句话出自五代后蜀主孟昶所作的《戒谕辞》。这碑文告诉人们，特别是当权者，老百姓是你的衣食父母，谁要认为老百姓可虐可欺，谁就会下场可悲。另外，苏东坡的“西园诗碑”更值得观赏。据史载，北宋大文学家苏东坡在任徐州知府时，常来滕县察看民情（当时滕县归徐州管辖），滕县还有他的同榜进士时公，而且两人情谊笃深，亲如手足。时公在元丰元年邀请苏轼来滕做客游园，苏轼欣然前往。游园之后，诗兴大发，借题发挥，作《滕县时同年西园》诗并书写赠友。诗中高度赞美松柏坚忍不拔的品格，假松柏寄情言志，表达了诗人像松柏一样不惧危难、保气持节的决心。字体飘逸洒脱，挥洒自如，是难得的书法精品。

文公台前有两株古槐，东西对峙。据说为唐贞观年间所植，距今已有一千三百多年的历史。如今的古槐，树粗需三人合围，树洞深深，呈炭黑色，显然曾经历过雷击电燃。树皮粗皴绽裂，凸凹隆陷。主干像虬，粗枝如蟒，细枝似蛇。叶片浓绿，郁郁翁翁，新枝高挺，嫩芽绽出。满树既写满了古老、沧桑、磨难，又写满了生机、活力、顽强。当地人称此树为“神树”，还流传着很多有关神树的神奇故事。

传说此树集天地之灵气，汇日月之精华，就有了仙气，树皮竟能包治百病。据传，从前邻村有个刘姓老汉，腿上生出一个巨大的肉包，行走十分不便，寻医百人，吃药百服，就是不见效。忽然一天夜里，他在睡梦中见有一白胡子老人告诉他，说夜半三更，偷取古槐树皮，熬汤服下，就能治愈。老人照此法办理，果然灵验。不出几天，腿上的肉包就不见了，行走如初。邻人问其缘由，老汉全盘告诉。一传十，十传百，村里的人们都知道了，从此，夜半偷树皮治病的人不断。直到文公台复修，对古槐严加保护，才止。

另一个，说“文化大革命”时期，邻村的一位“革命干部”，为了筹集“革命经费”，竟打起了古槐的主意，要把古槐卖给西湖人造船。价钱都谈好了，买树的也带着杀树的工具来到了树下。正要对古槐下手，突然，一条三尺多长的大蛇从树洞中掉下，正好落在那个“革命干部”的脖子上，吓得他抱头鼠窜，其他的人也都作鸟兽散。从此，便再也没有人敢打古槐的主意了。

古槐南有一片开阔地，相传为古时的阅兵场。再往南，有路，路西旁有一坑池，名曰“灵沼”，据传为滕文公所建。《诗经》中说：“经始灵台，经之营之……王在灵沼，于牣鱼跃。”《孟子》中也说：“文王以民力为台为沼，而民欢乐之。”可见，滕文公修灵沼的目的是效仿周文王，取与民同乐之意。用现代人的说法，就是为国人提供一处休闲娱乐的场所。据史载，灵沼原本两个，东西对峙，可惜东边的灵沼现已填平，其上盖上了房舍。想当年，灵沼一定是滕城人休闲娱乐的好去处。每当盛夏来临，灵沼里一池碧水，波光潋滟。水中游鱼，成群结队。水上鸭鹅徜徉嬉戏，时而浮在水面，时而沉入水底。池中荷叶田田，碧盘滚珠；荷花映日，清香四溢。岸边垂柳依依，如云如烟；树下游人如织，观鱼赏荷，悠闲自得，欢声笑语，其乐融融。这时候，滕文公一定会在百姓中，想他一定常帽便靴，时而向老者问好，时而与儿童讨欢，时而向衣褐者询苦，时而劝服华者戒奢……

有关灵沼，也有一个神奇的传说。说有一年的六月十五，滕文公在月夜来灵沼观荷塘月色。天上皓月当空，给灵沼涂上了一层银白的色彩。碧叶满池，蕾花点点，轻风徐徐，荷香淡淡，令人心旷神怡。忽然，身边蚊子嗡嗡，如糠如麸，上下左右，徘徊盘旋。又听池中蛙声如鼓，此起彼伏。文公不悦，随口说道："若蚊不闹、蛙不叫，该有多好。"谁想话音刚落，池内的青蛙便只鼓肚子叫不出声了，嗡嗡乱飞的蚊子也不知躲到何处去了。从此，这里便有了"灵沼的青蛙干鼓肚""蚊子不敢进灵沼"的说法。

滕文公

滕文公是战国中期滕国的国君，是滕定公之子，本为元公弘，立为世子。定公去世后，他承袭了封地和侯爵，因为他行"文德"，所以称他为文公。

文公从定公手中接下滕国的时候，滕国"绝长补短，将五十里"，确实小得可怜。当时诸侯林立，相互兼并噬吞，滕国北有齐、鲁觊觎，南有宋、楚垂涎，可谓岌岌可危。可是，滕文公不以国小而气馁，不为势弱而自卑，而是励精图治，发奋图强，走了一条适合自己发展的道路。结果，不但没被大国吞并，反而强为"善国"，"卓然于泗上十二诸侯之上"，这不能不说是一个奇迹。

当其还为世子的时候，就竭力寻求强国富民之道。周显王四十三年（公元前 326 年），文公以太子的身份出使楚国时，获悉孟子在宋，曾两次去拜访孟子，向他求教治国方略。孟子很详细地给他讲了儒家的政治观点，最后勉励他说："今滕绝长补短，将五十里，犹可以为善国也。"这样，将滕经营为"善国"，便成了滕文公的政治理想。

滕文公即位后，便聘请孟子来滕。史载：“孟子之滕，馆于上宫。”孟子在上宫开坛讲学，系统地宣传了儒家的治国思想，前来听讲的人很多，影响也很大。滕文公待孟子如上宾，并将他的治国之道实实在在地付诸实施。应该说，孟子曾经游说各国，宣传自己的治国主张，也曾经以“雄辩”说服过诸多君主，迫使他们点头说“善”。但是，真正把这些政治主张付诸实践的，恐怕只有滕文公一人。那么，滕文公实施了孟子哪些主张？又是怎样实施的？史书上或无记载，或语焉不详。但是，如果分析一下孟子的政治主张和滕国成为善国的事实，找到它们的重合点，就不难推测。我认为有以下几个方面：第一，法先王。以先祖圣贤周文王为榜样，学习、效法他。比如营建灵台、灵沼，与民同乐。第二，重民事。强调“民事不可缓”，强调以人为本。第三，为老百姓置“恒产”。也就是说通过发展生产，让百姓有最基本的生活保障。第四，施仁政，反虐政。“恭俭礼下，取于民有制。”第五，改革土地制度，实行孟子主张的“井田制”，让百姓有法定的土地，生活有基本保障。第六，兴学庠，重孝道。认真地兴办学校教育，把孝敬父母、尊重兄长的道理反复讲给老百姓听。教育人们“出入相友，守望相助，疾病相扶持”。一言以蔽之，“政在得民”。

滕文公实施了这一系列的“得民”的措施后，使得滕国国强民富，政治稳定，人丁兴旺，民风淳朴。于是，滕国的名声大振，远近都誉滕国为“善国”，称滕文公为“贤君”，谓滕国“行圣人之政”。因此，来滕定居的人络绎不绝。农家学派颇有影响的人物许行，慕名率其徒数十人，从楚徒步来滕定居。他对滕文公说：“我等是楚国人，听说你行仁政，自愿来此为民，请收留我们。”文公应之所请，并给他们提供了起居之便。宋国的陈相之徒陈良及其弟陈辛，带着农具来到滕国，对文公说：“闻君行圣人之政，是亦圣人也，愿为圣人之民。”

滕文公于周慎靓王三年（公元前318年）去世。死后埋葬的日期已选定，但到了出殡那天，天突降大雪，平地雪深三尺，使葬期不得不推迟。有人说，滕文公人身虽死，其魂不灭，拳拳之心，眷恋滕国，因而感动了上苍，故降大雪推迟葬期，好让他再多留几天，以“抚社稷”。

滕国故城，幽幽两千多年，曾让多少人驻足感喟；贤君滕文公，“为善兴国”，又让多少人高山仰止。巍巍文公台，浴风沐雨，旧旧新新，演绎了多少故事；泱泱灵沼池，干干盈盈，影映出多少沧桑变革。善国碑林中的残碑，向人们陈述着过去；古槐上的新枝，又向人们昭示着未来。但是，无论岁月如何流逝，无论景物如何变化，滕国故城的灵魂没变，滕文公的本质精神没变，那就是“为仁”“为善”“自立”“自强”“得民”。无怪，明代诗人丁鸣春在他的《谒文公祠》中写道：

抚扰群雄事战争，独谈仁义不谈兵。

凭凌齐楚今何在，赢得长存善国名。

作为“善国”的后人，理应继承这灵魂、这精神，并让其发扬光大！

（此文参考了何锡涛先生的有关文章，向何先生致谢！）

龙泉塔

在滕州市区的东部，在流水汤汤的荆河西岸，在端庄、富丽的墨子纪念馆前，巍然矗立着一座古塔，俗称龙泉塔。宝塔在繁花茂草的簇拥下，在苍松翠柏的环绕中，拔地而起，直指蓝天，拨云捧日，极为壮观。本邑清代名人郭印瑚曾在《重修龙泉塔顶记》中这样描绘它："邑治东北隅有龙泉塔焉，形胜家谓文笔像也。风云作势，奎壁腾辉；插霄汉以凌空，矗虹霓而画日。南梁波涨，蘸水成烟；北郭山横，排云作架。固以竖龙一指，花雨纷飞；翥凤三宵，光明普照矣……"是的，龙泉塔胜景的确奇丽，恢宏。每当夕阳西照，落日任意地挥洒着橘红色的晚霞，霞光片片断断，丝丝缕缕，宝塔便沐浴在这梦幻般的余晖里。长长的塔影尽情地向东延伸着，直到荆河河底。远处群山如黛，荆河泛金，山水塔影相映生辉。这便是古滕八景之一的"塔影高标"，又称"浮屠峙玉"。

此塔为砖石结构的密檐式佛塔，高约 43 米，呈八角九级，二挑华拱托檐，下置石砌的须弥座。前有塔窗，后有塔门，周身有塔窗 13 个。内置螺旋状的砖阶，可供人攀登至顶。旧以铁铸六瓦覆顶，外挑金铃，风动有声。整个古塔，造型浑厚，雕饰精美，结构严谨，风格朴实，是我国北方密檐式佛塔的杰作。

此塔原为古刹龙泉寺中的一座佛塔。据史载，龙泉寺建于唐代，寺中的建筑规模曾经相当宏大。黄墙碧瓦，苍松绀宇。院中大殿雄伟，两侧庑殿整齐。殿内佛像尊尊，碑房碑刻林立。可惜随着岁月的流逝，龙泉寺经风雨剥蚀、战火的破坏，到了清末民初，宏大的建筑群全夷为平地，仅存此塔。

龙泉塔建于何时，由于年代久远，资料散失，无法考实。但据清道光《滕县志・艺文・蕃阳八景》中"浮屠峙玉"诗中的"久随韦肇快题名"一句推测，此塔可能建于唐代元和年间，距今已有1200年的历史。

为什么要建造此塔呢？据明万历《滕县志》载，当时滕地泉多水大，“时漂居民，故建塔以镇之，龙泉之名盖亦有自云。”也有的说，因古塔东临荆河，河水时常泛滥成灾，故建塔镇之。

有关龙泉塔镇河之说，当地还流传着一个神奇的故事。

说是在很久很久以前，玉皇大帝把一条犯了天条的恶龙贬下凡间，困在荆河里悔过。可它恶性不改，又在荆河里兴风作浪，致使荆河经常泛滥，淹没两岸的良田和村舍，老百姓苦不堪言。

老百姓起初不知其故，以为是河神发怒，每到河水泛滥，便往河中扔猪、牛、羊“三牲”，以乞平安。谁想这正是恶龙所想要的。恶龙为了能得到更多的美食，便三天两头地让河水暴溢，老百姓也就只好三天两头地往河里送“三牲”。没用多少时间，两岸的牲畜都让恶龙吃光了。恶龙吃不上“三牲”，河水泛滥得更厉害，百姓只好往河里送馒头，才能消停几日。

有一天，一个白胡子老头来到这里，告诉大家，这不是河神发怒，而是恶龙作孽，他让大家把馒头用酒浸泡后再往河里扔。人们按着他的办法做了，不一会儿，烂醉的恶龙便浮在荆河西岸边上了。只见那老者从衣袖里掏出一个指头大小的八角宝塔，猛地向恶龙罩去。说来那宝塔也真神奇，见风就长，直到把恶龙的全身都压在下面，塔已经长到冲天冲地了。人们都被这眼前的一幕惊呆了，等到缓过神来，再找那白胡子老头，哪里还有踪影。

从此，荆河的西岸便有了这座宝塔，荆河水再也没有泛滥过。后来有人说，夜深人静的时候，如果你贴耳于塔身，就能隐约听到呻吟声，那就是被压在塔下的恶龙在呻吟。后来还有人说，那个白胡子老头不是别人，就是木匠、铁匠、泥瓦匠的祖师爷，本邑人——鲁班。当他听到了故乡生灵涂炭时，心急如焚，用了七七四十九天，修建了这座神塔，镇住了恶龙，为民除了害。

1200年以来，龙泉塔饱经磨难，风雨剥蚀它，战火破坏它，地震摇晃它，但它还是岿然矗立在那里。一方面，是因为当初的建筑质量就好，另一方面是因为经过多次的维修。据史载，明宣德三年（1428年），“塔亦渐圮”，千户蔡佑、首事僧无文等募助重修。清道光年间塔顶倒塌，滕人又捐资复修。1938年春，日寇对滕县城内狂轰滥炸，致使塔刹倾毁，挑梁斗拱脱落，塔身千疮百孔，伤痕累累。为了保护古塔，1984年，滕县县委、县政府拨专款对古塔进行了全面的整修：砌垒了第九级塔壁和券门，用混凝土浇灌了塔顶，安装了八瓣金属莲花复盆座和宝葫芦塔刹，在各层挑檐上方凿槽，浇注钢筋混凝土埋藏式券圈梁，外以青砖封面。还修复和更换了一些挑檐上的砖雕斗拱，整修了塔门、盲窗、砖塔级，加固了蜂腰以下的须弥座。整修后的龙泉塔显得更加雄伟，宏丽，肃穆。

龙泉塔，你就在这里岿然矗立着，你阅尽了滕州的古今春色，饱览了滕州的沧桑巨变，耳闻目睹了滕州人的是是非非，铭刻录记了滕州人的功功过过……你俯瞰着滕州的一切，谁也别想逃过你的眼睛。

龙泉塔，你就在这里岿然矗立着，镇大水也好，惩恶龙也好，都是为了保滕州这块热土平安，让老百姓安居乐业。你让一切祸害百姓的妖魔鬼怪闻风丧胆，让一切草菅人命的牛鬼蛇神胆战心惊……

龙泉塔，你向世人表明：滕州有着悠久的历史，灿烂的文化；滕州是善国之邦，文明之地，绝不许恶人逞强。愿你能镇住一切邪恶，为滕州的繁荣和发展保驾护航。

编　三

情未了（散文十一篇）

一把故乡土

妻子也不知道是听谁说的，东南山上长着一种草，晒干后给儿子维佳泡水喝，能补脑。天还不很亮，饭也没吃上一口，她就风风火火地骑上自行车拔草去了。

妻子走了，我也睡不着了，披衣下床，不由自主地走进了儿子的房间。维佳还在熟睡中，轻轻地打着鼾。晨曦透过红色的窗帘，照在他的脸上，给那张棱角分明的脸，增添了几许红润光亮。看着他那青涩、稚嫩的脸庞，我心里不禁戚戚起来。

儿子再过几天就要离开我们了。他考上了大学，而且考上的是名牌，要到距离我们一千多公里的城市去上学。领到通知书的那几天里，他高兴，我们比他还高兴。十八年一直悬着的心，终于落了地。可是，随着入学的日期一天天地迫近，那颗落在地上的心又悬了起来，而且越悬越高。

可以这样说，儿子是在甜水里泡大的。这十八年，他是饭来张口，衣来伸手——没下过一回厨，没盛过一碗饭，没洗过一件衣服，没刷过一双鞋……特别是高三这一年，我们更加上心——为了能让他吃得可口，他妈妈是天天上百度查菜谱，变着法子给他做好吃的，眼看就成了不错的厨师了；为了不影响他学习、睡觉，我们吓得在室内连拖鞋都不敢穿；哪天夜里都起几回，蹑手蹑脚地走到他卧室门前，从门缝里看他是否蹬开了被子……

现在，他一下子就要离开我们自己生活了，能适应吗？食堂的大锅饭他能吃得下？宿舍的硬板床他能睡得惯？早晨没人喊他能起得来？有个头疼脑热他能熬得住？……除了担心，更多的是不舍。这些年，惯了，好像儿子在，家就在；儿子在哪，家就在哪。儿子是我们家庭的中心，是我们的寄托、牵挂、希冀和慰藉。儿子一天不在跟前，心里就像缺了一块似的，虽然他有时也要小孩脾气，气得我们发昏要死，特别是叛逆期的那几年里。说实话，我们心里也有过巴望他快快长大，快快考上大学，快快去独立生活，让我们尽快解脱的想法。可是，当这一天真的要到来的时候，留恋、失落、不安和惆怅，却与日俱增。

天大亮了，我回到客厅，继续给儿子打点行装。

“嘭，嘭，嘭”，有人敲门。是妻子回来了？不，不可能，到东南山小十五里路呢，不可能回来得这么早。

“谁呀？”

“邮局的，请接收你的邮件。”

邮件是老母亲从老家寄来的。打开一看，都是家乡的土特产——花生、大枣、栗子、核桃，还有用煮熟的地瓜晒的瓜干，鼓鼓囊囊的几大包。里面还有一封信，是二弟写的。信中说，老母亲听说维佳考上了大学，高兴得几宿都没睡好觉，见人就谝。乡亲们听说了，也都纷纷来家祝贺。这些土特产都是乡亲们送的，都说虽不值钱，是点心意。信中还说，装红枣的包里有一个小红布袋，那里面装的是老母亲从香台子后面抓起的一把土。千叮咛万嘱咐要维佳的妈妈，在维佳去上学前，按照当年老人家教给她的办法，教给维佳，嘱咐维佳……

哎——我的老母亲啊！

那是二十多年前的事情了。

那年，我考上了大学，而且是我们村第一个考上大学的。消息一传开，村里就一下子炸开了锅。乡亲们奔走相告，纷纷来我家祝贺。还都不约而同地给我带来了家里仅有的、连自家孩子都舍不得给吃的礼品——几个鸡蛋，半包红糖，几块柿饼，几个核桃……说恐怕我到大学里学习累，吃点这些能补补身子。最令人感动的是，一天下午，住在村东头的八十多岁的李奶奶，拄着拐杖，一步三歇地来到我家，特地来告诉我母亲，说孩子去了外地，很可能水土不服，会生病的，并且告诉了我母亲破解的办法。

去大学报到前一天的晚上，我去同学家辞行，很晚才回来。母亲还没睡，还在一件件地整理我要带走的物件，一边整理，还一边掉眼泪。见我来了，慌忙拉起大襟擦掉眼泪，转过头去。

“娘，你还没睡？”

“没呢，你不回来，我哪能睡得着。孩子啊，明天你就要走了，娘还有好多话要给你说呢。”

“那，你就说吧，儿子听着呐。”

娘便把这些天来，说了不知多少遍的有关衣食住行要注意的事项又说了一遍，然后拉着我的手走出屋子，来到香台子前，对我说：“跪下，磕三个头；再到香台后面抓一把土回屋。”说完，她自己先回了屋。

我按着母亲的要求，跪下，磕了三个头，到香台子后面抓了一把土，回了屋。母亲用一张红纸把那把土包好，放进了看来是早已准备好的用红布缝制的小袋子里，然后拿起小红袋，在我的脑门上拍了三下，又在我的后背上拍了三下，口中念道：“土地爷爷恩门开，保佑孩子无病灾！”一连念了三遍，然后才把那小红布袋装进我的口袋。告诉我说：“到了学校，抽时间拿着它找到你们吃水的井，围着井转三圈，一圈不能多，一圈也不能少，打开包，把土倒到井里，磕三个头，再往回走，一路别回头，回头就不灵了……”

啊，这就是李奶奶教给的破解水土不服的办法。

……

第二天，我带着这把土和乡亲们送的礼物，离开了家乡，离开了母亲。

来到学校，我没按、当然也没法按母亲交代的方法来处置这把土，而是把她珍藏了起来。每当我思念家乡、思念父母、思念乡亲们，便把她捧出来，凝视一会儿。看到了她，就仿佛看到家乡的亲人。每当我遇到困难，碰到烦心的事，也会把她捧出来，凝视一会儿，看到了她，烦恼就会烟消云散，浑身充满力量……

后来，毕业分配工作，结婚生子，多次调动，屡屡搬家，这把故乡土一直都在我身边，一直到现在，还珍藏在我书橱柜子里。

我曾把这把故乡土的故事讲给妻子听，妻子感动得直流眼泪；讲给朋友听，朋友也都唏嘘不已；可讲给儿子听，儿子却说：“奶奶也太迷信了吧！”

“噔，噔，噔”，听脚步声是妻子回来了。我打开门，妻子真的抱着不大不小的一捆草上了楼。好家伙，浑身湿漉漉的，额头上布满汗珠，裤脚上还沾满了泥巴。

她放下草，看到摆在桌子上的东西，便问缘由。我忙把老母亲来的信递给了她。她看着看着，眼睛就湿润了。看完，便不由分说地打开装红枣的包，找到了小红包，迫不及待地揣进了怀里，说："让我暖几天，等这草干了，一并交给儿子。"

"你打算怎样交给他？"

"当然不会用当年娘给你时用的方式，我有我自己的方式，既庄严又时尚。"

"到时候别忘了带上我！"

……

（1990 年 8 月写于滕州）

有关煎饼的记忆

煎饼是我们这一带的主食，我是吃煎饼长大的。煎饼，给我留下了多少美好、辛酸、痛苦的记忆啊。

我母亲是烙煎饼的好手，我们村里的人都知道。她烙的煎饼有三个特点，一是不薄不厚，二是到边到沿，三是整个都是“黄底”。嚼到嘴里，又酥软又筋道。我记事以后就把看母亲烙煎饼当作一件美事，她烙煎饼，我便常常陪坐在她的身边。母亲坐在用姜秧编就的“经吧”上，身后是小山一样的细软柴火，面前是两盘大大圆圆的鏊子，鏊子的一边是糊汁盆。只见母亲把点着的柴火拥到鏊子底下，随着毕毕剥剥的燃烧声，鏊子渐渐地烧热了。母亲便左手拿起勺子，把盆里的糊汁搅上几搅，又靠盆边拌上两拌，然后舀起大半勺，倒在鏊子中央，摊成条状，右手拿起批子（烙煎饼的用具，用长竹片刮成），赶着糊子在鏊子上走。随着嗞嗞的响声，鏊子上白气升腾，一股清香就弥漫开来，两圈下来，鏊子上便都摊满了糊汁。母亲把剩下的用批子一刮，一甩，不偏不斜，正好甩在糊汁盆里。再用批子在鏊子上碾上两碾，再往鏊子底下续上一把火，稍一会儿，鏊子上的煎饼就泛黄了，四周都翘边了。母亲用批子沿边一划，顺手一揭，一张又大又圆、酥溜溜、香喷喷的煎饼就烙成了。这时候，我便嚷着要吃，母亲是不许的，据她说，小孩吃第一张煎饼，长大了会怕老婆的，我就只好等第二张。陪母亲烙煎饼还有一个好处，就是可以在鏊子窝里烧地瓜、花生、毛芋头之类的东西。有句俗话，“煮的没有烧的香”，的确如此，尤其是在鏊子窝里烧的东西，那才叫真香呢。

那时候，煎饼既是孩子的主食，又是零食。每天早晨起来上学，必定先到煎饼筐里摸个煎饼，一边吃一边走；下午放学回家，也要先到煎饼筐里摸个煎饼，然后跑出家门，吆三喝四地喊上小伙伴去瞎疯。记得第一次不能这样随便吃煎饼的时间是1958年的秋天，那时候，经过初级社、高级社、人民公社，我们跑步进入了“共产主义”，吃饭都要到公共食堂里，一日三餐都是煮地瓜。母亲用了几十年的两盘鏊子被砸了炼钢铁了，家里的一点煎饼也叫大队的民兵们翻出交到公共食堂里去了。每天早晨起来上学、下午放学回来，再到煎饼筐里一摸，空空如也，便觉得特别失落，更觉得饥饿难耐。这时候，我才知道，煎饼对于我来说，是如此重要。

偏偏那时候我又得了麻疹，高烧不退，迷迷糊糊地昏睡了好几天，一点东西也没吃。一天，迷糊中我忽然觉得又陪母亲烙煎饼了，母亲烙好了一个，就是不让我吃，我便大声地喊：“我要吃煎饼，我要吃煎饼。”醒来，见母亲正守在我的身边，一个劲地擦眼泪。母亲捧着我的脸说：“孩子，想吃东西了就是好了，你等着，娘这就去给你烙。”母亲从柴草垛里扒出藏了很久的饼鏊子（一种专门用来烙单饼的小鏊子），把前几天舅舅送来的一点白面和了和，刚点着火，大队的民兵们便闯进了院子，砸了饼鏊子，端走了面糊汁，还把母亲带到大队部接受教育，说她“破坏公共食堂”。

“大跃进”后边紧跟着的是三年困难时期，能喝上稀糊涂（滕州一带方言，稀饭）就算烧高香了，谁还敢奢望吃煎饼。没有煎饼的日子实在难熬，喝的几海碗能照出人影的稀糊涂，几泡尿就尿干净了，饥肠辘辘，肚里就好像有一双大手揉你的胃，拉你的肠，让你满脑子里都是饿。我们哭着喊着问母亲要煎饼，可母亲又能有什么办法呢，母亲也曾试着用糠、菜烙煎饼，但是，要么烙不成，要么烙成了又难下咽。没有煎饼的日子又过了两三年。

到了1963年，又勉强吃上煎饼了，不过，这时吃的煎饼却不是“烙”的，而是“滚”的，因为原料变了。过去烙煎饼用的原料是小麦、高粱、大豆等，那时用的却是地瓜干（据说地瓜高产，生产队只种地瓜）。滚煎饼的方法是：把瓜干打成细面，和成糊状，装进用织得很疏的布做成的布袋子里，用石块压上个把小时，挤出甜水（不然的话煎饼就会在鏊子上揭不下来），然后倒出。再双手捧起一块，拍打成橄榄状放在鏊子上滚动。这用瓜干面滚出来的煎饼，当时吃还凑合，三天过后，便成了铁饼一块，咬着牙扯下一块，嚼在嘴里，如同嚼锯末。用开水泡着吃吧，一泡便成了鸭屎状，不吃就觉得恶心。

母亲是烙煎饼的好手，但学不会滚煎饼（我想她是不想学），以后，滚煎饼的活就让姐姐包了，母亲也只能给她打打下手。有几回，母亲也试着用瓜干面烙煎饼，但是烙上去的糊汁干了以后，紧紧地扒在鏊子上，用铲子抢都抢不掉。母亲无可奈何摇摇头，自言自语地说：“这滚的煎饼能叫煎饼?”

不管能不能叫煎饼，我们还是吃了一年又一年。后来，姐姐出嫁了，滚煎饼的任务便由嫁过来的妻子接替了。妻子也和姐姐一样，只会“滚”不会“烙”，一到滚煎饼，母亲就提醒她说：“还是得学‘烙’，迟早会有一天，煎饼还是要‘烙’的。”说实话，妻子也想跟母亲学烙煎饼，可生产队年年只种地瓜，哪有条件啊?1975年的冬天，母亲病危了，临走的前几天还拉着妻子的手叮嘱：“……还得学烙煎饼，烙好了煎饼，孩子们就天天有好饭吃……”

母亲走了，带着对煎饼的遗憾、对儿孙们的牵挂走了。

“文革”终于结束了，分田到户了，正像母亲预料的那样，烙煎饼的一天终于又回来了。妻子牢记母亲的叮嘱，苦练烙煎饼的本领，终于也像母亲一样能烙一手好煎饼了。这几年，随着生活水平的提高，妻子烙的煎饼也不光是全麦的了，还有了新花样，比如“三碰头”的（小麦、玉米或高粱、豆子各占一定的比例）、芝麻的、栗子的、核桃仁的等，这样一来，子孙们的确天天都有好饭食了。

母亲如果地下有知，也该含笑了。

（1995年3月写于滕州）

忙人乍闲

我的一个同事说过这样的话：“一个人选职业不能选做老师，因为老师工作太忙；如果选了老师，不能选做语文老师，因为语文老师最忙；如果选了语文老师，不能选做班主任，因为语文老师兼班主任最最忙；如果选了语文老师兼班主任，不能选做高三的语文老师兼班主任，因为高三的语文老师兼班主任那是忙上加忙。”鄙人不才，内退之后，竟在民办学校，当了五六年“忙上加忙”的人。

有人听了会撇嘴，你该有多忙，有国务院总理忙吗？当然，咱不能跟总理比，人家忙的是国家大事，那叫日理万机；咱忙的是鸡毛蒜皮的小事。但是，就拾掇人这方面来讲，是一样的。不信，让我说一说一天的工作日程，你就会明白了。

早晨 5 点半起床，胡乱洗漱一下就往学校赶。到校后，先进教室表扬早起的学生，再到宿舍督促赖床的。6 点 20 上早操，班主任得跟操；6 点 40 上早读，语文老师得跟早读；7 点 20 早饭，班主任得跟餐。早饭后，上课、备课、批改……11 点 40 午餐，班主任得跟餐；12 点半，学生午休，班主任得查寝；下午 1 点半，要进宿舍撵学生进教室。下午上课、备课、批改……6 点晚饭，班主任得跟餐；6 点 50 上晚自习，三节晚自习，班主任都得在办公室。9 点 40 下晚自习，10 点熄灯，班主任要查寝，学校要求，10 点半班主任方可离开。回到家里，就 11 点了，再洗洗刷刷，11 点半才能上床睡觉。天天如此，年年如此。

周六、日说是双休，可你问问，哪个民办学校正经八百地执行过？高三，一般是四周休息一天。寒暑假更是寒碜，一般寒假是腊月 26 放假，正月初五开学；暑假 7 月 2 日放假，7 月 10 日前后开学。

至于劳动强度，我不说大家也明白，毕业班，大量的习题要出，大量的试卷要改，大量的作文要批……

有时候，看到那些悠闲散步的，自由自在打太极拳的，悠然自得遛鸟的……也真有点羡慕人家，心想，什么时候咱也像他们一样该多好呢？

到了六十二岁那年，尽管民办学校的领导多次挽留，可我决心不干了。哈哈，咱也可以一样散步、打拳、舞剑、钓鱼、遛鸟了。

开始几天，的确轻松、惬意。不用早起，不用晚睡，想遛遛，就遛遛；想逛逛，就逛逛。可是没过几天，一种寂寞、失落的感觉就在心中慢慢地滋生了，而且越来越强烈，以至发展到感觉日子过得空虚、无聊。

退下来以后才知道，自己根本融不进“悠闲”的退休一族。咱不会打扑克，不会搓麻将，而且从心里也不想学。打太极拳、舞剑，动作又太复杂，一时半会儿也学不会，况且，人家那些练得熟的，只管练自己的，根本不带咱玩。至于遛鸟、钓鱼，本来就觉得是一种残忍的活动——好好的鸟儿被你束缚在笼子里，你快乐了，可它却倒霉了；鱼儿在水中多自在，就因为经不起你的那点诱惑，便成了你的盘中餐，是不是有点太不仁道。

从前看过画家黄永玉给退休回乡的毛致用的画中题字：“小屋三间，坐也由你，睡也由你；老婆一个，左看是她，右看是她。致用兄如今有此境界矣。”那时候就想，画家将此称为“境界”，一定是十分美好的，咱退了以后，也要进入那种境界，好好地体验一下。可现在一体验，根本不是那么回事。身居斗室，哪里是什么“坐也由你，睡也由你”，而是坐也不是，睡也不是，心烦意乱，没着没落。老婆倒有一个，是“向阳花”出身，斗大的字认不了半口袋，本来就没有多少共同语言。过去，一个月休息一天，听她家长里短、柴米油盐、左邻右舍地唠叨，觉得还怪新鲜。可现在，一听那一千遍一万遍的重复，就烦了，有时甚至还忍不住搪塞她几句，弄得她也是老大的不高兴。

年轻的时候吹过笛子，拉过二胡，心想再拾起来，也许有些兴致。可吹了几次，拉了几天就腻歪了。它毕竟跟上课不一样，上课有听众，你讲得越精彩，学生就越会心，当你在讲台上的举手投足都能牵动学生心的时候，你心中的那种欣慰，那种满足，是无法用语言形容的。可现在，你吹给谁听，拉给谁听？你到哪里去获得那种欣慰和满足？

前几年，虽说手头并不宽余，但也陆陆续续地买了一些书。那时候忙，有的马马虎虎地看了一遍，有的甚至连一遍也没看就束之高阁了，心想，等得了闲，一定沉下心来，认真地、系统地把它们读完。可现在闲下来了，不知什么原因，就是读不下去，看不了几页就不想看了，一本《牡丹亭》看了一个星期，还看得糊里糊涂。我曾经问过妻子这是为什么，妻子反过来却问我："过去在学校里怎么能看下去?"是了，这读书的目的不一样，那时候的读书，是为了学生，有热情，有干劲，有毅力。现在呢，是为消遣，为享受，当然动力不足。

本来想退下来以后，辅导辅导孙子，免得落得个"鸭子的孙子不会凫水"的结局。不料想，一个教高三游刃有余的老师，竟辅导不了一个一二年级的小学生。小家伙根本不吃咱这一套，几天下来，不但没见成效，反惹了两肚子气。后来一想，这也不能全怪孙子，实在是我的耐心不够，一点不好就发火。你想，现在的独生子女理会你?他不向你发火就烧高香了。惹得儿媳妇说："你在学校时，教学生那么有耐心，怎么一到教你孙子反倒不行了呢?"谁知道呢，我也说不清楚。

有时候，早晨起来跑跑步，就不自觉地想起了过去五点多钟往学校赶的情景，那时候，使命在肩，任务在身，浑身有劲。哪像现在，松松垮垮，带跑不跑的。有时候，下午练练书法，也就不自觉地想起过去伏案给学生批改作文的情景，那哪里是批改作文，那是在阅读孩子们的心声，阅读孩子们的感情，阅读孩子们的发现……那种新奇，那种喜悦，那种欣慰，那种享受，是一般人体会不到的。哪像现在，只是为了打发时间。

有时候我会专门骑上自行车赶到学校去，不为别的，只为看看那熟悉的校园，听一听那朗朗的读书声，看一看学生那活泼、充满朝气的身影，听一听他们那单纯、带有稚气的笑声。只有在这个时候，我才感到充实、惬意、美好。

……

是的，几十年的教学生涯，让我和学校、学生已经融合在了一起。教书育人已经成了我生活的寄托，学生已经成了生命的一部分，现在却要我和他们分开，怎能不失落、空虚、心烦意乱呢?但是，"夕阳无限好，只是近黄昏"，人老了，就要退下来，就该退下来，这是不以你的意志为转移的，还是勇敢地、理智地接受现实吧。散文大师梁实秋曾说："理想的退休生活就是真正的退休，完全摆脱赖以糊口的职务，做自己衷心所愿意做的事。”是的，“狗永远不会老到了不能学新把戏的地步”，难道人还不如狗？我应该开始重新学习，开始重新设计自己的生活，让“闲着”的时光也丰富多彩。

（2010 年 9 月写于滕州）

因憨得福

有成语“因祸得福”。老子也说“祸兮福所倚，福兮祸所伏”。可我活了大半辈子，因祸得福的事遇到的还真不多，倘若将“祸”字改成“憨”字，变成“因憨得福”，“憨兮福所倚，福兮憨所伏”，倒是再合适不过了。

鄙人确实有些“憨”。当然，这里的“憨”并不是指痴呆，智力发育不全或者是俗话说的“二百五”，而是指想事、办事太实，太板，太“死”。不会逢场作戏，不会拍马溜须，不会“屁股上插个风向标——哪营得胜往哪营里跑”。一般人都会认为，在物欲横流的社会里，具有这种“憨”性格的人会常常被人哄，被人骗，被人愚弄，被人耻笑，祸事会接连不断。但是，我的经历却告诉我，因“憨”所得的祸往往是暂时的、局部的，而从整体上看、从长远看，说“憨”话，行“憨”事，还常常会给你带来福音。

记得儿时和小朋友一起玩捉迷藏，八人分为两组，一组藏一组找。轮到我们组找的时候，天就不早了。按要求，找方要在四人之中留一人守老营（其实就是一棵大树或者在空地上用木棒划一个大圈），守老营是找方的低等活，因为负责找人的可以四处疯跑、寻觅、大呼小叫，如果发现藏方，便追上去，先摸到他的头，然后像战场上押解俘虏一样押送回来。那多带劲，多刺激，多威风。哪像守老营的，只在那里干蹲着。倘若守不住，让藏方摸进营来（站在了圈内或摸到了大树），你方就输了，不光下次还由你组来找，同方的小伙伴也会骂你无用。因此，守老营的一般都是窝囊人。我方的头头——二赖子说我“呆头呆脑”，硬是把此活分给了我，并且瞪着炮子子眼叮咛道：“守好了，就是到天亮，我们不回来，你也不能离开。”我说：“行，你就放心吧。”

他们都大呼小叫地跑走了，我便站在老营里“眼观六路，耳听八方”。可是，很长时间过去了，既不见藏方摸营，也不见二赖子他们押送“俘虏”回来。我有些撑不住劲了，便产生了回家的念头，可一想到父亲曾经交代过的话：“人要一诺千金，答应过人家的，就不能食言”，又想到二赖子那瞪着炮子子眼叮咛的样子，回家的念头便打消了。直到小半夜，母亲找我来了，告诉我说“二赖子他们早在家里睡了个翻身觉了”，我这才悻悻地回了家。

回到家里，母亲先骂二赖子不是人玩意，不讲信用；又骂我“憨”，人家给根棒槌就当真（针）。父亲却说：“你唠叨什么？儿子守信用有什么错，他的做法我赞成。”没想到，父亲一高兴，第二天进城，竟给我买了一双“力士”鞋。这可是我梦寐以求的，光给父亲要也有小半年了。后来心想：咱“憨”的这一回得了双“力士”鞋，值！二赖子怪“猴能”，可整天打光脚。

1977 年冬，第一年恢复高考，我作为“老三届”的一员也参加了考试。那一年的作文题是“难忘的一天”，考场上我想起了老师的交代：“作文要吐心声，表真情，达实意，不做作。”便写了 1959 年春处于三年困难时期的一天。下了考场一打听，95% 的考生都写的是毛主席逝世的那一天。当我把我的选材告诉他们后，大家一齐指责我，说我“憨”到家了，放着毛主席逝世这样重大的题材不用，却偏偏写自家的私事私情，这次作文一定栽了。谁想后来分数一公布，我的语文成绩比他们都高一大截子，我又一次因“憨”得了福。

再后来，参加了工作，也是凭借着这个“憨”劲，还弄出了点成绩。领导见咱有力可出，还让咱当了个什么主任。当了主任“憨”劲更旺，更一心一意、一板一眼。后来换了顶头上司，人家不欣赏咱这一套，叫咱办的几件事，都因为咱“太实、太死，太原则、不会变通”，他都不满意。以后有“钉”有“卯”的事，就不让咱过问了。这正合我意，咱不沾荤，不粘腥，堂堂正正地当官（其实算不上官），正正直直地做人，离“河”几丈远，永远“湿不了鞋”。我的一些同事纷纷为我鸣不平，说该你行使的权力，不能放，有权不用，过期作废。也有人说我太憨太傻，一把手都不怕你怕什么？可我牢记父亲在我参加工作时对我的叮嘱：“是咱的咱要，不是咱的，给也不要。”尽管受了很多窝囊气，我还是没“掉价”。

可后来发生的事情又一次让我因“憨”得福了。学校因经济问题出事了。“能猴”们一个个被提问、被双规、被审查、被拘捕、被取保候审、被判几缓儿，而我却能自在地过着平民的日子。有时想想也有些后怕，当初如果稍“精”一点，还不判个三年两年的。

按一般惯例，当了干部就不再带课了，即使带也不过带些“副科”。可我一直记着刚参加工作的时候，我的老师张明泉先生交代我的一句话：“教书是一个教师的本分，是一个教师的根，丢了教鞭，教师也就失去了职业生命。”因此，即使再忙，我也坚持带课，而且带两个班的语文课。有人说我傻、憨、自找苦吃，但我还是乐此不疲。后来发生的事情又一次让我因憨得福——内退下来马上能到一所民办学校“下岗再就业”。因为咱没把当干部当职业，一直没丢教鞭，所以轻车熟路，游刃有余，还带出了一定的成绩，成了该校的首席教师。不仅又得一份收入，还能让生活再充实几年。不像一些“官油子”，内退之后便“英雄无用武之地”了。

我应该感谢父母，是他们给了我这憨的性格；我应该感谢老师，是他们让我这种憨的性格得以发扬光大；我应该感谢事实，是它让我这种憨的性格得以保持。

“忠厚传家远”的古训不欺骗人。

（2011 年 4 月写于滕州）

孺孙牛

历史上有“孺子牛”的典故。说的是春秋时期，齐国的景公十分宠爱自己的小儿子荼，常跟荼一块做游戏，让他乐。一天，荼在景公面前撒娇，没完没了地哭闹，景公想了不少办法都无法阻止，于是他慌了神。一会儿，他想了这样一招——给儿子当牛。他口衔绳子，趴在地上，一边爬一边装老牛“哞——哞——”地叫，让儿子在前头牵着绳子遛。小儿子看到父亲的滑稽相，不禁破涕为笑。正玩得高兴，儿子突然跌倒了，“牛”缰绳随之一绷拉，竟把正摇头摆尾的景公的牙齿拽掉了两颗。被人们传为笑谈。

其实，谈笑景公的人又何尝不是“景公”呢？

但对我来说，做“孺子牛”的体验并不多，两个孩子糊里糊涂地就拉扯大了，只记得气急的时候厉声吼过他们，扬起巴掌打过他们，还不记得有过类似“孺子牛”的事。

谁想，当儿子有了儿子，自己当了爷爷，不知什么原因，疼孙子要胜过疼儿子好几倍，还真老老实实地当起了“孺孙牛”了。

小家伙降生后，老伴说儿媳妇年轻，照顾孩子没有经验，费了九牛二虎之力才争取到了夜里搂孙子睡觉的权力。谁想这小子是猫托生的，常常白天呼呼大睡，怎么摇晃都不醒；一到晚上，就来了劲，两只眼睛眨也不眨。你就得这样抱着，颠着，摇晃着。老伴毕竟体力不行，抱不多会儿，就交给我。我哼着催眠曲，颠着，晃着，摇着……好不容易把他晃眯缝眼了，老伴示意放下，让大人孩子都歇歇。我便蹑手蹑脚地靠近床，轻轻地、轻轻地放，谁想小家伙的屁股蛋还没沾着床，就像被蝎子蜇了一样号啕起来，两条小腿弹棉花似的乱蹬。我就得再抱起来，哼着催眠曲，颠呀，晃呀，摇呀。一夜折腾这么几次，实在是够呛。后来，有位“明白人”告诉我们，说是“夜啼郎”，能“破解”。办法是要写“帖子”，四乡张贴，帖子上写道：“天黄黄，地黄黄，我家有个夜啼郎，走路的君子念三遍，一觉睡到大天亮。”我如是办理，写好帖子，骑上自行车，四乡张贴。也不知道是此法不灵，还是现在大家都忙，没有念三遍的“君子”，“夜啼郎”依然夜啼，弄得我们老两口焦头烂额，不知所措。有时候，抱着孙子，心里想：小子吔，你也该满足了，你爸什么时候享受过你这样的待遇？

孙子一天天地长大，我的角色也一天天地变化。孙子要当“八路军”，那我就得当“日本鬼子”；孙子要当“警察”，那我就得当“小偷”；孙子要当“老师”，那我就得当“小朋友”；孙子要表演节目，那我就得鼓掌、献花……在“小皇帝”面前，“臣民”只能唯唯诺诺。没想到的是，我倒有了意外的收获：让我改掉了几十年的不良嗜好——抽烟。

说起我抽烟，可谓历史悠久，初中刚毕业，“文革”就开始了。书没法读了，心里憋屈，就以抽烟解闷，谁想一抽就上了瘾，两个小时不抽心里就没着没落。父亲脾气大，见我抽烟，又打又骂，可我就是丢不下。结婚后，妻子闻到烟味就干哕，为抽烟，她唠叨了多少天，多少年，我也没丢下。后来有了孩子，抽烟呛得孩子直咳嗽，媳妇不干了，狠狠地跟我干了一仗，发誓我再抽烟就不跟我一起过了，我只强忍了四天，第五天又抽上了。心里想，这辈子是跟烟分不开了。

谁想，自打儿媳妇一怀孕，我听说家有烟民对胎儿的健康不利，没等儿子、儿媳妇说，就自觉地不在家里抽烟了。后来孙子降生了，为了孙子的健康，更不敢在家里抽了。有时候实在忍不住了，就到楼下抽两支再回来。孙子三岁后的一天，小家伙突然没收了我的一切有关烟的东西，并且下了禁烟令，威胁我说，如果我再抽烟，他就不吃饭（我想，这一定是奶奶出的点子）。我也没当回事，忍不住就到楼下抽一支。一天，我抽完一支回来，他闻了出来，就大哭大闹，中午真的没吃饭，无论谁劝，都不顶事，直到我和他拉了钩，才算完事。

现在，孙子上小学了，我更是鞍前马后忙得不亦乐乎。就拿清早来说吧，他七点半上学，我六点就得起床，急急忙忙打来早点，千呼万唤起床，左催右促洗漱，七劝八劝吃饭。整理好书包，灌好开水，然后下楼，他在前面颠颠地跑，我一手提着书包，一手拿着水瓶子，也跟着一路小跑，嘴里还不停地喊着："慢点，慢点，小心车……"

有时候，我就想，这就奇怪了，为孙子为什么能这样乐此不疲？

有一次，老同学聚会，席间谈及"隔代亲"的问题，一个个脸上都写着喜悦和无奈。张某某同学还说起了李某某同学一个关于孙子的故事：说有一天，李某某的儿媳妇正给小孩喂奶，乳头拥着嘴，小孩就是不吃，把儿媳妇都急哭了。李某某见状，疼孙子心切，忙哄小孩说："好孙子，好孙子，妈妈的奶水多甜啊，你不吃，我可吃了。"逗得大家大笑不止。李某某也不示弱，马上反唇相讥：有一天，张某某的儿子问张某某要钱，张某某不给，张某某的儿子说："不给，行，回去我去揍你孙子。"张某某一听要揍他孙子，乖乖地把钱交给了儿子。后来有人提议讨论讨论为什么甘做"孺孙牛"的问题，有的说是天意，有的说是人的本性，我也说了我的看法：因为这是一种享受。你在给孙子、孙女做牛做马的时候，你就一直享受着天伦之乐，这种快乐，是人间最美好、最幸福的，是任何享受都代替不了的。大家听了，都说有一定道理。

后来的一件事，让我对此又有了新的认识。

有一天，我得了重感冒，躺在床上，浑身发软，不想吃也不想动。孙子放学回来，来到我的床前，见我痛苦的样子，大颗大颗的泪珠啪哒啪哒地落下来。孙子虽然没说一句话，可是我明白，他是在心疼我，正像我心疼他一样。我忽然悟出，平时疼爱他，为他所做的一切，是不是都是为这爱播种、浇水、施肥呢？当然，这也不一定是根本原因，我相信，随着时间的推移，随着做"孺孙牛"的道路的延伸，我一定还会有新的认识。

晨练几瞥

退休在家，晨练成了必修课。

住处往北不足百米便是荆河，这几年，由政府投资，沿河进行了改造，硬化了道路，栽了些树木，种了些花草。这里便成了晨练的好去处。

清晨，来到河边。东方既白，远山如黛。河水一湾，波光粼粼。两岸杨柳青青，如雾如烟。鸟声唧啾，清脆婉转，偶尔有远处的汽车喇叭声传来，让人不忘喧嚣就在不远。空气里没有太多的尘埃，可以放心地、尽情地深呼吸。沿河走走，活动活动筋骨，偶遇熟人，闲聊几句，别有一番情趣。

可是，偶尔也瞥见一些当说又不当说的事情，多少也扫了一些兴致，给这清新、惬意的晨练曲添上了一些不和谐的音符。

披着晨光，人牵着狗（或者狗牵着人），徐步在花砖铺就的小道上。狗是不安分的东西，总是忽前忽后，忽左忽右地乱窜，特别是遇上了同类，顿时来了精神，扑前扑后，亲热、追逐，往往拽得主人踉踉跄跄，其他晨练者也得左闪右躲地给狗让路。那些畜生，偶遇电线杆或新栽的树，便翘起一条后腿，便溺留念，完事之后，还恐臊气不浓，还要倒过头来，闻上几闻。更有甚者，不管三七二十一，两后腿一蹲，就地排出一摊狗屎。主人却在一旁，笑眯眯地等着，也不说什么。他当然不会说什么，他的晨练可谓一石三鸟：人因散步而精神爽，狗因排泄而一身轻，而且还可以保持自己家里的环境清洁。何乐而不为呢？

绿草茵茵，如褥如毡。几对被爱情烧得发晕的青年男女，还真把这草坪当褥当毡，仰、卧、起、坐，摸、爬、滚、打，全在上面进行，全然不顾旁边那“小草青青，请勿踩踏”的“温馨提示”。一番折腾之后，他们嬉笑着、打闹着离开了，草坪上留下了他们的身印和垃圾，告诉人们，他们曾经在这里“热恋”过。

那位老兄一定是前列腺有毛病，不然的话，怎能这样“随便”。你看他，正走着走着，忽然下了道，寻得一点自觉能遮身的草木，头一低，眼皮一搭拉，立即进入了“唯我”境界，掏出家伙来就溺，全然不顾身后有人、甚至有少女经过。完事之后，一边系着腰带，一边又跨上花砖道，一身轻松，步履显得更为稳健。

晨练中也不乏吸烟者。有的一到河边，便急不可待地掏出，点上，然后猛吸一口，咽烟下肚，随后便是几声咳嗽，呸——一口浓痰便吐在了道中央。有的则把点着的烟卷夹在嘴角上，边走边抽，两不误。走一路，也把“烟香”抛洒一路。让那些在他身边经过的人们，不花钱也一样受到烟的“熏陶”。更有晨练进行了一个段落者，或蹲或坐在路旁的石凳上，点上烟，美美地抽上一口。在他们看来，吸烟与晨练，是相克相悖，还是相辅相成呢?

晨练有时候是需要器材的，比如有人要做引体向上。可河边暂时还没有这类器材，有的人便“有条件要上，没有条件创造条件也要上”。一棵主干有碗口粗细的家槐，有一斜枝旁出，正好可作“单杠”。猛地一跳，两手抓住，缩肘收腹，一下一上，口中还自数着“一、二、三、四……”直拉得膊酸背痛，两腿乱蹬也上不去的时候，才作罢休。哪管那枝丫越垂越低。也有人不知从哪里学来的“撞背术”，刚栽上的大树（现在时兴在农村买来大树栽在城市风景区里，有人戏称“大树进城”）便成了器材。只见他背向大树，两腿岔开，五趾抓地，两手抱在胸前，一下接着一下地用后背撞树，人撞一下树晃一下，人撞一下树晃一下，大树上的那几片少得可怜的叶子也跟着颤抖。

唉——

又闻雁鸣

年纪大了，睡眠少了，早晨四五点钟的时候，就睡不着了。起床吧，怕惊动孩子们，他们上班的上班，上学的上学，辛苦得很，这时候睡得正香。

躺在床上，百无聊赖的，耳边充斥着远近传来的大大小小的声响——轰隆隆的机动车辆的引擎声，建筑工地上哐、哐的夯地声，菜市场嘈杂的人喧声……唉，真是莫道君“醒”早，居然还有这么多人比我醒得更早。

突然，我听到了“欧呃—— 欧呃——”的叫声，是鸟叫，是……是雁鸣，我简直不敢相信，再听，再倾耳细听，“欧呃——欧呃——”真的是久违的雁鸣，一声接着一声，声音越来越近。这声音既熟悉又陌生，既清脆又缠绵。十几年没听过雁鸣了，十几年没看过雁阵了，我惊喜，我兴奋，我激动，慌忙披上上衣跑出屋外。

“欧呃——欧呃——”雁鸣声就在我的头顶上。我循着声音抬头看天，虽然东方已经泛起了鱼肚白，晨曦已经把天空照得微明，但是天沉沉的，像扯上了一层灰色的大幕，四周都灰蒙蒙的，空气浑浊且带有些许异味，怎么也看不到雁群。“欧呃——欧呃——”雁鸣声渐渐远去，我不敢眨一下眼，目光直追着声音，唯恐漏掉了一点机会，直到声音全无，也没看见雁群的踪影。

我不甘心，站在院子里不想回屋，巴望着又一群过雁到来。我等了很久很久，腿都站麻了，却再也没听到“欧呃——欧呃”的叫声。

我怅惘、失落地回到屋里，坐在床上，禁不住沉思起来。

小时候，每年的开春和深秋，几乎每天都能听到雁鸣，看到雁阵。那时候，天蔚蓝蔚蓝的，像一面一尘不染的大镜子，一群或几群大雁飞过，在蓝镜上一会儿写上个大大的“人”字，一会儿写上个大大的“一”字。我和几个小伙伴，常常站在空旷的原野上，一边目送雁阵向北或向南飞，一边齐声唱着“春天里，刮春风，大雁北飞找鱼虫”或者“秋风起，天气凉，大雁南飞追太阳”。唱了一遍又一遍，直到雁阵成为一条线，几个点，完全消失。我们的心也随着雁阵飞得很高很远……

出于好奇，我也曾问父亲：“大雁为什么要向南（北）飞?”父亲说，因为那边更适合大雁生活和繁殖。

“它们飞的时候为什么要排成‘人’字或‘一’字?”父亲说，因为它们是一家人，怕有掉队的。

“它们晚上睡觉吗?”父亲告诉我，大雁晚上也落地休息睡觉，但它们防御意识很强，雁群休息睡觉时，设岗雁，一有风吹草动，岗雁就鸣叫报警，雁群就起飞。可是，岗雁报警不准是要受惩罚的。捕雁人常常用戏弄岗雁的办法达到他们罪恶的目的——当夜幕降临，捕雁人见疲倦的众雁落地休息了，就悄悄地在附近隐藏起来，待到众雁熟睡的时候，突然点亮灯烛，又马上熄灭。岗雁见到光亮大鸣报警，众雁都闻声起飞，但不见险情，便误认为岗雁报警不准，便群起而攻之，然后重新落地休息。等众雁再度睡熟，捕雁人再点灯烛，又马上熄灭，岗雁再报警，众雁再起飞，岗雁再遭惩罚。这样反复几次，岗雁怕遭惩罚，再见光亮也不敢鸣叫报警了。这时候，捕雁人就会伸出他们罪恶的手，用大网罩住雁群……

听了这个故事，我一边痛恨狡猾的捕雁人，一边为雁群担心，每每再看到南来北往雁阵，就会想，它们该不会在前面遇到危险吧，但愿它们不会遇到狡猾的捕雁人。

后来，我慢慢地长大，可看到的雁群、听到的雁鸣却逐年减少，直至后来再也看不到、听不到了。一开始，我总以为一定是雁群都遇上了狡猾的捕雁人，大雁都被他们网住了，杀死了，便更憎恨捕雁人，认为他们是让雁群逐年减少直至不见的罪魁祸首，是该千刀万剐的。再后来才知道，戕害大雁的岂止捕雁人，许许多多的人都直接或间接地参加了这一行动，其中也包括我自己——我曾参加过填湖造田，曾参加过乱砍滥伐，曾在饭店吃过雁腿，曾穿过用雁绒作填充料的棉袄，曾向河里倒过污水，曾随手扔过垃圾，曾浪费过淡水……是我们只顾自己的生存、发展、享乐、猎奇，才让大雁生存的空间越来越小，遭遇的危险越来越多。我们不仅不自觉地成了捕雁人的助手、帮凶，而且有时候比捕雁人更可恶——竟毁掉了大雁赖以生存和繁殖的家园。

当然，我们也付出了应有的代价，而且还将长时间地付出代价……

后来我们有所醒悟，有所悔改，开始禁猎，开始退耕还湖，开始植树造林，开始注重保护环境……今天，我又听到雁鸣了，说明我们的悔改、补救已经见了成效，这是可喜可贺的事。但是，只能听到雁鸣却看不到雁阵，说明我们悔改、补救得还很不够。没有蓝天比没有大雁更可怕，要让天重新变蓝要比让大雁回来更困难。什么时候能让孩子们像我小时候那样，既能听到雁鸣，又能看到“雁点青天字一行”的美景呢？专家说至少需要十年的时间。十年，还是至少，我听了都有些头皮发麻，恐怕没有人愿意接受这一结论，但又不得不接受。

这时间能缩短吗？我不得而知。

吃 肉

说起吃肉来，我想起了个笑话，是农村吃“大锅饭”的年代，发生在我们村里的事。

我们村里的夏老三有三个儿子、一个女儿，三个儿子大，女儿小。眼看大儿子和二儿子都快三十了，却还没说上媳妇，这让夏老三很是焦急。可是又没办法，全村人谁不知道，夏老三全家六口人只有三间老屋，一年也买不起一件新衣，三四个月也吃不上一斤肉——谁愿意嫁给这样的人家？后来，夏老三想改变村民对自家的印象，好给儿子说媳妇，便想出一个馊主意——他赶集买了二两肉，却没舍得给孩子们炒菜吃，而是用根细铁丝穿起来，挂在了屋梁上。每天吃完饭，他就用那块肉在上下嘴唇上反复地抹，抹得嘴唇油光闪亮的，然后走到大街上去，有意地挑逗人们问他吃的什么饭。这时候，他便会美滋滋地告诉乡邻：“买了些肉炖给孩子们吃了。”一边说，还一边有意地伸出舌头舔舔嘴唇，再弯腰拔根细草，撸去叶子，剔剔牙。可是有一天，正当他又一次向乡邻显摆“又买了些肉炖给孩子吃了”的时候，他的小女儿急匆匆地跑来了，老远就对着他喊：“爹，快回家吧！你那块抹嘴的肉，让猫衔走了！”原来，夏老三这次抹完嘴后，一时疏忽，将那块肉随手放在菜桌上了……自那以后，大伙便给夏老三起了个绰号——肉抹嘴。

这个笑话现在听起来有些匪夷所思，但确实是真实发生的。从那个年代过来的人，恐怕都还对当时肉的稀缺有印象。先是凭票供应，只有非农业人口每人每月才发几两肉票。凭票到食品公司购买，要排很长时间的队。排到了，运气不佳，摊上了血脖、膪肉，你也得买。农业人口还没这待遇，当然也买不上公家供应的肉。有人可能会问，农业人口就一年也吃不上一口肉了？这倒也不是。农村有“黑杀猪的”，偷摸着卖，不过，价格要比公家的贵一两倍，一般家里如果不婚丧嫁娶，请客待戚，谁舍得买？后来，允许社员私家养猪了，买肉不要票了，甚至为了鼓励人们买肉，每年都有一次猪肉大降价，降到5角7分钱一斤。可是，再降价猪肉价也比地瓜干的价钱高呀！当时人们的愿望是能填饱肚子，哪敢有平时吃肉的奢望。逢年过节，一家买上三斤二斤的，都争着买肥的，买膘油厚的，买“偎心夹肋”处的，因为那个地方的肉，能带些“板油”。肉买来了，哪家也不舍得一顿炖了，总是把肥肉膘子剔出来，炼成油，一凉，就成凝脂状的了。炒青菜时，用铲子铲上这么一点，炝一炝锅，沾点荤气。即便是用肉炒菜，肉也就那么几片，先在热锅上滋滋啦啦地把油炼出来，然后再放进其他的菜。吃饭时，那几片被煎得焦乎乎、煳巴巴的肉片，大人也舍不得吃上一片，都是挑了给孩子吃。我小时候就得过这样的厚遇。不过，为了能更好地得到这样的待遇，我还向家人实施过小“狡黠”，就是看到肉片，自己先下手把肉夹到大人的碗里，假意让大人吃。大人便会马上夹出来，放到我的碗里。这样既能吃到肉，又不是“抢”来的，还落个“懂事”的美名，一举三得。说实在的，那个时候，感觉肉吃到嘴里，越嚼越香，久久不舍得咽下去。可是肚子里好像伸出了一只无形的手，还嚼着，它就往下拉，越不想咽，越咽得快。

这说的都是吃猪肉，至于牛肉、羊肉、鸡肉，那更是稀罕。当时杀牛是犯法的，生产队里的牛老死了，要上报给上级，待批下来，才敢剥，一队人才能尝到牛肉的滋味。一年半载的赶趟集，喝上一碗羊肉汤，碗里也就是那么三四片肉。这几片肉是不能一下子都吃净的，因为这是你花过钱的证明，是要凭此来要清汤喝的。咀嚼着那几片羊肉，喝上两三碗清汤，那感觉确实是美得很。不仅如此，单凭沾在身上的那股膻气，也能跟小伙伴们显摆好几天。那时候，鸡是“家庭银行”，一家的吃盐打油、人情世事用的钱，都要从鸡屁股里出。杀鸡吃肉，岂不是自断钱路，傻子也不会这样做。

有一次，旁院的二哥对我说，他听他城里的表哥说，我们县的县长，吃饭顿顿有肉。我听了，羡慕得要命。心想，吃饭顿顿有肉，岂不是神仙过的日子？如果有那么一天，我也能这样，那该多好！

真没想到，随着改革开放的脚步，这愿望便实现了。一是肉类市场放开了，允许私人个体户杀猪卖肉了。买肉再也不用去食品公司排长队了，再不用看卖肉的那张难看的脸了。到猪肉市场走一走，几十个肉摊子一字排开，那些围着白围裙的卖肉的，个个都眼巴巴地看着你。一条条杀好的整猪就摆在那里，挂在那里，指哪里就砍哪里，要多少就砍多少。还有，党的政策好，老百姓的钱包鼓起来了，钱多了就敢花了。“买了些肉给孩子们炖炖吃了”已经几乎是家家都能实现的了。孩子们谁也不会把肉当作稀罕物，有的甚至于吃饭时一见肉菜，就嚷嚷：“又是炒的肉，还叫不叫人活呀?”

看今天，还有争着买肥膘油的吗？还有争着要“假心夹肋”处的吗？人们买肉挑剔得很，有的竟情愿多花一倍的钱，也要买自己心仪的肉。人们不光吃猪肉，还有牛肉、羊肉、驴肉、鸡肉、鸭肉、鸽子肉、鹌鹑肉……各类肉都能让人大饱口福。又把肉加工出很多花样来，什么酱肉、卤肉、腊肉、水晶肉……各样肉都让人解馋过瘾。

肉的品种多了，做肉的办法多了，可现在吃肉却没有过去的感觉了。不香了，腥味重了，嚼起来也不如过去筋道了……有人说，猪呀、牛呀、羊呀、鸡呀、鸭呀，过去吃的或是菜，或是草，或是五谷杂粮，而现在都是吃饲料催肥的；有的说，过去一头猪要养一年多才出圈，而现在三个月就出圈了，生长周期太短了；也有人说，过去都是散养的，运动量大，而现在都是圈养的，肉不瓷实……是的，这些说法都有道理，但也不能否认吃肉者自身的原因：人不饿了，不馋了，肠子里有油水了；吃的多了，不稀罕了，甚至腻歪了。俗话说，“饿了吃糠甜如蜜，不饿吃蜜蜜不甜”，也不无道理。

（2018 年 4 月写于银川）

嫂 子

嫂子今年八十九了，依然身体硬朗，精神矍铄，腿脚利落。平时除了血压有点高，每天吃一片降压药外，很少打针吃药。前几年还有时犯晕病——犯起来天旋地转，干哕呕吐，几天都不能下床。这几年，也没正经八百地看，竟好了，两三年都没犯了。她现在不光生活能自理，还能帮孩子们做点家务，比如洗洗小孩的衣服，在蜂窝煤炉子上熬点稀饭，炒点简单的菜等。

嫂子快九十了，身体还这么好，真是出乎我们的意料，因为她年轻的时候吃的苦太多了，受的罪太大了，受的折磨太厉害了。

嫂子是十九岁那年嫁到我们家的，从那以后，她就成了我们家的老黄牛，为我们这个家，操劳了四五十年，吃的是草，挤出来的是牛奶，是血。她勤劳持家，任劳任怨；隐忍谦让，克己奉人；尊老爱幼，宽厚仁慈……是我父母的好儿媳，是我哥哥的好爱人，是我们姐弟四人的好嫂子，是孩子们的好母亲。

嫂子在我们家做媳妇，和别家的媳妇不同：别家的媳妇大部分是主内不管外，做好饭，看好孩子，伺候好男人就齐了。我嫂子不行，她要既主内又管外，因为我父亲和我哥哥长年不在家，我母亲又体弱多病，基本上不能干农活。所以她不仅要和别的媳妇一样操劳家务，还要像男人一样，干粗活、重活、累活。

她来我家时，我才四岁，我上面还有三个姐姐，一个十四，一个十一，一个八岁。那时刚解放，我家种着十几亩薄地，养着一头牛，我父亲和哥哥在城里开了所酱园子，酿造并出售酱油、醋等。虽然生意很清淡，但他们爷俩除了农忙，平时一般都不回来。沉重的农活，就都落在了嫂子身上。当然，那时的庄稼种得比较粗放，基本上是靠天吃饭，但是两茬地是要锄的，一遍肥是要施的。至今我还记得，每到锄草的时节，嫂子总是老早就起床，先挑上两担水，倒到水缸里，再和我母亲一起轧草把牛喂上，然后包两个煎饼和一点咸菜，带上一罐子开水，扛上锄头就下地了。因为怕耽误干活，两顿饭都在地里吃，直到天黑得看不清人影才回来。我四叔就曾多次对我父亲说："你们家的儿媳妇，干农活真是一把好手，大男人都比不上她！"

后来，入社了，我们家的酱园公私合营了，父亲和哥哥成了国家正式职工，回来的时间就更少了。我们姐弟几个虽然长大了一些，可又都上学了，所以，家里的脏活、累活、重活，还都是嫂子的。

嫂子除了忙农活，还要忙家务，一家人吃的、穿的都要她操劳。

那时候，吃粮食是要自己加工的——做稀饭用的面子要用碾子轧，摊煎饼的糊汁用磨来磨。推磨、推碾是个累人、折磨人的活。那活我真干不了，抱着磨棍、碾棍，转不了几圈，就头昏脑涨，翻肠倒肚，干哕欲吐。在我们家，推碾的活都是嫂子一个人干的，她从来不攀我们，不叫我们。推磨要四五个人，她一个人干不了，为了让我们能多休息一会儿，她总是把一切准备工作都做好了，才叫我们。有时候，我们跟她发牢骚，她就笑着对我们说："你以为我稀罕用你们，如果我自己推得动，我才懒得求你们呢！"晕晕乎乎地推完两三个小时的磨，我们都累得身子像散了架，或坐或躺地休息了，嫂子却要接着摊煎饼，烟熏火烤地又得一上午。可是嫂子却从来不说累，不叫苦。

那时候，家人的衣服、鞋子都是自家缝制的，就连在城里当了工人的父亲和哥哥也不例外。衣服倒好说，因为穷，一年一人也不一定能做一身新的，而且还常常是一身衣服，老大穿小了退给老二，老二穿小了再退给老三。但鞋子就不同了，自制的布鞋不耐穿，我们姐弟四个又都处在活蹦乱跳的年龄，用我母亲的话说，穿鞋像吃鞋一样快，每人一年最少也要穿破三双鞋。光我们家还好说，我舅舅家还有五个没成年的孩子，我舅妈去世了，他们的鞋子也要由我们家供应。鞋子，做起来非常麻烦，纳一片鞋底，快手也要四五个晚上。因此，嫂子一年四季都在为鞋子忙碌着，白天有空白天做，白天没空晚上做。特别是每年的腊月，嫂子为了能让我们过年能穿上新鞋，常常忙到深夜，即使手冻得肿成了馍馍状也不停歇。直到现在，我的脑海里，还经常呈现嫂子夜晚纳鞋底的场景——在昏暗的灯光下，嫂子左手拿着鞋底板，右手拿着锥子，先把锥子的锥尖在头发间蹭一蹭，然后用力在鞋底板上扎个小孔，再用穿着麻线的细针穿过锥子扎出的小孔，把麻线拉过来，缠在锥子把上，用力拉紧了，一针这才算完成了。一针一针又一针，嫂子简单地重复着同一个动作，动作是那样娴熟、协调、优美。灯光把她的形象投射到墙壁上，形成一幅绝妙的“村妇灯下制鞋图”。

在我们家，嫂子是扛大梁的，干的活最重，出的力最大，可是吃饭她是从不上饭桌的。不是说来了客人不上桌，就是平常她也不上。吃饭了，她总是站在饭桌旁边，伺候着我们几个，一会儿给这个盛碗汤，一会儿给那个卷个煎饼。直到我们都快吃完了，她才把我们吃剩下的饭菜折一折，然后狼吞虎咽地吃下去。你想想，菜本来炒得就很少，一桌四五个肚里没有油水的孩子，菜一端上来，往往是风卷残云。有时候，连点汤水都剩不下，嫂子便切块咸菜，剥个蒜瓣，干啃煎饼。后来，我母亲看着实在不行，便将炒好的菜在上桌之前，先夹出一些来给嫂子留着，待她吃饭的时候再端上来。可是，嫂子总是趁着母亲不注意，又偷偷地夹到我们的碗里。

三年困难时期，开始吃菜叶，吃树皮，吃烂在地里的地瓜。后来吃榆钱、杨花、洋槐花，再吃榆叶、杨叶、洋槐叶，最后，竟冒着中毒的危险，吃国槐的树芽（在这些树中，国槐发芽最晚），国槐芽有毒，大家都是知道的，但是，在饥饿面前，可忽略不计。嫂子因为吃了国槐芽中了毒，脸肿得像一盘发过了的面，两眼都合缝了。第二天，我舅舅给我们送来了几把稀饭面子，我母亲用它烧了一大锅稀汤。喝汤的时候，嫂子还要剩下一点饭糁子倒到我的碗里。直到现在，一想到这一节，我就禁不住泪流满面。

我母亲和我嫂子共同生活了近四十年，婆媳俩没红过一次脸。我母亲有心口疼的毛病，平时饮食起居都要特别小心。生凉硬油、酸甜苦辣，凡是不易消化的、对胃有刺激的东西都不能吃；又要注意保暖，特别不能喝凉风。稍不注意，就疼得死去活来，即使大冬天，汗都会把内衣和头发湿透。嫂子心疼母亲，平日里对她照顾得细致入微：饭菜都要煮得烂乎一些，只要是给母亲吃的东西，凉一点就去热，即便是个苹果，也要在温水里泡上一会儿。还没入冬，母亲的棉袄、棉裤早就拆洗好了。入冬以后，天天睡觉前都要给母亲用暖水袋暖被窝，一天也不忘记……母亲晚年得了筋骨病，生活不能自理，后来瘫痪在床。那时候，嫂子也五十多了，又分田到户了，每天都有大量的农活和家务等着她，但是，她照料母亲，丝毫也不懈怠，喂汤喂水，端屎端尿，洗脸梳头，刷牙洗脚。遇到了好天气，还会把老人背出来，晒晒太阳，透透空气。特别是最后三年，母亲不能翻身了，嫂子怕母亲得褥疮，就在母亲床前铺了个地铺，每天晚上她都和衣躺在那里，一晚上要起来给母亲翻好几次身。因此，母亲直到去世，也没有褥疮。俗话说，“久病床前无孝子”，可嫂子伺候卧床的婆婆整整八年，还心甘情愿，没有怨言，没有牢骚，这是何等的情操？

我的三个姐姐分别和嫂子共同生活了八年、十年、十五年，姑嫂从没闹过别扭。即便后来她们出了嫁，和嫂子相处得也十分融洽。我和嫂子也相处了六十多年了，始终相待如宾，没有一点隔阂。当然，“两好才能处一好”，能和嫂子处得这么好，固然跟我们尊重、爱戴她有关，但最主要的，还是她对我们隐忍谦让，宽厚包容。我大姐有些木讷，做事慢，经常挨父亲的骂，嫂子看到眼里，记在了心里。再干活，嫂子就特意跟她绑在一起：割麦子，她割四耩子，让大姐割两耩子，还不让她捆；纳鞋底，她要大姐和她纳同一张，大姐纳一小半，她纳一大半……父亲再也没有理由骂大姐了。我二姐出嫁后恨她的小家不起，每次来我们家，吃的、用的，只要是她家没有的，就顺手带走。连我母亲都看不下去了，还唠叨了她几次。我嫂子却睁一只眼，闭一只眼，都当没看见。我三姐小性子多，一点不好就生气。她生气嫂子却不生气，总是想办法逗她：“看，原来多么漂亮的小妹妹，一生气，嘴撅得像萝卜一样，多难看呀！”“这又是谁惹我家小妹生气了，我看他是不想好了，快告诉嫂子，嫂子找他去，看我不把他的屁股打成两瓣——噢，你看，我都忘了，人的屁股本来就是两瓣的，哈——哈——哈——”不逗得三姐笑起来，她是不会停下的。“天下没有不散的宴席”，兄弟们总有一天要分家。一些家庭，兄弟们本来还是很和睦的，可一到分家的时候，往往会反目为仇，有的甚至打得头破血流，从此视为路人。我结了婚又跟哥嫂一起生活了四五年，到分家的时候，哥嫂把当时最好的房子给了我，锅碗瓢盆，桌椅凳几，镢锹锄镰，都让我先挑，剩下的是他们的。天底下能找到这么好的哥嫂吗？

在我看来，生活的苦和累，对嫂子来说也许算不了什么，而精神上的折磨才是对她伤害最深的。这折磨主要来自三个方面，一是孩子的夭折，二是我父亲的偏见，三是我哥哥的大男子主义。

是孩子的先天不足，是当时的医疗条件不好，还是我们对孩子的养育重视不够？或许是三者兼有之吧，嫂子的前三个孩子都接连夭折了。一个七岁（女孩子），一个两岁（男孩子），一个三岁（女孩子），都是病死的。这三个孩子都长得漂亮，又聪明伶俐。七岁的那个女孩子在夭折的那年秋天，还跟着我起早贪黑地在收割完的豆地里拾豆子，最后竟捡了一大瓢。记得有一天，我父亲破天荒地从城里买来了一条鱼，红烧了。吃饭的时候，她一直不动筷子，奶奶问她为什么，她看了看妈妈，说："等我叔叔吃完剩下我再吃。"三个可爱的孩子，说没就没了，对于一个善良的母亲来说，是多么痛苦的事情啊！可以说，每一个孩子的夭折，都脱了嫂子一层皮，都挖去了她一块心。嫂子的晕病，就是那时落下的。至今我还记得，在一个漆黑的晚上，嫂子抱着那个病得奄奄一息的男孩子，从离家六七里地的赵辛街医疗室回家。一出了村子，嫂子就再也忍不住了，先是抽泣，然后是小声哭，再后来是号啕大哭。一边哭还一边祈求："老天爷呀，我这一辈子可没做一件对不起良心的事，请你开开恩吧，让我的孩子好了吧！您要是能让我的孩子好起来，我六月初一穿棉衣，腊月初一穿单衣……"那无助的、凄惨的、撕心裂肺的哭声、祈求声，在空旷的夜空中传响、回荡。我跟在嫂子的后边，也忍不住大声哭起来。

后来，嫂子又接连生了三个女孩子。孩子能存世，是好事；可是三个都是女孩子就不是好事了，因为我父亲有着严重的重男轻女的思想。至今我还记得，我把嫂子生下第三个女孩子的消息告诉给父亲时，父亲的表现——他脸色煞白，目光呆滞，手颤抖着，从上衣的口袋里，掏出一盒纸烟，哆哆嗦嗦地从中抽出一支，放在嘴上，然后满身地摸火柴，但终没找到，便取下纸烟，捻得粉碎，狠狠地扔到地上，长长地叹了一口气，颓伤地坐在了地上，落下了几滴清泪……从那以后，父亲对嫂子的态度有了很大的变化——关心她的时候少了，冷落她的时候多了；夸她的时候少了，数落她不是的时候多了；信任她的时候少了，怀疑她的时候多了……请原谅我那可怜的父亲吧，在那个"不孝有三，无后为大"的传统思想根深蒂固的年代里，没有孙子传宗接代，继承烟火，是最耻辱、最大的短处。俗话说，"打人不打脸，骂人不揭短"，人们常揭的短处就是这个。至今我还记得嫂子生下第三个女孩子后的情景：她仿佛一夜之间苍老了很多，头发凌乱，面色苍白。走路总是低着头，见人也不好意思说话，好像自己做了一件莫大的亏心事似的。过去的热情、达观、自信不见了，变得呆滞、颓废、满脸愁容。可见，对她的折磨有多严重。多亏两年以后，生了个男孩子，才重新打起了精神。遗憾的是，我父亲没能等到那一天。

我哥哥是典型的大男子主义，在我嫂子面前，永远是一副傲气十足的样子。平时很少跟她说话，说话就用训人的口气。虽然嫂子对他唯唯诺诺，百依百顺，但他还是不满意，不称心，时不时地向嫂子发脾气。他发脾气，嫂子总是满脸赔笑，口里还不住地说："你看，值得生这么大的气，怨我，怨我还不行吗，消消气吧，别气坏了身子……"年轻的时候是那样，到老还是那样。我哥哥即使到了卧病在床，生活要全靠嫂子照顾的时候，脾气还是大得很，经常把嫂子嚷哭。六十多年，嫂子一直忍着，没给他翻过一次脸，没给他顶过一次嘴，她不感到压抑、委屈吗？我也曾问过她，她却说："男人是家的顶梁柱、主心骨，出来进去的是个人，媳妇要不给他面子，谁还给他面子？"

嫂子是传统农村妇女的典型代表，她身上闪耀着中国妇女传统美德的光辉，也有逆来顺受、没有自我等不足，致使她遭受了很多委屈和不公。我敬佩、景仰、赞美她的美德，也为她所受的折磨和委屈鸣不平。令人欣慰的是，现在嫂子生活得非常幸福，三个姑娘和一个儿子都特别孝顺。这正应了"好人有好报"那句俗语。是的，嫂子应该得好报，也必定得好报。

愿嫂子长命百岁！

（2019 年 10 月写于银川）

追忆王牧天先生

王牧天先生与世长辞的消息，我是在“善国文化”群里得知的，惊诧、不舍、失落、悲痛，自不必说。看了诸多文友怀念先生的文章，更为先生高山仰止的人格魅力所感动，也禁不住忆起了和先生的一些交往。

我家和王先生家是世交，20 世纪五十年代初期，我父亲和先生的父亲都在滕县城东门里做生意。先生的父亲开的是竹铺，我父亲开的是酱园，铺子相邻，两人就成了好朋友。而先生又和我哥哥年龄相仿（先生大我哥一岁），我哥和先生也成了好朋友。我那时还小，又不在城里生活，所以对先生并没有印象。

到了上小学五六年级的时候，我哥哥曾告诉我，他有一位最要好的朋友叫王连大（先生的曾用名），特别聪明，还特别喜欢读书，只读了初中，就考上了大学。那个时候，能考上大学的，一个县里也没有几人，何况是没上高中呢。王连大这个名字从那时起就印在我的脑子里了。

后来，哥哥又告诉我，王连大遵父母之命，娶了个不识字的夫人。他不光不嫌弃夫人，还手把手地教她学习文化。夫人学习也很努力，做饭时拉着风箱还用烧火棍在地上写字，没出一年，一般的字就都会读、会写了，能读书看报了。当时，只是觉得嫂夫人不一般。后来长大了才明白，比嫂夫人更不一般的是先生。

20 世纪五十年代初，是新旧思想观念冲突最激烈的时候，有多少人以没有感情基础、没有共同语言为由，抛弃了糟糠之妻？他们是幸福了（当然也不一定），却给被抛弃的妇女留下了终身的痛苦，这是十分不道德的。先生是学文学的，思想理应更前卫。但是，先生是仁者，他没把自己的幸福建立在别人的痛苦之上，而是采取拉上夫人一起走的方法，这不仅没给嫂夫人带来痛苦，还成就了嫂夫人。后来，公私合营了，嫂夫人还当了竹器营业部的主任。“糟糠之妻不下堂”，不仅“不下堂”，还让她“现辉煌”，世上有几人能做到？

到了20世纪六十年代初，我上初中了。一个星期六下午，我回到家，正好在城里工作的哥哥也回来了。他高兴地从自行车兜里拿出一本杂志，对我说，他好朋友王连大的组诗发表在《山东文学》上了。我忙打开目录去找，作者哪有叫王连大的？哥哥说，王牧天就是。我才知道，先生还叫王牧天。组诗的题目好像是“微山湖放歌”。

那是一个崇拜文学的年代，很多青年都是文学青年。崇拜文学，崇拜作家、诗人的程度比现在的追星一族有过之而无不及。先生在省级文学刊物上发表了诗作，后来又在国家级的《诗刊》上发表了诗作，一下子成了滕县的明星，自然也成了我心中的偶像、学习的榜样。读文学作品、学习文学创作的热情一下子就上来了。从这一层面上说，是先生引导我热爱文学的。

后来参加工作了，自认为天生愚钝，没有文学创作的天赋，再加上整日忙于教学，便很少写东西，有时写点，也一直没敢给先生看。直到1986年，才诚惶诚恐地把一篇散文呈现在先生面前。让我没想到的是，先生看了，竟褒奖有加，然后给我提了一些修改建议，我回去按照先生的建议做了修改，寄给了《散文》，竟给发表了。这时我才知道，我并没有自己想象的那样笨。我该感谢先生，他让我拾起了文学创作的自信。

退休之后，我有时间了，写点东西的欲望又死灰复燃。我写了一本具有自传性质的散文集，近三十万字，我请先生给该书作序，先生欣然应允。那年，先生八十有五。不到一个星期，序就写好了。洋洋洒洒，三千多字，字字珠玑，句句经典，评得实在，议得深邃，他说的正是我在作品中要表达而没表达透彻的。可见，他是非常认真地阅读了作品。三十万字，又写得不精彩，一般人都很难坚持读完，可一位耄耋老人不到一个星期读完，还写出精彩的评析来，能不让人佩服？先生严谨治学的品质和提携后进的拳拳之心苍天可鉴。

最后一次见先生是去年十月，先生给我作序的那本书获了奖，发给我五千元奖金。我请先生喝羊汤。本来说好嫂夫人也去，可后来嫂夫人的胆囊炎犯了，疼得很，就没去。我又请了滕州作协主席赵公林先生。我们喝了点小酒，先生不喝白酒，喝了三四两红葡萄酒。先生红光满面，侃侃而谈。先生说，这几年，他自己没创作文学作品，精力都放在给别人的作品作序、作评上了，最近，他已经联系作家出版社了，准备出一本序、评集。我问他有多少字，他说不少于三十万字。我的老天爷，光写序、评就写了三十万字，他要读多少文字呢？还要议，还要评，要用多少精力和时间呀！先生为提携后进，真是费尽了心血。赵公林主席请先生给他写的一部四十万字的长篇小说写评，先生欣然答应。先生还对我说，期待我的下一部作品收笔，他还等着给作品作序呢！

可现在，先生作古了，我也不知道他的序评集出版了没有？他给公林主席小说的评论写完没有？现在，我的下一部书即将完成了，先生却不在了，这部书的序该由谁写？

先生，我想天堂一定有很多文学艺术的爱好者，他们都急等着你去提携和帮助，不然的话，你怎么走得这么匆忙，怎么舍得离开我们呢？

先生，您一路走好！

（2020年6月写于银川）

此中有真意

退休了，休息了。打打扑克，搓搓麻将；散散步，做做操，跳跳广场舞；钓钓鱼，养养鸟，遛遛狗；邀几个好友，爬爬山，游游水。到饭时，小饭馆一坐，要几个小菜，开一瓶二锅头，推杯换盏，一醉方休……这样的退休生活，轻松，舒适，惬意。

可是，我退休以后，却把大量的时间用在了敲键盘上。在退休后的这四五年里，我写了一部系列散文集，编了两部辞书，还零零散散地写了些小说。统算起来，有近二百万字吧。

二百万字，对于天才的作家来说，那算不了什么。听说，他们灵感来的时候，文思如泉涌，甚至手中的笔赶不上文思，不得不用速记的办法把梗概先记下来，待平静下来的时候再充实整理。我不是天才，没有天赋，读的书虽没有万卷也有八千卷了，行的路虽没有万里也有九千里了，可是还是不能“下笔如有神”。人家是写文章，我是憋文章，一字之差，足见我笨，我拙。不怕大家笑话，有时候，面对电脑，我一两个小时打不出一百个字。一篇不到两千字的散文，甚至要写上一个星期。

况且，这近二百万字的写作，还都是在业余时间完成的。我的正业是看孙子。他爸妈工作都忙，没时间照顾孩子，又担心奶奶没文化，教育不得法，就把这光荣而又艰巨的任务交给了我。我虽然不是那么欣然地接受，但是一想到这是家庭的百年大计，再加上孙子喊几声“爷爷”，心便软了。于是，便给孙子当起了“孙子”。忙前忙后，三星三点，时时谨慎，处处小心……这些都没什么，但糟糕的是没有我的写作时间了。

没时间就不写了吧，我也有过这种想法，甚至还真的辍笔了一两个月。但这一两个月的日子也不好过，那是战士不能上战场，教师不能上课堂，外科医生不能上手术台的感觉，心痒痒，手痒痒——我是真真放不下。

没有时间怎么办？挤呗。早上四五点钟就起床，挤出一个多小时写；中午孩子睡觉或上学，再挤一两个小时写。当然主要是晚上孩子睡下以后写，夜深人静，精力集中，思绪易驰骋，笔锋易纵横。

说实话，我这样忙碌，很多人不理解。一块退休的老哥们说我是“一根筋”——“到了‘耳顺’的年龄，还做着‘作家梦’，脑袋一定是叫驴踢了！”儿子说我是不知享福，不懂享福，不会享福——“看看孙子，忙忙家务，有时间逛逛公园，听听音乐，多好！整天写呀，写呀的，写了有什么用，谁看呐？”妻子说我是“没事找事，没活找活，自找挨累，自讨苦吃。”……

罢了，他们哪里知道我心里想的是什么。

我从小就爱好文学，小学、中学读了不少文学作品。特别是上中学的时候，对文学简直达到了痴迷狂热的地步。记得当时我们滕州出了三个文学才俊：一个是王开的张晶，他创作了独幕话剧《白杨树下》；一个是城里的钟海城，创作了长篇小说《昨夜小楼》；一个是滕县一中的王牧天老师，他有好几首诗作分别发表在《山东文学》《诗刊》上。用当今的话来说，他们就是我这个文学青年追捧的“星”。我也梦想着有一天，像他们一样，一篇作品打出去，就一举成名天下知。所以，上初中的时候就不知天高地厚地拼命写文章、投稿。先写速写、诗歌，后写散文、小说，后来还学着张晶写独幕话剧。你想想，就那样的学识，那样的阅历，写出的东西就可想而知了。后来“文化大革命”了，学没的上了，书没的读了，我文学创作的热情也就慢慢熄灭了。改革开放以后，创作的热情重新被点燃，但那时，我已经是一位高中教师了。教师的本职工作是教书育人，创作只是业余爱好。作为一名有责任心的教师，如果置本职不顾而埋头创作，是自私的，也是职业道德所不允许的。虽然我没有多高的政治觉悟，但这点职业良心还是有的。所以，在岗这些年，我始终是把教书放到第一位的，只是偶尔写一点东西。这期间也常有好友鼓动我尽快拾起从年轻时就喜爱的写作，但我总是笑着对他们说：“等等吧，等到退休吧。”现在，我退休了，有实现自己一生梦想的机会和条件了，我能不抓住吗？

生命这东西，说它顽强，简直是颠簸不破，说它脆弱，简直是不堪一击，老年人的生命更是如此。“天有不测风云，人有旦夕祸福”，别看你今天还活蹦乱跳，腿脚灵活，说不定哪天你就可能连笔都握不住，遗嘱都要别人代笔。

别看你今天还明明白白、清清楚楚，说不定哪天就可能找不到自家的门，连老伴都不认得。趁着自己头脑还清醒，精力、体力都还允许，抓紧时间把自己该做的做完，想做的做好，免得以后遗憾、抱恨。老年人也得有“时不我待”的紧迫感和“只争朝夕”的使命感。

我的这一生，经历还算丰富，土改、镇压反革命、“三反五反”、农业合作化、资本主义工商业改造、“大跃进”、人民公社、三年困难时期、“四清”、“文化大革命”，一直到改革开放。一路走来，我看到或听到太多的感人的、吓人的、烦人的、气人的、笑人的人和事，产生过太多的成熟的、半成熟的、不成熟的思考和感悟，这些所见所闻、所感所想，在一定程度上折射出社会的表里，政治的得失，人性的高尚和丑陋，民族性的优良和卑劣……把这些写出来，往大一点说，对国家、民族、社会不无裨益；往小一点说，对家庭、亲友、本人，也是一种滋润、养育和启迪。我自认为，这些所见所闻、所感所想，还有很多没写出来，憋在我心里。我明白，随着年龄一天天增长，属于我的时间也在一天天减少。我必须抓紧时间，提高效率，争取在生命结束前把它们都呈现给大家，不给自己留下遗憾。“老牛自知桑榆晚，不用扬鞭自奋蹄”，正是我目前的心理写照。

现在，人们都追求幸福指数，老年人也该追求。幸福是什么，我认为是一种心理感受。它因人而异，因时而异。有的老年人在游山玩水中获得了幸福，有的在麻将桌上获得了幸福，有的在子孙绕膝中获得了幸福……我却在写作中获得了幸福。写作的过程是一个宣泄和倾诉的过程，随着键盘的哒哒作响，我的思想、观点、感情、情绪，我的喜悦、烦恼、愤懑、忧愁，便流淌出来。写到动情处，我会仰天大笑，我会失声痛哭，我会捶胸顿足，我会咬牙切齿……这一过程，既有艰辛和痛苦，又有快感和享受，那感受，似农人在伺候庄稼，似园丁在培育花木，似孕妇在孕育宝宝……每当完成了一篇自己满意的作品，心里就充盈着成就感、欣慰感、自豪感。手把作品细读，宛如分娩后疼痛刚止的产妇，端详着眉眼还没展开、大红虾般的婴儿，想笑又想哭，坚信又怀疑……

自己在做自己感兴趣的事，感快乐的事，感幸福的事，苦着又幸福着，累着又快乐着，所以能乐此不疲。借用陶渊明的话说，就是“此中有真意，欲辨已忘言”。

后 记

本书在写作和出版的过程中，得到许多贵人的帮助。作家、评论家李广鼐先生，南开大学教授夏家善先生、特级教师王伟先生，诗人、作家赵公林先生，善国文化研究会会长赵曰北先生，好友盖庆珍先生、尤继峰先生、孟庆生先生、赵延庚先生、司志成先生等，都提供了宝贵的支持和帮助。著名书法家、画家丹增谢珠先生题写了书名。我过去的学生李广昌、张建伟、闫键也操了很多心、出了很多力。在此，一并表示感谢。